마술사 프레디

멋진 마술사로 변신한 프레디가 선보이는 깜짝 놀랄만
한 마술 공연.
동물 친구들과 함께 비열하고 욕심 많은 마술사 징고를
통쾌하게 골려 주는 프레디의 활약을 기대하세요.

고양이 징크스가 들어 있는 상자는 두 동강이 났다. 정말 끔찍한 장면이었다.

돼지 프레디와 다양한 동물 친구들이 주는 웃음과 감동,
무한한 호기심이 펼쳐지는 동물들의 세상

돼지 프레디와 동물 친구들이 살고 있
는 '빈 아저씨네 농장'을 무대로 펼쳐지
는 프레디 이야기는 1927년도에 첫 권
《플로리다에 간 프레디》를 시작으로
1958년 총 26권이 발행되기까지 당시 미
국 어린이들의 사랑을 한몸에 받은 아
동 문학의 고전입니다. 영리하고 합리적인 돼지 프레디를 중심으로 농장
에 사는 다양한 동물들의 생활이 생생하게 펼쳐지고 있습니다. 재미와 웃
음, 감동은 물론 이야기를 다 읽고 난 다음에는 왠지 내게도 일어날 수 있
을 것 같은 이야기에 마음이 설레기까지 합니다. 이 동화가 출간되던 당시
미국에서 어린 시절을 보낸 사람이라면 프레디 이야기를 모르는 사람이
없을 정도로, 프레디 이야기는 '선과 악, 우정과 배반, 정직과 거짓에 대해
가장 명확한 정의를 내려 준' 책으로 인정받고 있습니다.

이 책의 지은이인 월터 R. 브룩스(Walter R. Brooks)는 1886년 1월 9일 뉴욕
주의 롬에서 태어나 1958년 8월 17일 뉴욕 주의 록스베리에서 사망하기까
지 수많은 글을 쓰며, 여러 유명 잡지에 글을 발표했습니다. 그중 단편 소설
〈에드는 맹세했다〉는 1950년대에 말하는 말을 주인공으로 한 텔레비전 시
리즈《에드 씨》의 기본 줄거리가 되기도 했습니다. 뭐니뭐니해도 브룩스의

가장 훌륭한 업적은 바로 이 프레디 시리즈라 할 수 있습니다. 1958년 세상을 떠날 때까지 그는 프레디를 주인공으로 총 26권의 이야기를 써 나갔습니다.

《레오폴드 왕의 유령》의 저자인 아담 호크쉴드(Adam Hochschild)는 "나의 어린 시절에 선과 악, 우정과 배반, 정직과 거짓에 대해 가장 명확한 정의를 내려 준 곳은 교회도, 학교도, 보이스카우트도 아닌 '빈 아저씨 농장'이었다"고 회상하고 있습니다.

미국의 유명한 평론가이자 작가인 라이오넬 트릴링은 프레디 시리즈를 "정말 유쾌하다"고 평했습니다. 또 브룩스를 좋아하는 사람들은 프레디를 조지 오웰의 《동물 농장》(1945년)에 나오는 유명하고 문학적인 돼지들의 조상으로 보고 있기도 합니다.

프레디 시리즈의 삽화를 그린 쿠르트 바이제(Kurt Wiese)는 1887년 독일 민덴에서 태어났습니다. 1928년에 '아기 사슴 밤비'를 그리면서 세계적인 명성을 얻은 그는 1974년 5월 87세를 일기로 세상을 떠나기까지 400권이 넘는 책의 삽화를 그렸으며, 그 가운데 18권은 직접 글을 쓰기까지 했습니다. 세계 곳곳을 여행했으며, 특히 중국을 좋아하여 오랫동안 머물렀습니다. 그의 작품 가운데는 중국에서의 경험을 바탕으로 한 작품이 여럿 있습니다. 미국의 동화책 삽화가 중에서도 특히 뛰어난 작가로 인정받고 있는 그는, 칼데코트 상(Caldecott Honors : 1938년부터 매년 최우수 그림책을 만든 작가에게 수여되는 명예상)과 뉴베리 상(Newbery Awards and Honors : 1922년부터 매년 최우수 어린이 문학 작가에게 수여되는 최고의 영예)을 받았습니다. 바이제는 특히 동물들을 즐겨 그렸다고 합니다.

프레디

이 책의 주인공. 똑똑하고 영리한 돼지. 글을 읽을 줄
알며 동물들의 신뢰를 받고 있다. 토끼에게서 마술을
배워 멋진 공연을 연다. 친구들의 도움과 타고난
지혜를 발휘하여 비열한 마술사 징고를 혼내 준다.

위긴스 부인

겸손하고 따뜻한 마음씨를 가진 착한 암소.
웬만해서는 화를 내지 않는다. 아는 것이 많아
프레디에게 많은 도움을 주는, 프레디의 오랜 친구이자
동업자.

징고

비열하고 교묘한 마술사. 키가 크며 예리한 눈에
양옆으로 말려 올라간 콧수염이 인상적이다.
서커스단에서 돈을 훔치고 온갖 방법을 동원해 나쁜
짓을 꾸미지만 사사건건 프레디와 부딪힌다.

징크스

프레디의 친구인 검은 고양이. 사건이 있을 때마다
프레디와 함께한다. 과장되고 익살스러운 특기를 살려
프레디의 마술 공연을 도와주고, 몸이 두 동강나는
마술을 선보인다.

밍크스

징크스의 여동생. 쉬지 않고 수다를 떠는 말괄량이.
징크스와 프레디가 버릇을 고치려고 장난을 치자 화가
나서 징고에게 마술 모자가 있는 곳을 고자질한다.
잘못을 깨닫고 자신의 행동을 반성한다.

프레스토

징고의 마술 토끼. 잃어버린 마술 모자를 찾기 위해
징고에게 쫓겨났다면서 프레디에게 접근한다. 아부와
아첨을 잘하고 프레디 몰래 징고를 만나 수상한 일을
꾸미지만 결국엔 모든 일이 탄로난다.

레오

프레디의 절친한 친구이자 서커스단의 사자.
강풍에 마차가 날아가 갈기가 헝크러지는 바람에 매우
낙담하지만 갈기를 오렌지색으로 염색하고 공연을
떠났다가 멋지게 돌아와 프레디를 도와준다.

위블리

숲속에 사는 점잖은 올빼미 노인. 성격이 매우
까다롭지만 프레디가 조언을 구할 때마다 거절한 적이
없다. 동물들에게 총을 쏘는 마술사의 손을 발톱으로
할퀴어 친구들을 위기에서 구해 준다.

올리 그로퍼

센터보로 호텔 주인. 징고가 호텔에 임시 투숙객으로
묵으며 숙박비를 내지 않으려고 온갖 문제를 일으키자
프레디에게 도움을 요청한다. 현명하게 문제를 풀어
나가는 프레디의 능력에 감탄한다.

붐슈미트 아저씨

마술사 징고와 레오 등이 속해 있는 서커스단의 단장.
때론 엉뚱하기도 하지만 그 누구도 생각하지 못한
방법으로 동물들을 감동시키는 마음씨 착한 아저씨.

옮긴이 | 박인희

연세대학교를 졸업했으며, 현재 출판 번역가로 활동하고 있다.
옮긴 책으로 《인상학》《아빠라는 이름의 남자》《카르마》《폭로》
《일년이 행복해지는 마음의 지혜》《플로리다에 간 프레디》
《내 친구 프레지날드의 모험》 등 여러 권이 있다.

마술사 프레디

초판 1쇄 인쇄 | 2006년 1월 5일
초판 1쇄 발행 | 2006년 1월 10일

지은이 | 월터 R. 브룩스
옮긴이 | 박인희
펴낸이 | 양동현

펴낸곳 | 도서출판 나들목
출판등록 | 제6-483호
주소 | 서울 성북구 동소문동4가 124-2
대표전화 | 02) 927-2345   팩시밀리 | 02) 927-3199
이메일 | nadeulmok@nadeulmok.co.kr

ISBN | 89-90517-34-6 04810
ISBN | 89-90517-30-3 04840(세트)

잘못 만들어진 책은 구입한 곳에서 바꾸어 드립니다.

Freddy the Magician

마술사 프레디

월터 R. 브룩스 지음 | 박인희 옮김

나들목

차 례

1. 폭풍우에 모든 것이 부서지다

돼지들은 깨끗한 것과는 거리가 먼 동물로 알려져 있다. 하지만 큰 폭풍이 지나간 다음 날 빈 아저씨 농장에 살고 있는 돼지 프레디가 한 일을 알게 된다면 깜짝 놀랄 것이다.

허리케인의 끝자락이 빈 아저씨의 농장을 강타하면서 나뭇가지들이 찢겨져 나가고 지붕을 이은 널빤지들이 떨어져 나갔다. 못으로 고정되어 있지 않은 물건들은 사방 반 마일이 떨어진 지점까지 날아갔다. 농장 마당에도 크고 작은 나뭇가지들이 어지럽게 널려 있었다. 나른한 여름 오후면 프레디가 낮잠을 즐기던 돼지우리 앞의 작은 테라스도 엉망이 되었다. 결국 프레디는 팔을 걷어붙이고 나섰다.

프레디는 작년 크리스마스 때 빈 아저씨께 선물로 받은 고무 바퀴가 달린 작은 손수레로 쓰레기들을 모두 치웠다. 그리고는 잠깐 숨을 돌린 뒤 빗자루를 빌리기 위해 아저씨네 집으로 갔다. 다른 동물들 역시 모두 마당을 치우느라 열심이었다. 빈 아저씨도 지붕 위에 올라가 폭풍에 널빤지가 찢겨 나간 자리에 새로운 널빤지를 덧대 놓고 못을 박고 있었다.

암소 위긴스 아줌마는 야생 능금나무에서 잘려져 나온 커다란 나뭇가지에 뿔을 박은 뒤 질질 끌어 가고 있었다. 프레디를 발견한 위긴스 아줌마가 걸음을 멈추고 물었다. "프레디, 센터보로에서는 아직 아무 소식이 없나 보지?"

"네, 통 소식이 없네요. 이곳을 다 정리하고 나서 서커스단이 있는 곳에 가서 붐슈미트 아저씨를 도와드려야 할 것 같아요. 그곳도 분명 폭풍 때문에 난장판이 되어 있을 거예요."

"난 아직까지 난장판이라는 걸 본 적이 없어서……."

위긴스 아줌마는 난장판이라는 말이 무엇을 의미하는지 전혀 모르겠다는 표정이었다.

"하지만 네 말이 맞을 것 같구나. 지난 화요일에 서커스단에 갔던 게 얼마나 다행인지 몰라. 정말이지 어제 같은 폭풍이 몰아쳤을 때 그런 커다란 텐트 안에 있었다면 정말 끔찍했을 거야."

마술사 프레디

당시 서커스단은 해마다 있는 정기 공연을 위해 센터보로에 머물고 있었다. 빈 아저씨네 동물들은 그들의 오랜 친구이자 서커스단의 주인인 붐슈미트 씨가 항상 공짜 표를 주었기 때문에 늘 단체로 그곳을 방문했다. 실제로 프레디는 몇 번인가 서커스단의 순회 공연에 동행하여 무대에 오르기도 했다. 그래서 서커스단의 동물들 중에는 친한 친구들이 꽤 많았다. 특히 서커스단의 사자인 레오와는 피를 나눈 형제만큼이나 다정했다. 그랬기 때문에 태풍이 몰아쳤을 때 서커스단이 피해를 입지 않았는지 빈 아저씨네 동물들이 걱정하는 것은 당연했다.

"내일 다시 가 보려고 해요. 그 쇼에 나왔던 새 마법사 있잖아요. 그 사람 정말 멋져요! 그분한테 마술을 좀 배우려고요. 물론 카드 마술은 절대 못할 거예요. 그러려면 손이 있어야 하는데 저는 발밖에 없잖아요. 하지만 다른 마술을 배우는 데는 아무 문제 없을 거예요. 어쩌면 마술 공연도 할 수 있을지 모르죠."

프레디의 들뜬 목소리에 위긴스 아줌마가 걱정스러운 표정을 지었다.

"제발 그런 날이 오지 않았으면 좋겠구나. 네가 공연을 하게 되면 언제 내 귀에서 계란을 꺼낼까, 또 언제 권총을 쏠까, 새장 안에 카나리아 새는 언제 나타날까 하면서 나는 마치 마녀처럼 안절부절못할 테니까. 그리고 프레디, 톱으로 소녀를 두 동강내는 마술은 정말이지 너무 끔찍하단다."

"아줌마, 마술사가 톱으로 정말 소녀를 두 동강내는 게 아니에요. 그냥 약간의 속임수를 쓰는 거예요. 아줌마도 공연이 끝난 뒤에 다시 그 소녀를 보셨잖아요. 기억나시죠? 그러니까 소녀에게는 피해를 주지 않아요."

"하지만 그 애가 톱으로 두 동강났던 바로 그 앤지 어떻게 아니? 비슷하게는 생겼더구나. 하지만 쌍둥이일 수도 있잖니."

"매번 공연 때마다 그렇게 하는걸요. 그렇다고 똑같이 생긴 쌍둥이 소녀들이 수백 명이나 있을 순 없잖아요. 만약 똑같이 닮은 소녀들이 그렇게 많다고 해도 그들을 전부 쌍둥이라고 할 수는 없고요. 안 그래요?"

"그럼 뭐 두 쌍둥이가 아니라 백 쌍둥인가 보지. 내 눈에는 속임수로는 보이지 않더구나. 분명 소녀를 두 동강내더라고……. 그건 나쁜 짓이야. 그리고 어쨌든……."

갑자기 아줌마가 말을 멈추었다.

"저기 봐라. 빈 아줌마가 우리를 부르신다."

둘은 마당을 가로질러 빈 아줌마가 서 있는 현관 뒷문으로 향했다. 자그마하고 통통한 몸매에 인심 좋아 보이는 아줌마는 빨간 두 볼에 반짝이는 검은 눈을 하고 있었다. 농장의 동물들은 모두들 아줌마를 좋아했다. 물론 빈 아저씨도 인기가 없지는 않았지만 아저씨는 말이 별로 없는 데다 수염으로 얼굴을 가리고 있어서 무슨 생각을 하고 있는지 도무지 알 수가 없었다. 그래서 아저씨보다는 아줌마와 더 쉽게 친해질 수 있었다.

"프레디, 이만하면 농장도 깨끗하게 정리됐으니 다른 동물들과 함께 센터보로에 가서 붐슈미트 씨를 도와드리는 건 어떻겠니? 조금 전에 전화가 왔는데 너희들이 와서 도와주면 좋겠다고 하시더구나. 모두 텐트 밖으로 나오는 바람에 다행히 다친 사람이나 동물들은 없지만 작은 텐트 몇 개가 바람에 무너지고 물건들이 사방에 널려 있다고 하시더라."

빈 아주머니의 제안에 프레디는 "그렇지 않아도 지금 위긴스 아줌마와 그 얘기를 하고 있었어요. 아줌마와 아저씨만 괜찮으시다면 지금 다른 동물들과 함께 출발하려고요." 하고 대답했다.

그들이 센터보로에 도착했을 때 공연장에서는 모두가 폭풍 때문에 생겨난 쓰레기를 치우느라 열심이었다. 일꾼들과 동물들이 바쁘게 다니면서 찢어진 천막을 수선하고, 밧줄을 단단히 잡아당기고, 사방으로 날아간 물건들을 주워 모아 나누고 있었다. 어수선한 공연장 한가운데에 놓여 있는 아주 높다란 사다리 위에서는 붐슈미트 아저씨가 실크 모자를 뒤통수에 걸치고 앉아 확성기를 통해 큰소리로 일꾼들을 지도하고 있었다. 가끔씩 아저씨가 고함을

폭풍우에 모든 것이 부서지다

지를 때면 모자가 바닥으로 떨어지곤 했는데, 그때마다 사다리 옆에 서 있는 기린 조니시가 모자를 주워 아저씨께 건네드렸다.

빈 아저씨네 동물들이 입구에 들어오는 것을 발견한 붐슈미트 아저씨는 손을 흔들면서 확성기를 통해 인사말을 건넸다. 그러나 모자를 들어 위긴스 아줌마에게 고개를 숙여 인사하는 바람에 하마터면 균형을 잃고 사다리에서 떨어질 뻔했다. 다행히 조니시의 머리를 잡아 위기를 모면한 아저씨는 동물들을 향해 말했다.

"얘들아, 환영한다. 정말 환영한다. 너희들은 진정한 친구로구나. 하지만 감사의 인사는 나중에 하고 우선 일손이 달리니 좀 도와주겠니, 응? 그리고 프레디, 너는 레오의 마차에 가서 레오의 기분을 풀어 주었으면 좋겠구나. 세상에, 너 아직 레오 소식 듣지 못했지? 너도 알 거야. 레오가 자신의 갈기를 얼마나 자랑스러워했는지 말야. 그런데 이번 강풍에 그만 레오의 마차가 언덕 아래로 굴러 떨어졌지 뭐니. 그런데도 레오는 마차 밖으로 뛰어나오지 않고 끝까지 그 안에 남아 있었는데, 길을 벗어난 마차가 커다란 잡초 더미에 처박히는 바람에 그만 잡초 더미 위에 나뒹굴고 말았어. 물론 다친 데는 없지만 갈기에 가시가 달라붙어서 엉망이 되었단다. 밤새 한숨도 자지 않고 빗으로 어떻게 해 보려고 했지만 내 생각에는 암만해도 잘라야만 할 것 같아. 그런데 갈기가 아니라 다리를 잘라 내야 한다고 해도 그렇게 슬퍼하지는 않을 거야.

마술사 프레디

내가 아무리 아프지 않을 거라고 해도 소용없어. 꼭 내가 편도선을 자르던 때와 비슷하다니까! 그냥 머리카락을 한 움큼 잘라 내는 것뿐인데 말야……. 어쨌든 네가 가서 레오를 좀 위로해 주렴."

레오의 마차는 동물들의 우리가 실려 있는 마차들 가운데 맨 끝에 있었다. 마차 입구에는 두 장의 담요가 드리워져 있었다. 프레디는 레오를 부르면서 담요의 한쪽 귀퉁이를 들어올려 안을 들여다보았다. 마차 안은 아주 깜깜했는데, 한쪽 구석에 황갈색의 물체가 웅크리고 앉아 있는 모습이 희미하게 보였다.

"아, 프레디구나." 레오는 마치 혼잣말을 하듯 중얼거렸다. "이리 와서 옛 전우의 마지막 모습을 똑똑히 봐. 마음껏 비웃고 조롱하며, 경멸의 손가락질을 해도 좋아. 아, 백수(百獸)의 왕이었던 내가 한창때 내 앞에서 두려움에 벌벌 떨던 이들의 웃음거리가 되다니……. 셰익스피어의 말을 빌면 그야말로 내 목소리 하나에 전 세계가 울고 웃었었는데……."

"셰익스피어는 그런 말을 하지 않았어. 우리 집에 셰익스피어 전집이 있는데, 거기에는 그런 말이 나오지 않아."

프레디가 반박했다. 그때 갑자기 표범이 우리 밖으로 코를 쑥 내밀더니 말했다.

"레오 재, 어제부터 쭉 저러고 있다니까. 하루 종일 투덜거리지 않으면 불평을 늘어놓고 있어. 그러는 통에 다른 동물들까지 한숨도 못 잤어. 프레디, 네가 좀 어떻게 해 줄 수 없겠니?"

"나한테 맡겨."

프레디는 그렇게 말하고는 담요 한쪽을 휙 잡아당기며 "레오야, 그렇게 속상해하지 마." 하고 달랬다.

"갈기를 한두 번 정도 정리했던 적이 있잖아, 안 그래? 그런데 왜 마음을 정하지 못하고 있는 거야? 너, 그 갈기를 자르게 된 걸 다행으로 생각해야 돼. 우선 훨씬 시원해질걸. 그리고 갈기를 치렁치렁 늘어뜨리고 다니는 건 이제 한물 갔어. 다른 남자애들이라면 너처럼 머리를 엉망으로 헝클어뜨리고 돌아다니는 걸 창피하게 생각할 거야. 계집애처럼 보일 테니까 말야. 그뿐인 줄 아니? 네 머리통이 얼마나 예쁜지 모르지? 흠도 전혀 없는 데다 아주 귀티가 나지. 하지만 파마 머리에 리본까지 달고 다니는데 사람들이 그걸 어떻게 알아보겠니?"

"리본이라니 그게 무슨 말이야?" 레오가 따지듯이 물었다. "난 지금까지 리본을 달아 본 적이 없어."

"그건, 리본이 필요한 것처럼 보였거든. 어쨌든 레오야, 갈기를 모두 자르고 나면 새롭게 태어난 것 같은 기분이 들 거야. 그리고 지금보다 마흔 배나 더 백수의 왕처럼 보일걸."

그러자 레오가 관심을 보이기 시작했다.

마술사 프레디

"레오야, 그렇게 속상해하지 마."

"프레디, 정말 그렇게 생각해? 더 남성스러워 보인다 이거지? 그래, 어쩌면 그럴지도 모르지. 하지만, 하지만 말야……, 그렇지 않으면 어떻게 하지? 내 맘에 들지 않으면 어떻게 하냐고?"

프레디가 레오를 안심시켰다. "걱정하지 마. 만약 마음에 들지 않으면 그땐 인조 머리를 쓰면 돼. 가발 말야."

"뭐라고? 가발? 나한테 가발을 쓰라고? 너 미쳤니?" 갑자기 레오가 큰 소리로 으르렁거렸다.

"그렇게 화만 내지 말고 내 말을 잘 들어봐. 왕이나 영화 배우 할 것 없이 얼마나 많은 사람들이 가발을 쓰는데."

"정말? 그게 누군데?"

"있잖아, 프랑스 왕인 루이 14세도 가발을 썼었어. 루이 15세랑 16세도 마찬가지였고."

"17세도 썼지." 위긴스 아줌마가 프레디의 편을 들어주었다.

"난 루이 1세도 들어본 적 없어." 레오가 심드렁하게 말했다. "또 다른 사람은 누가 있는데?"

"조지 워싱턴, 그분도 가발을 썼어." 프레디가 말했다.

"워싱턴은 무릎까지 오는 반바지도 입었지. 하지만 내가 그럴 이유는 없잖아."

"그래, 알았어, 알았다니까. 너 좋을 대로 해. 수고한 보람도 없이……. 위긴스 아줌마, 우리 가요."

프레디는 화난 듯이 말하고는 휙 몸을 돌렸다. 그런데 바로 그 순간 사자 우리 앞에 서 있던 장장 차림의 키 크고 마른 남자와 부딪치고 말았다. 프레디는 재빨리 뒤로 물러나 정중하게 사과했다.

"정말 죄송합니다. 미처 당신을 보지 못했군요."

그는 검은 눈에 눈빛이 매우 예리했는데, 코를 중심으로 양옆으로 말려 올라간 검은 콧수염 밑으로 하얀 이가 드러나 있었다. 모자는 쓰지 않았고 어깨 위로는 붉은 안감을 댄 검은색 긴 망토를 걸치고 있었다.

"천만에. 괜찮아. 이상하게도 많은 사람들이 너처럼 이렇게 부주의하지. 바로 코앞에 있는 것도 발견하지 못하는 경우가 많거든."

그러더니 그는 손을 앞으로 쭉 뻗어 프레디의 왼쪽 귀에서 은화 한 잎을 꺼냈다.

"꼭 정확하게 코앞이 아니라 그 주위를 말하는 거야. 내가 장담하건대, 아무리 시간을 많이 주어도 모르는 건 모르는 거야. 그리고 아주머니," 그리고는 위긴스 아줌마를 향해 말했다. "요새 통 빗질을 못하신 것 같네요."

그러더니 그는 또 아줌마의 두 뿔 사이에서 낡은 새 둥지와 종이꽃으로 만든 작은 부케를 꺼냈다.

"쯧쯧, 저런! 단정치 못하기는. 외모에 좀 더 신경을 써야겠는걸요."

"와! 당신은 바로 징고 씨군요!" 프레디가 감탄하며 물었다.

"그래, 내가 바로 징고다." 마술사는 만족스럽다는 듯이 미소를
지었다.

"화요일에 아저씨 공연을 봤어요. 정말 멋진 공연이었어요."

"당연하지. 암, 당연하고말고. 유럽의 모든 왕들 앞에서도 똑같
은 공연을 했었지. 런던에서 봄베이(인도의 도시 — 역주)까지, 그
리고 케이프타운(남아프리카공화국의 도시 — 역주)에서 레이카비크
(아이슬란드의 수도 — 역주)에 이르기까지 모든 일등석에서 우레와
같은 박수가 터져 나왔어. 세 개의 대륙에 걸쳐 왕실 접견장에 모
여 있던 사람들을 모두 매료시킨 공연이었거든……."

"자그마하면서 신중하던 바로 그 사람 말이지, 안 그래?" 레오
가 빈정대는 말투로 대화에 끼어들었다. "바로 그 점 때문에 내가
징을 좋아하지. 대부분의 사람들은 자신이 이룬 성과에 대해 구구
절절 자랑을 늘어놓지만 당신은 그렇지 않거든. 그럼, 당신처럼
수줍은 성격이 그럴 리가 없지."

마술사는 이빨이 보이도록 어색하게 웃었다.

"아, 그렇지, 하지만 레오야. 그건 너도 마찬가지 아니니? 안 그
래? 너도 사람들의 시선을 받으면 수줍어하는 것 같던데, 그렇지?
당나귀 아침 식사로나 적당할 것 같은 갈기를 하고 있는 너는 생

각보다 현명한 것 같구나. 백수의 왕이라고? 천만에, 허수아비의 왕이 더 어울릴 것 같은데."

그리고는 눈을 가늘게 뜬 채 곱지 않은 시선으로 사자를 노려보았다. 처음에는 그를 착한 사람으로 생각했던 프레디도 그를 다시 보게 되었다. 위긴스 부인 역시 프레디와 같은 생각을 했다. 그리고 모든 암소들이 그렇듯이 그녀도 자신의 생각을 주저하지 않고 솔직하게 털어놓았다.

"이봐요, 징고 씨. 레오가 당신의 자화자찬에 대해 뭐라고 한 것이 주제넘었는지는 모르지만요, 그렇다고 레오가 갈기 때문에 속상해하는 것을 뻔히 알면서 그것을 놀리는 당신도 점잖다고 할 수는 없군요. 솔직히 말해 당신은 비열하기 짝이 없네요!"

이 말에 징고 씨는 위긴스 부인을 향해 돌아섰다.

"아, 그렇게 생각하셨나요? 전 그냥 서로의 의견을 교환하는 자리라서 한 말인데……. 살이 뒤룩뒤룩 찌고 아둔해 보이는 당신의 얼굴을 보니 금방이라도 체할 것 같군요. 제발 그 얼굴 좀 치워주시죠."

암소들은 원래 솔직한 성격이라 자신의 생각을 감추지는 못하지만 마음씨가 아주 따뜻하다. 그에 반해 교묘한 방법으로 암소를 모욕하는 징고 씨는 매우 비열했다. 마술사의 말에 깜짝 놀란 위긴스 부인은 마음의 상처를 입고 "그렇게는 안 될걸요!" 하고 소리를 질렀다.

　그러한 상황을 지켜보던 마음 착한 프레디도 화가 났다. 위긴스 부인은 동업자이자 오랜 친구라는 사실을 떠나서 엄연한 숙녀였다. 또한 프레디는 어려서부터 아무리 처음 만난 사이라고 해도 숙녀에게 모욕을 주어서는 안 된다고 배워 왔다. 그래서 으르렁하고 이빨을 드러내 레오에게나 어울릴 듯한 목소리로 호통을 쳤다.

　"이봐요, 신사 양반." 프레디가 마술사를 불러 말했다. "당장 이 숙녀 분께 사과해요. 어서요!"

　"하, 돼지 기사라!" 그리고는 가소롭다는 듯이 "내가 싫다고 하면 어쩔 건데? 내 팔다리를 발기발기 찢어 놓기라도 하겠다는 거야?"라고 물었다.

　돼지에 대해 잘 모르는 사람들은 돼지는 위험한 동물이 아니라고 생각하기 쉽다. 그러나 돼지는 한번 화가 나면 농부들이 아무리 정신을 바짝 차려도 맨손으로 상대할 수 없을 만큼 성질이 사나워진다. 프레디가 앞발로 세게 한 방 먹이기라도 하면 마술사는 큰 타격을 받을 것이 분명했다. 실제로 프레디가 마술사에게 막 달려들려고 할 때 사다리에서 내려와 있던 붐슈미트 아저씨가 부산스럽게 그들 사이에 끼어들었다.

　"이봐, 이봐, 징." 아저씨가 마술사를 불렀다. "자네가 방금 한 말을 나도 저 위에서 들었는데 좀 심하더군. 아주 신사답지 못한

　마술사 프레디

말이었어. 여기 이 숙녀 분은 내 오랜 친구라네. 누구에게 모욕을 주고 싶다면 내가 싫어하는 사람을 찾지 그랬어? 그래 그게 좋겠군……."

아저씨가 갑자기 웃음을 터뜨리며 말했다. "자네 자신을 욕하는 건 어떤가? 자네도 알겠지만 난 자네를 좋아하지 않거든."

아저씨의 웃음소리가 두 배로 커지더니 곧 이어 프레디와 위긴스 아줌마 그리고 레오까지 따라 웃기 시작했다. 물론 징고 씨만 빼고. 그의 얼굴에서는 어색한 미소가 사라지지 않았지만 금방이라도 폭발할 것처럼 위험해 보였다.

"재치 있는 말이군, 붐슈미트 씨. 물론 당신은 내가 속해 있는 서커스단의 단장이니 당연히 마음대로 말할 권리가 있죠."

"이런 세상에……. 징, 나는 항상 하고 싶은 말은 한다네. 비록 내가 한 말 때문에 내 기분이 상하더라도 말야. 어때, 우습지 않나? 레오, 너는 어떻게 생각하지? 응? 아니 내 말에는 신경 쓰지 마. 오늘 아침은 기분이 별로 좋지 않은 것 같군. 내가 한 말은 못 들은 걸로 해 둬. 그런데 도대체 너희들 사이에 무슨 일이 있었던 거지?"

그들이 일제히 설명을 하려는 바람에 붐슈미트 아저씨는 손가락으로 귀를 틀어막아야만 했다.

"아휴, 도대체 무슨 말인지 하나도 못 알아듣겠네. 내 생각에는 서로 사과를 한 다음 새로운 마음으로 다시 시작하는 것이 최선의 방법인 것 같은데, 안 그래? 징, 자네가 먼저 사과하지."

"나는 절대로 먼저 사과할 수 없어요." 마술사가 고집을 피웠다.

"그렇다면 나도 그럴 수 없지." 레오가 그를 따라했다.

"위긴스 부인이나 나는 사과할 게 없어요." 프레디도 완고했다.

"모두 똑같은 마음이군. 그렇다면 나를 위해 준다고 생각하고, 만약 한쪽이 먼저 사과를 한다면 모두들 사과할 마음이 있는 거지, 그렇지?"

붐슈미트 아저씨가 묻자 모두를 고개를 끄덕였다.

"좋아, 그러면 지금부터 내가 셋을 셀 테니 내가 '셋' 하면 모두 '내가 사과할게' 하고 말하는 거야. 알았지?"

아저씨는 숫자를 세기 시작했고, 모두 마지못해 "내가 사과할게."라고 중얼거렸다. 그제야 아저씨는 "징, 이리 와 봐. 그 모자에 대해 할 얘기가 있어."라며 용건을 꺼냈다.

"그럼요, 기꺼이 따라가죠. 하지만 그 전에 저 사자에게 어젯밤 갈기에 묻은 지푸라기를 떼려고 나에게 빌려 갔던 빗을 돌려주라고 말해 주세요."

"하지만 징, 내가 몇 번이나 말했잖아. 빗을 잃어버렸다니까. 어디에 있는지 모르겠어." 레오가 답답하다는 듯이 말했다.

"너는 오전 내내 우리에서 꼼짝하지 않았잖아. 그러니까 분명히

마술사 프레디

우리 안에 있을 거야."

"그래, 그건 나도 알아. 내 갈기 속 어딘가에 있을 거야. 하지만 네가 그걸 찾아낸다면 너는 내가 생각했던 것 이상으로 똑똑하다고 할 수 있지. 그런데 내 생각에는……."

"레오!"

붐슈미트 아저씨가 마치 경고하듯 레오의 이름을 불렀다.

"알았어요, 단장님. 징에게는 나중에 내 생각을 말할게요. 하지만 빗을 돌려달라고 징이 나를 얼마나 못살게 굴었는데요. 그것도 이빨이 겨우 네 개밖에 안 되는 것을 가지고요. 내가 반드시 다른 빗으로 사 줄 거예요."

"하지만 네 갈기 안에 그 빗이 들어 있다면……. 징, 자네가 우리 안으로 들어가서 레오와 함께 찾아보지 그래?"

그러자 레오가 웃음을 터뜨렸다.

"그래, 징, 이리 들어와. 앞문으로 들어와서 나갈 때는 산산조각이 되어 나가라. 한 입 크기로 갈기갈기 찢겨진 채 말야."

사자가 한쪽 앞발을 쫙 펴서 바닥을 긁자 나무 조각들이 사방으로 튀었다.

원래 레오는 이 세상에서 가장 순한 동물이라고 해도 좋을 정도로 마음이 여렸다. 따라서 프레디는 징고가 어떤 말을 해도 결코 레오가 그를 해치지 않을 것이라는 걸 알고 있었다. 그러나 서커스단에 들어온 지 얼마 되지 않은 징고는 레오의 우리에는 자물쇠가 없으며, 따라서 언제든지 우리 밖으로 나와서 그를 물어뜯을 수도 있다고 생각했다.

결국 징고는 우리에서 뒷걸음질치면서 "갖고 싶다면 그냥 가지라고 하세요." 하고는 붐슈미트 아저씨와 함께 부리나케 자리를 떴다.

"세상에! 뭐 저런 인간이 다 있어!"

위긴스 아줌마가 씩씩거리자 프레디도 한 마디 거들었다.

"그러게 말예요. 제 마술 수업도 날아가 버렸네요, 쳇!"

붐슈미트 아저씨와 징고 씨는 팔짱을 끼고 커다란 텐트를 향해 걸어갔다. 그런데 붐슈미트 아저씨가 무슨 말을 하자 갑자기 마술사가 팔짱을 풀더니 자리에 멈추어 서서 고개를 돌려 프레디를 유심히 쳐다보았다. 그는 곧 빈 아저씨께 무언가를 물어보았고, 붐슈미트 아저씨가 대답을 하고 텐트 안으로 들어가자 프레디가 있는 곳으로 천천히 걸어왔다.

프레디는 그 자리에 꼼짝 않고 서 있었다. 징고 씨는 어떤 문제를 일으키려고 하는 것 같지는 않았다. 놀란 듯한 표정의 그는 무언가를 골똘히 생각하는 듯했다. 그런데 반쯤 걸어오던 그가 갑자기 멈추어 서더니 어깨를 한번 들썩하고는 다시 돌아서서 걷기 시작했다.

마술사 프레디

"참 웃기네." 위긴스 아줌마가 말했다. "너한테 무슨 말을 하려고 오는 줄 알았는데 말야."

"그러게요. 붐슈미트 아저씨의 말을 듣고는 갑자기 방향을 바꿔 이쪽으로 걸어오기 시작했어요. 아무래도 무슨 말을 했는지 아저씨께 여쭤봐야겠어요."

프레디는 큰 텐트를 향해 걸어갔다. 레오도 우리 문을 열고 밖으로 나왔다. 그리고는 프레디가 내려놓은 담요를 집어들더니 마치 숄처럼 그것을 머리에 두르고 말했다.

"나도 같이 가자. 네 말이 맞는 것 같아. 머리를 밀어 버리는 편이 낳겠어. 단장님께 가위가 있으니까 깎아 달라고 할게."

둘의 이야기를 들은 붐슈미트 아저씨도 잘 모르는 듯했다.

"얘들도 참. 내가 징고 씨에게 무슨 말을 했는지 어떻게 기억하니? 나는 다른 사람들에게 한 말을 기억하는 사람이 아니야."

"하지만 잘 생각해 보면 기억이 나실 거예요. 겨우 몇 분 전의 일인걸요."

붐슈미트 아저씨는 모자를 뒤로 젖히더니 생각에 잠겼다. 그러나 "미안하지만 전혀 생각나지 않는구나. 프레디, 너도 알겠지만 나한테 중요한 것은 내가 사람들에게 무슨 말을 했느냐가 아니라 그들이 내게 무슨 말을 했느냐거든. 그것이 바로 내가 기억하고 있는 거야."라는 말만 되돌아왔다.

"알았어요. 그러면 징고가 걸음을 멈추고 오던 방향으로 돌아가기 전에 아저씨에게 무슨 말을 했나요?"

이 질문에는 붐슈미트 아저씨가 바로 대답했다. "그가, '그러면 그 소문이 자자한 탐정이 바로 저 돼지인가요, 네? 저런, 저런, 미리 알았더라면 좋았을 텐데!' 라고 하더군."

"알겠어요, 그러니까 아저씨는 그에게 제가 탐정이라고 말했군요."

"아마 그런 것 같다. 하지만 조금 전에도 말했듯이 나는 내가 혼자 중얼거리는 말도 귀담아 두지 않는단다. 전혀 귀에 들어오지 않거든. 그건 아주 자연스러운 일 아니니, 안 그래? 레오, 너도 그렇게 생각하지? 어쨌든 나는 다른 사람들이 무슨 말을 하는지 그것이 궁금할 뿐이야."

"그럼요, 단장님, 당연한 거죠." 레오가 맞장구를 쳤다. "그건 그렇고, 단장님, 머리 깎는 기계로 제 갈기 좀 밀어 주시겠어요? 그게 최선의 방법인 것 같아요. 이런 모습으로 돌아다닐 수는 없잖아요."

그러면서 레오는 슬픈 듯이 고개를 흔들었다. "하지만 어떻게 용기를 내어 거울에 비친 제 모습을 볼 수 있을지 암담하기만 하네요."

2. 잃어버린 마술사의 모자

붐슈미트와 헤어진 프레디와 위긴스 부인은 서커스장 마당을 치우고 있던 무리를 도와 청소를 시작했다. 한창 열심히 일하고 있는데 서커스 단원들을 위해 음식을 준비하는 요리사들이 커다란 냉장고와 수많은 접시 그리고 스푼을 들고 마당으로 나왔다. 모두들 재빨리 일을 끝낸 뒤 둘러앉아 아이스크림을 맛있게 먹었다.

이것은 붐슈미트 아저씨의 아이디어였다. 모두들 그의 밑에서 즐거운 마음으로 일할 수 있는 이유는 바로 이렇게 항상 다른 사람들이 전혀 생각하지 못하는 방법으로 단원들을 깜짝 놀라게 하기 때문이었다. 프레디는 접시까지 깨끗이 핥아먹고서 풀밭 위에 드러누웠다.

"그런데 그 마술사는 우리가 탐정인 걸 알고 왜 되돌아오려고 했을까요?"

"글쎄 무슨 잘못을 저지른 건 아닐까?" 암소가 대답했다. "우리가 그를 쫓고 있다고 생각했을 수도 있잖아."

그들은 잠시 동안 징고 씨의 이상한 행동에 대해 생각해 보았지만 그럴듯한 답이 나오지 않았다. 다시 청소를 하려고 자리에서 일어나려는 순간 토끼 한 마리가 깡충깡충 뛰어왔다. 처음 보는 토끼였다. 빈 농장에 살고 있는 토끼들은 모두 약간씩 황갈색을 띠고 있었는데, 이 토끼는 머리끝에서 발끝까지 눈처럼 희었다.

토끼가 먼저 인사를 건넸다.

"안녕하세요. 혹시 그 유명한 프레드릭과 위긴스 탐정 사무소의 탐정님들이 아니신가요?"

"맞아. 그리고 여기는 내 조수인 위긴스 부인이지."

그렇게 말하고 돼지는 토끼를 자세히 살펴보았다.

"전에 어디선가 본 적이 있는 것 같은데……. 잠깐만," 하고 프레디가 말을 멈추었다. "그래, 이제 알겠다. 너는 지난 화요일 징고 씨의 공연 때 실크 모자에서 튀어나왔던 바로 그 토끼구나."

"맞아요. 정말 당신은 사람들 말대로 무척 똑똑하시군요. 감히 훌륭한 추론이라고 말씀드리고 싶네요."

프레디 역시 다른 사람들처럼 칭찬을 좋아하긴 했지만 토끼가 지나치게 아부한다는 생각이 들었다. 그래서 다소 퉁명스럽게 말했다.

"무슨 그런 소리를……. 전에 봤던 사람을 알아보는 거랑 똑똑한 거랑 무슨 상관이 있니? 난 그저 실크 모자 마술을 자세히 봤을 뿐이야. 그런데 어떻게 그럴 수 있지? 정말 네가 사라진 것이 맞니?"

"아, 그럼요. 확실히 사라졌죠. 모자만 있다면 제가 어떻게 사라지는지 보여 드릴 수도 있는데……. 그런데 모자가 바람에 날아가 버렸어요. 모자를 잃어버린 거죠. 사실은 그래서 여기에 왔는데요. 혹시 모자 찾는 걸 좀 도와주시면 안 될까요?"

"네 주인이 천 달러를 지불해야만 모자 찾는 일을 도와줄 수 있어. 요금을 내지 않으면 아무리 네 주인이 바닥에 이마를 세 번 부딪히고 머리에 재를 문지른다고 해도 절대로 찾아줄 수 없어. 결코……."

"그럼 도와주지 않겠다는 말인가요?"

그러더니 "아, 어떡하지!"라는 말과 함께 하늘을 향해 뻗어 있던 토끼의 귀가 갑자기 아래로 꺾였다. 마치 창문을 가리는 블라인드처럼 아래로 축 처진 귀가 무척이나 불쌍해 보였다. 위긴스 아줌마가 놀랐다.

"어머나! 이건 정말 묘기다!"

"묘기가 아니에요." 토끼가 앙칼진 목소리로 대꾸했다. "슬퍼지면 항상 이렇게 귀가 아래로 처진단 말예요."

"그것 참 재미있구나." 프레디가 말했다. "나는 슬플 때면 꼬리가 둥글게 말리는데. 물론 너는 그렇게 말릴 만한 꼬리도 없지."

"저도 꼬리가 있어요." 하고 토끼가 쏘아붙였다. "그리고 프레첼(매듭 또는 막대 형태의 딱딱하고 짭짤한 비스킷 — 역주)처럼 맨날 꼬여 있는 것도 아니라고요!"

그러더니 갑자기 토끼는 "어머 죄송해요." 하고 얼른 사과했다. "이렇게 말다툼을 벌일 생각은 아니었는데……. 저는요, 탐정님들이 제 사건을 맡아 주실 거라고 생각했거든요. 우선 이건 해결하기 아주 어려운 문제예요. 그리고 정말 보기 드문 사건이기도 하고요. 사람들이 그러는데 아주 어려운 사건을 해결하는 데 당신을 따라갈 만한 자가 없다고 하더라고요. 그래서 당신의 그 놀라운 추리력과 동물의 본성에 대한 해박한 지식으로 분명히……."

"아부는 그만하고!" 프레디가 말을 가로막았다. "그래, 우리는 어려운 사건을 해결하는 걸 좋아하지. 하지만 징고 씨나 그의 모자 그리고 그의 토끼를 비롯해서 그와 관련된 것에는 관심 없어. 그러니까……."

"하지만 저도 징고 씨가 싫어요. 저를 해고했거든요. 모자가 없

"묘기가 아니에요." 토끼가 앙칼진 목소리로 대꾸했다.

으면 저도 필요가 없다고 하면서……. 그럼 나는 앞으로 어떻게 살아가야 하냐고 물으니까 웃으면서 '너 스스로 알아서 살아. 토끼들은 시골에서도 잘만 살더구나.' 하고 말하는 거 있죠."

"그건 그렇지 않니?" 위긴스 아줌마가 물었다.

"그런 것에 익숙해져 있다면 그럴 수 있겠지요. 하지만 저는 마술 토끼예요. 저는 시골의 '시' 자도 모른다고요."

"자신을 위해 오랫동안 일해 준 너를 그렇게 단번에 쫓아 버리다니……. 아주 몹쓸 사람이구나." 암소가 말했다.

"그가 다른 모자를 구하면 안 될까?" 프레디가 물었다.

"징고 씨가 그러는데, 그런 모자는 엄청 비싸기 때문에 자신의 능력으로는 살 수가 없대요. 제가 이곳을 찾아온 것도 바로 그런 이유에서라고요. 만약 모자를 찾아오면 저를 다시 받아 준다고 했거든요."

프레디는 고개를 가로저었다.

"미안하구나. 우리는 다른 데서 일어난 일까지 맡을 수는 없어. 우리 지역에서 일어난 일을 해결하는 것만으로도 벅차거든. 게다가 올 여름에는 마술을 배울 생각이기 때문에 더 여유가 없을 거야."

"마술이라고요?" 토끼가 물었다. "마술에 대해서라면 저만큼 잘 가르쳐 드릴 동물도 없죠. 그럼 우리 계약을 맺으면 어떨까요? 아

마술사 프레디

저씨는 제 사건을 맡아 주시고 저는 아저씨께 마술을 가르쳐 드리는 거예요. 어떠세요?"

"그럼 징고 씨가 소녀를 톱으로 두 동강내는 마술도 가르쳐 줄 수 있니?" 솔깃해진 위긴스 아줌마가 물었다.

"물론이죠. 그거 별거 아니에요. 모두 다 가르쳐 드릴 수 있어요."

"흠······."

프레디가 생각에 잠기자 축 처졌던 토끼의 귀가 다시 쫑긋 섰다.

"그런데 말야······."

토끼의 귀가 다시 아래로 축 처졌다.

"프레디, 우선 자초지종이나 들어보자." 하고 위긴스 아줌마가 제안하자 프레디가 입을 열었다.

"사실 나는 톱으로 사람을 두 동강내는 마술에는 별로 관심이 없어. 내가 알고 있는 사람에게 그런 짓을 하고 싶지도 않고······. 또 내가 모르는 사람이라면 두 동강을 내도록 가만히 누워 있지도 않을 테니까 그건 시간 낭비에 불과해. 그래도 일단 네 사연이나 들어보자."

토끼의 이름은 프레스토였다. 징고 씨가 모자에서 토끼를 꺼내면서 항상 "프레스토 체인지, 얍!" 하고 소리를 지르기 때문에 이렇게 불리게 되었다고 했다. 그의 가문은 조상 대대로 마술사의 주문을 따라 사라지는 토끼 역할을 해 왔는데, 그의 증조 할아버지는 호우디니를 위해 일했고, 그의 부모는 징고를 위해 일했다. 프레스토는 이 모자 마술이 모든 마술 가운데 가장 어렵다고 했다. 왜냐하면 소녀가 캐비닛 안에 들어가 있다가 바닥에 있는 비밀 문을 통해 사라지는 속임수와 달리 이 마술은 진짜 마술이었기 때문이다.

"내가 모자 속에 들어가서 사라져 버리는 건 진짜로 없어지는 거예요, 아시겠죠?" 하고 프레스토가 강조했다.

"말도 안 돼." 위긴스 부인이 반박했지만 프레디는 "그럼. 나도 그렇게 믿어. 어서 이야기나 계속해."라며 이야기를 재촉했다.

프레스토의 이야기는 이러했다.

허리케인이 서커스단을 급습했을 때 마침 징고 씨는 공연 도구들을 챙기고 있었고, 실크 모자는 그 옆에 놓인 탁자에 올려져 있었다. 그런데 바로 그때 텐트 아래로 바람이 들어와 탁자 위에 올려져 있던 종이들과 함께 실크 모자가 공중으로 날아오르더니 텐트 밖으로 날아가 버린 것이다. 나무만큼 높이 날아 올라간 모자는 저 멀리 북서쪽으로 사라졌고, 종이들은 마치 커다란 까마귀를 따라가는 흰 비둘기 떼처럼 모자 주위를 날아다녔다.

"음, 모자를 쉽게 찾을 수 있을 것 같은데……."

프레스토의 말을 다 들은 프레디가 말했다.

마술사 프레디

"아니, 잠깐만!!" 프레스토의 귀가 위로 쫑긋 서는 것을 본 프레디가 서둘러 말했다. "그렇다고 우리가 네 부탁을 들어주겠다는 것은 아니야. 나는 그냥 너 혼자 모자를 찾는 방법에 대해 조언을 해 주겠다는 것뿐이지."

"저 혼자서는 절대로 못 찾아요. 그러니 제발 그러지 말고요, 그냥 좀……. 제가 뭐든지 다 가르쳐 드릴게요. 마술을 전부 가르쳐 드린다니까요. 그러니까 제발요, 네?"

한참을 옥신각신한 뒤에야 비로소 프레디는 토끼의 부탁을 들어주기로 했다. 위긴스 부인은 쉽게 결정을 내리지 못하는 프레디가 답답했다.

마침내 프레디는 농장으로 돌아갈 때 토끼를 데리고 가겠다는 약속을 하고 토끼를 돌려보냈다. 토끼가 가자마자 위긴스 부인이 기다렸다는 듯이 물었다.

"왜 일이 많다고 했는지 난 통 이해할 수가 없어. 최근 두 달 동안 일거리가 하나도 없었잖아. 정말 그 사건을 맡고 싶지 않았던 거니?"

"처음부터 이 사건을 맡으려고 마음먹었어요. 하지만 그런 내색을 보였다가는 프레스토가 우리를 훌륭한 탐정이 아니라고 생각할까 봐 일부러 그런 거예요."

"저런 세상에……." 암소가 혀를 차며 말했다. "우리는 지금 탐정 일을 하고 있어. 안 그래? 게다가 신문에 광고까지 내고 있다고! 그렇잖아? 그런데 누가 사건을 의뢰했을 때 우리가 시큰둥한 반응을 보인다는 건 말이 되지 않아."

"아니요, 사업을 할 때는 그렇게 해야 해요. 누가 당신이 팔고 싶은 물건을 사러 오더라도 얼씨구나 하고 금방 팔아서는 안 되죠. 팔까 말까 망설이는 것처럼 보여야 한단 말예요. 그렇게 시간을 끌면 끌수록 상대방은 더욱더 내 물건을 사려고 하죠. 연애랑 똑같아요."

"하긴 나는 연애를 해 본 적이 없어서……."

"저도 물론 그래요. 하지만 원리는 똑같아요."

"무슨 원리?" 위긴스 부인은 이해되지 않는다는 표정으로 물었다. 그리고는 곧 "아, 그래, 내 말은 신경 쓰지 마. 나는 그냥 참 이상한 방법으로 사업을 한다고 느꼈을 뿐이니까. 도대체 말이 안 되는 것 같거든."

"말은 안 되죠. 하지만 돈은 되거든요."

3. 소나무 가지에 걸린 닭장

빈 아저씨네 농장에 도착한 프레디와 위긴스는 입구에서 검은 고양이 징크스를 만났다.

"어이, 탐정 나리들." 징크스가 불렀다. "오늘은 뭐 좋은 단서라도 발견하셨나? 워낙 훌륭하신 단짝 탐정들이시잖아. 서커스 공연장에서 건들거리면서 돌아다니기 전에 할 일을 끝내시는 게 어때?"

"할 일이라니, 무슨 말이야?" 프레디가 물었다.

"내 말은 여기 농장에 지금 탐정이 해결해야 할 문제가 생겼는데도 그 일은 해결할 생각도 않은 채 서커스단에나 갔다 오니 하는 말이야."

그리고는 농장 안으로 그들을 데려갔다.

"여기 서서 한번 쭉 훑어 봐. 뭐 이상한 것 없어?"

마당에는 여전히 동물들이 분주히 돌아다니고 있었고, 쓰레기들도 말끔히 치워진 상태였다. 빈 아저씨는 지붕에서 내려와 외양간 문에 달린 경첩의 나사못을 조이고 있었다.

"나는 모르겠는데." 하고 위긴스 아줌마가 말했다.

"전보다 더 깨끗해진 것밖에는 뭐 별로 달라진 게 없는데……." 프레디도 거들었다.

그러자 징크스가 빙긋 웃으며 말했다. "세상에, 저런! 이거 완전히 멍청이들이군! 잘 둘러봐. 정말 뭐 달라진 것 없어?"

둘은 이번에도 역시 고개를 가로저었고, 궁금함을 이기지 못한 위긴스 아줌마는 마침내 폭발하고야 말았다.

"이건 원 답답해서, 이봐 고양이, 수수께끼처럼 궁금하게 하지 좀 마. 뭘 잊어버려서 우리가 찾아주길 원한다면 왜 솔직하게 말하지 않는 거지?"

그때 갑자기 프레디가 "닭장이다!" 하고 비명을 질렀다. "도대체 닭장이 어디로 간 거야?

그들은 일제히 마당 반대쪽을 돌아다보았다. 어제까지만 해도 그곳에는 회전문이 달린, 작지만 그래도 보기 좋은 닭장이 놓여 있었다.

"찰스는! 헨리에타는 어디로 간 거지?" 프레디는 흥분을 감추지 못했다. "또 병아리들은 왜 보이지 않는 거지? 맞아, 오늘 아침에도 보이지 않았어. 그럼, 그 말이?"

"맞아. 우리 모두 폭풍이 지나간 뒤 마당을 치우느라 정신이 없어서 닭장이 없어진 것도 모르고 있었던 거야. 빈 아줌마가 달걀을 가지러 가서야 겨우 알게 되었어. 아마도 닭장은 허리케인에 날아가서 지금쯤 온타리오 호수 한가운데를 떠다니고 있을 거야. 찰스는 아마 지붕 위에 올라가서 거친 물결을 향해 일장 연설을 늘어놓고 있을 테지. 농어랑 강꼬치들은 회전문으로 회전목마 놀이를 하고 있을걸."

"그만해!" 위긴스 아줌마가 소리를 질렀다. "지금 그런 농담할 때니? 닭들이 어디 있는지 찾아야 해."

"아마 심하게 다치지는 않았을 거야." 징크스가 말했다. "닭에게는 날개가 있잖아. 공중으로 날아갔다고 해도 땅에 안전하게 내려앉을 수 있어."

"이런, 세상에." 프레디가 말했다. "지금 우리가 뭘 하고 있는 거지? 바람을 쫓아가기만 하면 되잖아. 남동쪽에서 바람이 불어오고 있으니까 북서쪽으로 수색대를 파견하면 되겠다. 이봐, 포메로이!"

프레디는 정원 모퉁이에서 벌레를 찾고 있던 개똥지빠귀를 불렀다. 콩콩거리며 뛰어온 개똥지빠귀는 안경을 끼고 있는 모습이 마치 작은 부엉이 같았다.

"이봐, 제이제이. 다른 새들에게 연락해서 북서쪽에 우리 닭장이 있는지 좀 알아봐 달라고 할 수 있겠니? 허리케인 때문에 닭장이 날아갔는데, 찰스 가족들이 무사한지 걱정이 되거든. 그리 멀리 가진 않았을 거야. 그리고 새들이라면 금방 찾을 수 있을 것 같은데……. 아, 참! 그리고 붐슈미트 아저씨가 쓰고 있는 것 같은 검은색 실크 모자도 있는지 찾아봐 달라고 해 줘. 그것도 없어졌거든. 모자는 닭장보다 훨씬 멀리 날아갔을 거야. 하지만 모자를 찾아다 주는 새에게는 충분한 보상을 할게. 새들에게 이 소식을 퍼뜨려 줘. 그리고 제이제이, 난 외양간에 있을 테니 새로운 소식이 들어오면 그곳으로 와."

개똥지빠귀가 자리를 뜨자 프레디는 외양간으로 향했다. 그곳에서는 프레스토가 위긴스 아줌마의 자매인 부르츠부르거 부인과 워구스 부인에게 간단한 마술 시범을 보여 주고 있었다. 매너가 뛰어난 방문객이 마음에 든 자매들은 프레스토가 있고 싶을 때까지 자신의 외양간에서 함께 지내도 좋다고 말했다. 프레디는 그들의 제안에 전혀 놀라지 않았다. 그는 프레스토가 얼마나 아첨을 잘하는지 이미 알고 있었고, 부르츠부르거 부인과 위구스 부인으로서도 그런 아첨은 생전 처음이었다. 사실 암소에게 일부러 아첨하는 동물은 거의 없으니까.

"그가 우리의 제안에 관심을 보이지 않을까 봐 걱정이야." 위구스 부인이 프레디에게 입을 열었다. "여기 외양간은 너무 조용해. 만약 토끼가 이곳에 있어 준다면 더할 나위 없이 좋을 텐데."

"이렇게 환영해 주셔서 어찌할 바를 모르겠어요. 불쌍하고 외로운 토끼가 이렇게 교양이 높으신 부인들께 특별히 해 드릴 것이 없으니 무슨 말을 해야 할지……."

프레스토는 이번에도 심하게 아첨을 떨었다. 그 말에 프레디가 "조금 있으면 좋은 말이 생각날 것 같은데." 하고 끼어들었다.

"부인들이 너를 이곳에서 지내게 하고 싶다고 해도 나는 괜찮아. 하지만 마술 수업을 할 때는 돼지우리로 와야 해."

그리하여 프레디의 마술 공부가 시작되었고, 프레스토는 징고 씨가 했던 것 가운데 쉬운 것들을 먼저 가르치기 시작했다. 프레디는 눈치가 빨랐기 때문에 카드 마술이나 빠른 손동작을 이용한 속임수는 시도조차 하지 않았다. 게다가 재빠른 손동작을 요하는 마술은 손가락이 없는 돼지로서는 불가능했다. 그밖에도 비밀 주머니나 클립 또는 마술사의 옷 속에 숨겨 놓은 여러 도구를 이용한 마술들이 많았다. 프레스토는 프레디에게 이러한 마술은 금방

배울 수 있을 거라며 용기를 북돋워 주었다. 프레디는 그가 탐정 일을 할 때 사용했던 여러 가지 변장복 중에서 빈 아저씨가 자기를 위해 길이를 잘라 주었던 아저씨의 낡은 정장을 골랐다. 그리고는 몇 가지 천 조각과 바늘과 실을 이용해 프레스토가 가르쳐 주는 대로 자신이 입을 마술복을 만들기 시작했다. 옷 안쪽에 비밀 주머니를 몇 개 달고, 철사로 클립을 만들어 옷깃 아래쪽과 소매 안쪽에 고정시켰다.

바로 그때 가볍게 창문을 두드리는 소리가 들렸다. 창문 쪽을 바라보니 포메로이 씨가 서 있었다. 프레디는 재빨리 창문을 열어 주었다.

"있잖아," 개똥지빠귀가 입을 열었다. "닭장을 찾았어. 오트사가라 호수까지 날아가서 네 친구 캠퍼 씨의 농장에 있는 커다란 소나무 가지에 걸려 있더군. 내 사촌 이사벨이 그곳에 살잖아. 개가 닭장을 발견하고는 찰스와 헨리에타랑 이야기를 나눈 다음 이리로 날아와서 알려 주었어."

"저런, 세상에, 불쌍하기도 해라!" 프레디가 말했다.

"글쎄, 난 그렇게 생각하지 않아. 오히려 아주 좋은 경험을 했다고 보는데……. 물론 닭장이 여러 번 공중 회전을 했겠지만 어쨌든 제대로 자리를 잡았고 또 아무도 다치지 않았잖아. 헨리에타도 걱정하지 말라고, 자기들은 모두 거기서 잘 지내며 멋진 휴가를 즐기고 있다고 전해 달라고 했대."

창문 너머로 빈 아저씨가 늙은 흰색 말 한크를 마차에 매는 것이 보였다. 금방이라도 닭장을 찾으러 떠날 것만 같았다. 아저씨도 농장의 가축들이 말을 할 수 있다는 것은 알고 있었지만 그것을 별로 좋아하지는 않았다. 그것은 자연스럽지 못한 일인 데다 신경을 예민하게 만든다고 하셨다. 사실 그렇게 생각하는 사람들이 많았다. 그들은 평범한 것에서 조금이라도 벗어난 것을 참을 수 없어 하며 화를 내기도 한다. 그러나 이것은 아주 중요한 문제였고, 따라서 프레디는 밖으로 뛰어나가 자신이 들은 이야기를 아저씨께 전해 주었다.

"이건 제 생각인데요, 아저씨. 위긴스 아줌마와 제가 그곳에 가서 상황이 어떤지 먼저 알아보고 오는 것이 어떨까요? 그런 뒤에 나뭇가지에 걸려 있는 닭장을 내려서 이곳으로 다시 가져오는 방법을 연구해도 될 것 같은데요."

빈 아저씨는 파이프를 빨면서 돼지를 쳐다보았다. 그런 다음 혼자 툴툴거리고는 — 아저씨는 상대방의 의견에 동의할 때 항상 이러는 습관이 있다 — 다시 한크를 풀기 시작했다. 프레디도 곧 위긴스 아줌마를 부르러 갔다.

큰 숲과 마을을 지나 호수까지 한참을 걸어간 그들은 저녁때가 다 되어서야 캠퍼 씨의 집에 도착할 수 있었다. 캠퍼 씨는 워싱턴에 가고 없었지만 떠나기에 앞서 그의 집사인 배니스터에게 프레디나 빈 농장의 동물들이 찾아오면 귀한 손님을 대하듯 정성을 다하라고 미리 일러두었다. 주인의 당부대로 배니스터는 프레디에게 꼭 저녁을 먹고, 그날 밤은 거기서 묵고 가야 한다면서 무엇을 먹고 싶은지를 물었다.

"이렇게 고마울 데가……." 위긴스 아줌마가 감사 인사를 했다. "저희를 별로 신경 쓰지 않으셔도 돼요. 저는 그냥 목초 조금이랑 물 한 양동이면 되거든요."

그리하여 위긴스 아줌마는 밖에서 저녁을 먹었고, 프레디는 집 안으로 초대되어 맛있는 음식을 대접받았다.

식사가 끝난 뒤 그들은 모두 호수로 향했고, 배니스터는 닭장이 있는 곳을 알려 주었다. 닭장은 정말로 호수 위로 가지를 드리운 커다란 소나무 가지 사이에 매달려 있었는데, 마치 오래 전부터 그곳에 있던 것처럼 보였다. 병아리들이 삐악거리는 소리와 그것을 꾸짖는 암탉 소리가 들려 왔다. 위긴스 아줌마가 뿔로 나무 기둥을 탁탁 치자 닭장 안은 갑자기 쥐 죽은 듯 조용해졌다.

잠시 후, 수탉인 찰스가 문 밖으로 나오더니 아래쪽을 내려다보았다. 그들을 발견하고 깜짝 놀란 찰스는 헨리에타를 불러 가지를 밟고 폴짝폴짝 뛰어내려 왔다.

"자연이 만들어 준 계단이지." 찰스가 말했다. "근사하지? 너희

"정말이지, 이렇게 멋진 곳을 발견하다니 우린 참 운이 좋았어."

도 저 위로 올라가면 멋진 경치를 감상할 수 있을 텐데. 정말이지, 이렇게 멋진 곳을 발견하다니 우린 참 운이 좋았어."

"마치 네가 원해서 이곳으로 온 것처럼 말하는구나." 하고 프레디가 말했다. "자, 이제 집으로 돌아가는 게 어때? 빈 아저씨랑 아줌마가 너희를 얼마나 걱정하시는데."

"집이라고? 집이라고? 하지만 이젠 여기 이 닭장이 우리 집이야. 정확히 말하면 펜트하우스(빌딩 최상층의 고급 주택을 말함 — 역자)지. 설마 그 시끄러운 농장으로 다시 돌아가야 한다는 건 아니지? 거긴 동물들이 바글거리고 시끌벅적하기만 하잖아! 여기는 조용하고 평화로운데다 저녁이면 미풍이 불어서 닭장이 자동으로 흔들거리거든. 덕분에 애들도 금방 잠이 들고……. 바람이 불면 펜트하우스가 얼마나 근사하게 흔들거리는데." 찰스는 프레디의 제안을 거절했다.

"나도 알아." 프레디가 말했다. "그렇지만 가지가 부러지면 펜트하우스도 땅바닥으로 떨어지겠지."

"괜찮아." 하고 헨리에타가 끼어들었다. "허리케인도 겪었는데 뭐. 그깟 바람은 아무것도 아니지. 물론 빈 아저씨와 아줌마께는 죄송하지만, 우리가 모두 무사하고, 앞으로도 여기서 계속 지내고 싶다는 말을 전해 주면 아저씨도 충분히 이해하실걸."

위긴스 아줌마와 프레디는 서로의 얼굴을 쳐다보았다.

마술사 프레디

"좋아." 마침내 프레디가 입을 열었다. "그건 네가 결정할 일이 야. 아저씨께 잘 말씀드릴게."

더 이상 이야기해 봤자 아무 소용이 없다고 생각했는지 그들은 찰스를 따라 그곳을 구경하기 시작했다. 찰스는 입이 닳도록 그곳 의 아름다움에 대해 칭찬을 늘어놓았다. 앞뒤 사정을 모르는 사람 이라면 아마도 찰스가 캠퍼 씨에게 그곳 땅을 사들인 것으로 오해 할 정도였다. 게다가 미래에 대한 그의 계획은 그러한 오해를 확 고한 믿음으로 바꾸기에 충분했다. 그는 앞으로 이것도 계획하고 있고, 저것도 계획하고 있다며 자신의 구상을 들려주었다. 호수에 작은 배를 하나 사 놓고, 아이들에게는 수영을 가르치겠다는 둥 이야기는 끝날 줄 몰랐다.

사방에 어둠이 깔리기 시작하자 헨리에타는 깜깜해지면 계단이 보이지 않으므로 이제 그만 집으로 돌아가야 한다고 했다. 그리고 는 프레디와 위긴스 부인에게 작별 인사를 하고는 집으로 올라가 버렸다.

"빈 아저씨가 이 사실을 아시면 좋아하지 않으실 텐데……." 위 긴스 아줌마가 걱정스러운 목소리로 말했다.

"당연하죠." 프레디도 맞장구를 쳤다. "하지만 우리도 어쩔 수 없잖아요. 이곳에 남겠다는 결심이 아주 확고해 보이던데요 뭐. 또 찰스가 얼마나 고집이 센대요. 나 원 참, 저런 '돼지 대가리들'

(pigheaded : 고집쟁이를 뜻하는 말 — 역주)니라고!"

"아휴, 답답해서 못살겠네! 이 돼지 대가리들아! 노아 웹스터(미국의 사전 및 교과서 편찬가 — 역주)에게 전화를 걸어서 따져야겠어! 자신이 만든 사전에 돼지 대가리라는 말을 기록해 놓았으니, 그도 책임이 전혀 없다고 할 수는 없지! 명예 훼손 같은 걸로 그를 고소할 수 있을 거야."

"글쎄." 위긴스가 말했다. "그저 천지가 진동할 것 같은 소리가 울리기를 기다리는 수밖에는……. 찰스가 번개를 얼마나 무서워하는지 너도 알잖아. 천둥이 치면 아마 발바닥에 땀이 나도록 집으로 달려올걸."

"그것도 좋아요." 프레디가 말했다. "하지만 빈 아저씨가 걱정하실 거예요. 지금 우리와 함께 집으로 돌아가야 하는데……. 제 생각에는 그렇게 하게 만들 수 있을 것 같은데. 배니스터와 의논해 보죠."

그들은 배니스터를 찾아갔다. 한참을 의논한 뒤 배니스터는 그들을 각각 손님방으로 안내했다. 프레디는 파란색 방을 썼고, 위긴스 부인은 캠퍼 씨 조상들의 초상화가 걸려 있는 방을 썼다.

다음 날 아침, 날이 밝자 찰스는 닭장 문을 열고 밖으로 나왔다. 그리고는 가장 높은 가지 위로 올라가 저 멀리 수평선 위로 태양

마술사 프레디

이 방긋 하고 고개를 내미는 순간 '꼬끼오' 하고 큰 소리로 울었다. 세 번째 울음소리가 들렸을 때 배니스터가 이층 창문 밖으로 고개를 내밀고 "좀 조용히 해!"라며 고함을 쳤다.

"그렇게 화내지 말아요." 찰스가 말했다. "벌써 해가 떠오르고 있다고요. 나는 해가 떠오를 때는 항상 이렇게 큰 소리로 울어요."

이 말에 배니스터도 지지 않고 "남의 집에 와서도 그러면 안 되지. 캠퍼 씨는 집 안에서 수탉이 큰 소리로 우는 걸 허락하지 않으셔."라고 덧붙였다.

"말도 안 되는 소리!" 찰스가 거만하게 말했다. "뭘 잘 모르시나 본데 독특한 울음소리로 새벽을 맞이하는 건 오래 전부터 내려온 우리 수탉들의 전통이라고요!"

"그래? 그렇다면 나는 이런 식으로 새벽을 맞이하지."

배니스터는 그렇게 말하더니 집 안으로 들어가 권총을 한 자루 들고 나와 찰스의 머리 바로 위를 향해 방아쇠를 당겼다.

잠시 후, 굉음과 함께 찰스의 머리 위로 십여 발의 탄알이 날아갔다. 꽥 하는 외마디 비명 소리와 함께 찰스는 나무에서 떨어질 것처럼 휘청거리다가 다행히 나뭇가지를 잡고 기어 내려와 닭장 안으로 사라졌다.

"헨리에타!" 찰스가 비명을 질렀다. "나 총 맞았어! 빨리 의사를 불러와! 나 죽는단 말야!"

물론 이것은 모두 전날 밤에 짜 놓은 각본에 의한 것으로, 프레디와 위긴스 부인은 기다렸다는 듯이 서둘러 소나무를 향해 달려갔다. 한편 남편이 전혀 부상당하지 않았다는 것을 확인한 헨리에타는 찰스의 뺨을 세게 후려갈긴 뒤 밖으로 나왔다. 그리고는 배니스터에게 가서 살인자이자 위험한 범죄자인 당신을 경찰에 신고하겠으며, 캠퍼 씨가 집으로 돌아와 그가 손님에게 얼마나 무례한 짓을 했는지 알게 될 때까지 그곳을 떠나지 않겠다면서 으름장을 놓았다. 그러나 배니스터는 아무 말 없이 쾅 하고 창문을 닫아 버렸고, 헨리에타 역시 어쩔 수 없이 입을 다물었다.

"정말 끔찍한 일이야, 헨리에타. 이제 겨우 멋진 새 집에 자리를 잡을 만하니까 이런 일이 생기고 말았으니 말이야. 이제 어떻게 하지?" 위긴스 부인이 헨리에타를 위로하는 듯이 물었다.

"나도 모르겠어. 하지만 확실히 말하는데 더 이상은 이곳에 있을 수 없다는 거야!"

프레디도 심각한 표정으로 고개를 가로저었다. "정말 보통 일이 아닌걸. 그러면 내가 먼저 농장으로 돌아가서 빈 아저씨께 이야기를 드려 볼게. 잘하면 너희들이 돌아오는 것을 허락해 주실 수도 있어. 하지만 반드시 그렇게 하실 거라고는 장담할 수 없어."

"우리도 데리고 가!" 헨리에타가 비명을 질렀다. "이 멍청한 돼지가 지금 무슨 소리를 하고 있는 거야? 우리가 가겠다고 하면 아저씨는 반드시 우리를 받아 주실 거야."

그때 총상을 입어 영웅처럼 죽음을 맞이할 수 없다는 것을 안 찰스가 닭장 밖으로 나와 아내 옆에 섰다.

"이 지역에서 가장 훌륭한 가수인 나를 받아주지 않는다고? 아마 이 기회를 절대 놓치지 않으실걸."

"글쎄." 프레디가 여전히 걱정스러운 표정을 지으며 말했다. "이거 어떻게 말해야 할지 모르겠는데……. 그런데 말야……. 좋아, 사실대로 말할게. 사실 빈 아저씨와 아줌마는 너희들이 사라진 것을 알고도 조금도 당황해하지 않으시는 것 같더라고. 아니, 솔직히 말하면……, 그래, 그냥 아저씨가 한 말을 그대로 전해 주는 것이 좋겠다. 아저씨가 그러시는데, 너희들이 없으니까 집이 훨씬 조용하고 평온해졌대. 빈 아줌마가 '잠시도 쉬지 않고 꽥꽥대더니,' 라고 말하니깐 아저씨가 고개를 끄덕거리시더니 파이프를 빨면서 '음, 음, 그놈들 때문에 집 안이 늘 지저분했었지.' 라고 맞장구를 치시더라고."

"지저분했다고?" 헨리에타가 소리를 질렀다. "내가? 이 일등 주부가?"

"나는 그냥 아저씨 아줌마가 한 말을 그대로 옮긴 것뿐이야."
프레디가 억울한 표정으로 말했다.

"그런데 어젯밤에는 왜 그런 말을 안 해 준 거지?" 찰스가 물었다.

"어제는 그런 말을 할 이유가 없었지. 너희들이 앞으로 여기서 계속 살 거라고 했으니까……." 위긴스 부인이 대답했다.

"찰스!" 헨리에타가 급히 남편을 불렀다. "어서 물건들을 챙겨요. 당장 돌아가자고요. 빈 아저씨 아줌마한테 가서 따져야겠어요. 세상에 우리가 지저분하다니! 애들은 내가 준비시킬게요."

4. 프레디, 마술을 배우다

다음 날, 빈 아저씨는 나무 위로 올라가서 닭장을 나무 아래로 옮겼다. 그런데 닭장을 옮기는 일은 매우 힘이 들었다. 결국 이웃의 도움을 받아 도르래를 설치하여 나뭇가지들 사이로 닭장을 빼낸 뒤 다시 아래로 끌어내려 트럭에 싣고 집으로 돌아왔다.

그날 밤, 찰스는 '나의 태풍 체험담'이라는 주제로 헛간에서 연설을 했다. 사실 연설이랄 것도 없었다. 그가 겪은 일이라고는 바람소리가 점점 거세지더니 닭장이 공중으로 붕 날아가 세 번 뒤집혔다가 나뭇가지에 자리를 잡았다는 것, 그리고 어지러운 것이 조금 나아진 뒤 비틀거리면서 문가로 다가가 밖을 내다보니 호수가 보였다는 것이 전부였기 때문이다. 그러나 그의 연설은 장장 두 시간에 걸쳐 계속되었다. 처음에는 발 디딜 틈이 없을 정도로 꽉 찼던 청중들이 하나 둘씩 자리를 뜨기 시작했고, 두 시간이 지나자 헛간은 결국 텅 비고 말았다. 그렇지 않았더라면 찰스의 연설은 밤새도록 계속되었을 것이다. 마구간에서 졸고 있던 한크와 구석에서 몸을 웅크린 채 잠들어 있던 징크스만이 청중석을 지켰다. 마침내 찰스가 조용해지자 고양이가 눈을 뜨더니 하품을 했다.

"아, 함! 찰리, 다 끝난 거야? 자, 이젠 내 경험담을 들어볼래?"

"네 경험담이라고!" 찰스가 비아냥거렸다. "넌 아무 일도 없었잖아! 태풍이 부는 내내 난로 아래 있는 자기 집에서 편안하게 지내 놓고는……."

"지금 태풍 이야기를 하려는 게 아니야. 네 연설 말이야. 하, 폭풍에 대해 이야기를 한다고! 네 수다에 비하면 허리케인은 쥐가 코고는 소리에 불과해!"

"웃기시네." 찰스는 으스대듯 헛간 밖으로 걸어나갔다.

프레디와 프레스토도 처음에는 방청석에 있었지만 마술 수업을 위해 남들보다 일찍 자리를 떴다. 프레디는 요즘 작은 물체를 사라지게 하는 마술을 배우고 있었다. 그러기 위해서는 고무줄이 필요했는데, 고무줄의 한쪽 끝을 그가 입고 있는 코트 소매 안쪽에 바늘로 꿰매어 놓고 다른 한쪽 끝에는 동전이나 연필 또는 그와

마술사 프레디

비슷한 크기의 물건을 묶을 수 있게 작은 고리를 만들어 놓았다. 그런 뒤에 청중 역할을 하는 프레스토 앞에서 프레디가 작은 동전을 하나 들어 이런저런 이야기를 하는 동안 몰래 동전을 고리에 끼우면 되는 것이다. 그리고는 마치 토끼에게 동전을 주려는 듯이 앞으로 내민다. 프레스토가 동전을 낚아채려는 순간 프레디가 동전을 잡았던 손을 놓는데, 그러면 당연히 동전은 소매 속으로 사라진다. 스무 번 정도 연습하자 연기는 아주 자연스러워졌다.

바로 그때 누군가가 똑똑 문을 두드렸다. 프레디가 문을 열어 주니 레오가 들어왔다.

"휴우~" 사자가 한숨을 내쉬었다. "완전 찜통이네. 이렇게 좋은 여름 저녁에 왜 문을 꽁꽁 닫아 놓고 있는 거야?"

프레디는 레오의 질문에는 대답도 않은 채 레오에게 동전을 내밀어 "잘 봐." 하고 말했다.

레오가 동전을 잡으려고 하는 순간 갑자기 동전이 사라졌다.

"어, 어떻게 된 거지?" 레오가 탄성을 질렀다. "이거 아주 멋진 마술인데! 하지만 제일 동물 은행의 사장이 하기에는 좋지 못한 것 같군. 이렇게 동전을 빨리 사라지게 하는데 누가 돈을 맡기려고 하겠어."

그리고는 프레스토를 흘겨보면서 말했다. "야! 여기 이 토끼를 사라지게 해 보는 게 어때? 너랑 단 둘이 의논할 일이 있거든."

"아, 알았어요." 프레스토가 말했다. "제가 그냥 나가 드리죠. 프레디 씨, 안녕히 주무세요. 그리고 레오 씨도요."

문을 향해 걸어가던 프레스토가 걸음을 멈추더니 레오에게 말했다. "새로운 머리 스타일이 어쩜 그렇게 잘 어울리세요? 참 독특하군요. 정말 왕처럼 보여요."

"네 맘대로 지껄이는 건 좋은데 제발 문 밖에 나가서 해라." 레오가 말했다. 그리고는 토끼의 목덜미를 덥석 잡아 문 밖으로 확 밀어 버렸다.

"애한테 너무 심하게 하는 거 아냐?" 프레디가 레오를 나무랐다. "근데 레오, 너 갈기를 자르니까 정말 멋있어 보인다! 전보다 훨씬 좋아졌어. 너는 그렇게 생각하지 않아?"

"글쎄, 그런 것 같기도 하고 아닌 것 같기도 하고……." 레오가 대답했다. "전보다 훨씬 시원하고 손질하기도 편하고 돈도 덜 들어. 하지만 왠지 내가 아닌 것 같은 생각이 드는 건 어쩔 수 없어. 무슨 말인지 알겠어? 거울 앞에 서거나 가게 진열대 앞을 지날 때면 너도 혹시나 턱에 계란이 묻지는 않았는지 위엄 있게 보이는지 궁금해서 힐끗힐끗 쳐다보게 되잖아? 그런 내 모습을 발견하고는 무서운 생각이 들기도 한다니까."

"그러니까 전혀 다른 사자처럼 보인단 말야?"

"꼭 그런 건 아니고. 이것 참, 내 솔직한 심정을 설명하기가 힘

"새로운 머리 스타일이 어쩜 그렇게 잘 어울리세요?"

드네. 그러니까 이런 거지 뭐, 지금은 이렇게 보이지만 다음 번에는 전혀 다르게 보인다는 거야. 예를 들어 지금처럼 너랑 이야기하고 있을 때는 걱정이 있기는 해도 꽤 똑똑해 보일 거라고 생각하지. 그런데 정말 그럴까? 난 자신이 없어. 어쩌면 아주 멍청한 얼굴을 하고 있을지도 몰라. 혹시 너 지금 거울 갖고 있니?"

레오는 갑자기 불안한 듯 주위를 둘러보았다. 프레디가 레오를 안심시켰다.

"괜찮아. 그리고 하루 종일 거울을 들여다보고 있는 것도 좋은 일은 아니야. 그래, 나도 네가 무슨 말을 하는지 알 것 같아. 나도 그런 적이 많거든. 다른 사람들도 다 그래. 수염 때문에 자신의 얼굴을 볼 수 없는 빈 아저씨는 어떨지 모르겠지만 말이야. 다른 사람들과 함께 있을 때 네가 네 표정을 조절하지 못해서 시시각각 표정이 바뀌면서 마치 원숭이 흉내를 내고 있는 것처럼 보이는 것은 아닐까 걱정한다는 것도 않아. 하지만 거울을 본다고 해서 도움이 되는 건 아니야."

"아니야. 그렇지 않대도……."

레오가 우겼다. 프레디도 지지 않았다.

"너는 사자니까 위엄도 있으면서 사람들의 관심도 사고 싶을 거야. 그러면서 약간 사나워 보이고도 싶겠지. 하지만 나는 돼지니까 똑똑하고 명랑하면서도 낭만적인 분위기를 풍기고 싶어. 하지

마술사 프레디

만 우리 둘 다 우리가 원하는 대로 될 수는 없어. 그래도 거울을 멀리한다면 그와 비슷하게 보일 수는 있을 거야. 하지만 하루 종일 거울만 들여다보다가는 마음만 불안해지고 오히려 어리석어 보이기만 할걸!"

"그래, 네 말이 맞을지 몰라. 하지만……" 레오가 한숨을 쉬며 말했다. "아 참! 내가 이 말을 하려고 너를 찾아온 게 아닌데. 우리가, 그러니까 서커스단이 내일 아침 일찍 출발하거든. 그래서 작별 인사를 하러 왔어. 그리고 경고해 두는데, 프레스토를 조심해. 폴짝거리고 뛰어다니는 저 치사한 토끼 녀석을 너무 믿지 말라고."

"왜, 아주 착해 보이던데." 프레디가 말했다.

"늘 그런 식이거든. 징고는 뭔가 의심스러운 거래를 맺을 때면 늘 프레스토를 앞세우거든."

"정말이야?" 하고 프레디가 물었다. "나도 징고 씨는 믿지 않지만 저 작은 토끼가 위험하다는 말은 못 믿겠어. 게다가 징고는 프레스토를 쫓아냈고."

이어서 프레디는 바람에 날아간 모자 이야기를 꺼내며 프레스토가 자신에게 그 모자를 찾는 일을 부탁했다고 덧붙였다.

"그래, 어쩌면 네가 옳을지도 몰라. 하지만 네가 아직도 모르는 것이 있어. 단장님이 오늘 징을 쫓아냈어. 나도 전해들은 이야기

프레디, 마술을 배우다

라 자세히는 모르겠지만 큰 소동이 있었대. 그래서 징이 짐을 싸서 나간 거고."

사자는 여전히 의문이 풀리지 않는다는 투로 말했다.

"그러면 앞으로 공연은 하지 않겠네?" 프레디가 물었다.

"호텔에 방을 얻었다고 하더군. 여름 내내 그곳에 있을 건가 봐. 그래서 하는 말인데, 프레디, 복잡한 일에 휘말리지 않게 항상 조심해. 자, 나는 이제 가 봐야겠다. 자기 전에 할 일이 많거든. 잘 있어."

레오는 커다란 앞발을 들어 프레디의 등을 철썩 때렸다. 프레디가 놀란 가슴을 진정시키고 정신을 차렸을 때 레오는 이미 사라지고 없었다.

그 후 며칠간은 평온한 날들이 계속되었다. 포메로이 씨에게서 센터보로 북서쪽의 시골에서 모자가 발견되었다는 보고가 몇 차례 있었지만, 조사해 본 결과 모두 버려진 중절모이거나 사냥용 모자로 드러났다. 높은 실크 모자는 한 개도 발견되지 않았다.

프레디는 계속해서 마술 공부에 열중했다. 프레스토 덕분에 관중들을 속일 수 있을 만큼 십여 가지의 마술에 능숙해졌고, 여러 사람들 앞에서 공연을 하고 싶다는 생각이 들기도 했다.

그러나 위긴스 부인은 "프레디, 아직까지는 조금 이른 것 같은데.” 하며 프레디를 말렸다.

프레디는 위긴스 부인에게만 자신의 마술쇼를 보여 주었는데, 그것은 쇼를 할 수 있을 만큼 충분한 준비가 되기 전까지는 다른 친구들 앞에서 절대로 마술을 하지 않겠다는 다짐을 했기 때문이다. 위긴스 부인이 말했다.

“네가 마술을 배운다고 하니 모두들 관심이 이만저만이 아니야. 그렇기 때문에 그만큼 기대도 크고……. 하지만 네가 이제껏 배운 마술들은, 그러니까 신기하기는 하지만 아주 대단하다고는 할 수 없어. 그러니까 내 말은 단순히 동전이나 손수건, 달걀 그리고 몇 가지 물건들을 가지고 하는 마술이라는 거지. 하지만 모든 사람들의 궁금증을 풀어 줄 수 있는 아주 기막히고 화려한 마술이 필요해. 예를 들면 소녀를 두 동강내는 그런 마술 말야.”

그 말을 들은 프레디가 프레스토에게 물었다.

“프레스토, 너 그런 마술을 나한테 가르쳐 줄 수 있겠니?”

프레스토가 당연하다는 듯이 대답했다.

“위긴스 부인은 항상 옳은 말씀만 하시네요. 물론 그 마술은 지금 당장이라도 가르쳐 드릴 수 있어요. 하지만 강아지 같은 조금 작은 동물로 하는 게 어떻는지요. 아니면 고양이도 좋고요. 꼬리가 긴 동물일수록 더 좋아요.”

프레디가 그 이유를 궁금해하자 프레스토가 자세히 설명해 주었

프레디, 마술을 배우다

다.

　잠시 후, 셋은 연장과 작업대가 준비되어 있는 헛간 다락으로 올라가서 하루 종일 마술에 필요한 도구들을 만들었다. 그러나 몸이 두 동강나는 마술의 모델을 자청하는 동물을 찾기란 쉽지 않았다. 갈색 강아지 조지는 정중하게 거절하며 말했다.

　"프레디, 나는 지금 이대로가 행복해. 내 몸이 두 동강난다고 해도 좋아질 것이 하나도 없거든. 만약 내 몸이 서로 반대 방향을 향해 달려간다면 뒷다리랑 꼬리는 어떻게 관리하겠니?"

　"정말로 네 몸을 두 동강내는 것이 아니라니까."

　프레디는 조지를 설득하려고만 했을 뿐 마술을 어떻게 하는지에 대해서는 조지가 동의해 주기 전까지 절대로 설명하려고 하지 않았다.

　"물론 그런 일은 일어나지 않겠지." 조지가 말했다. "만약 네가 무대에 선다면 나도 그 자리에 참석은 할거야. 하지만 무대 위는 아닐세."

　그리고서 조지는 큰소리로 웃기 시작했다. 프레디는 그를 설득해 보려고 했지만 조지가 정신 없이 큰소리로 웃기만 할 뿐 이야기는 들으려고 하지 않자 결국 포기하고 자리에서 일어섰다. 다른 동물들의 반응 역시 한결같았다. 아무도 자신의 몸이 두 동강나는 것을 원하지 않았다.

그날 저녁, 징크스가 프레디를 찾아왔다. 사실, 프레디에게 가장 먼저 제의를 받은 동물은 징크스였다. 그러나 징크스는 그 누구보다 화를 내면서 그의 제안을 단번에 거절했다. 하지만 대부분의 고양이들이 그렇듯이 일이 진행되어 가는 과정이 궁금했던 징크스는 스스로 프레디를 찾아왔다. 결국 프레디는 비밀을 지키겠다는 약속을 받아 낸 다음 징크스에게 마술의 비밀을 알려 주었다.

"아하." 징크스가 알겠다는 듯이 고개를 끄덕였다. "왜 처음부터 말해 주지 않았어? 걱정 마, 내가 해 줄게. 하지만 밍크스가 도착하는 다음 주까지는 기다려야 해. 밍크스는 나와 여름을 함께 보내려고 지금 이곳으로 오고 있거든."

밍크스는 징크스의 여동생이었다. 여행을 무척이나 좋아하는 밍크스는 몇 차례 해외 나들이를 한 경험이 있는데, 잠시도 가만히 있지를 못했다. 또 한곳에 오래 있는 법도 없었다. 그것은 아마도 다른 사람들이 그녀와 오랫동안 함께 있는 것을 참지 못하기 때문일지도 모른다. 왜냐하면 그녀는 다른 동물들보다 더욱 운이 없는 부류에 속하기 때문이었다. 예를 들어 누군가가 병에 걸리면 그녀는 훨씬 더 심하게 앓아 누웠다. 누가 끔찍한 일을 당해도 그녀는 그것보다 더 끔찍한 일을 겪곤 했다. 이처럼 누구에게 어떤 일이 일어나면 그녀에게도 꼭 그와 똑같은 일이 일어났다. 그것도 더욱 심각한 상황으로 말이다.

프레디는 밍크스가 올 때까지 기다려 주겠다고 약속했다. 사실, 고양이를 톱으로 두 동강내는 공연은 매우 특별한 마술이었다. 그랬기 때문에 농장 동물들과 친구들에게만 공연을 보여 주기에는 너무 아깝다는 생각이 들었다. 어쩌면 센터보로에 큰 홀을 하나 빌려서 공연을 해야 할지도 모르는 일이었다.

어느 날 오후, 그가 공연장을 빌리는 문제로 고민하고 있을 때 포메로이 씨가 찾아와 빅 우즈 동쪽 끝에 있는 한 나무 꼭대기에서 실크 모자를 찾았다고 알려 주었다. 프레디는 프레스토와 함께 확인을 하기 위해 그곳으로 떠났다.

5. 마술사의 모자를 찾다

모자는 약 1.5m 높이의 가문비나무 위에 걸려 있었다. 프레디와 프레스토는 모자를 가만히 살펴보았다.

"제가 찾던 그 모자 같은데요. 그런데 저걸 어떻게 내리죠?"

그때 프레디는 마술복을 입고 있었다. 마술복을 벗는 것이 못내 아쉬웠던 그는 아무리 날씨가 더워도 항상 그 옷을 입고 다녔다. 꾀죄죄한 손수건을 꺼내 얼굴을 닦으면서 프레디가 말했다.

"막대기를 던져서 떨어뜨리면 되겠는데."

"그랬다가는 모자에 구멍이 생길지도 몰라요."

"누군가에게 부탁을 하면 좋을 텐데……." 그러면서 프레디는 주위를 둘러보았다. "이 근처에 다람쥐 가족이 살고 있어. 이름이 니블인가 디블인가 그리블인가 그렇지. 내가 그 다람쥐들을 부를 수 있어. 그런데 가장 나이 많은 남자 다람쥐가 아주 까다롭단 말야. 이름을 잘못 부르면 화를 낼 텐데…… 왜 그런 성격 있잖아. 그런데 이름이 뭐더라?"

"그럼 그냥 '이블'이라고 불러요. 앞에 자음을 붙이지 않았다는 걸 그가 모를 거예요." 프레스토가 아이디어를 냈다.

프레디는 프레스토의 말대로 "이봐요, 이블 씨!" 하고 외쳤다. 몇 번 더 이름을 외치자 나이 지긋한 다람쥐가 아름드리 너도밤나무의 속 빈 가지에 생긴 구멍 밖으로 고개를 내밀더니 귀찮다는 표정으로 "왜 그래?" 하고 물었다.

"죄송하지만 저희를 좀 도와주셨으면 하고요." 프레디가 정중하게 부탁했다. "저기 있는 모자를 좀 가져다주시면 감사하겠습니다."

"그건 너희들 사정이지 나는 전혀 관심 없다고!"

다람쥐는 그렇게 말하고는 구멍 안으로 쏙 들어갔다. 프레디와 프레스토는 서로 얼굴만 쳐다보았다.

잠시 후 프레디가 "흠, 조금 치사한 방법이기는 하지만 어쩔 수 없지." 하고는 마술복 외투 주머니에 손을 넣었다.

"아저씨." 하고 프레디가 다시 다람쥐를 불렀다. 제가 아주 신선

한 달걀을 하나 드리면 도와주시겠어요?"

그러자 다람쥐는 구멍 밖으로 튀어나와 나무를 따라 내려왔다.

"진작 그렇게 말하지. 그런데 달걀은 어디 있지?"

다람쥐는 퉁명스럽게 물었다. 프레디는 주머니에서 달걀을 꺼내 바닥에 내려놓았다.

"저기 저 모자를 가져다주시면 이 달걀을 드릴게요."

그 말에 신이 난 다람쥐는 가문비나무를 타고 올라가 모자를 가지고 내려왔다. 그러나 다람쥐가 손을 뻗어 달걀을 쥐려고 하는 순간 달걀은 마치 탁구공처럼 멀리 퉁겨져 나갔다. 사실 그 달걀을 프레디가 마술쇼에서 사용하려고 미리 구멍을 뚫어 알맹이를 모두 빼놓은, 말하자면 빈 껍데기였던 것이다.

다람쥐는 크게 화를 냈다. 그럴 만도 했다. 그는 발을 쿵쿵 구르면서 프레디를 나무랐고, 다음 날 아침 커다란 달걀 두 개를 가지고 오겠다는 프레디의 말을 믿으려 하지 않았다.

"나 참, 이렇게 비열한 속임수를 쓰는 돼지는 생전 처음 본다."

그러더니 그는 불호령을 내렸다. "당장 꺼져! 어서 내 숲에서 나가란 말야. 살만 뒤룩뒤룩 찐 이 뚱돼지야! 아휴, 분해라!"

다람쥐는 씩씩거리면서 이리저리 뛰어다니며 고함을 질렀고, 프레디는 모자를 집어들고는 프레스토와 함께 서둘러 자리를 피했다.

…… 달걀은 마치 탁구공처럼 멀리 퉁겨져 나갔다.

"프레스토, 이제는 다시 네 일을 시작해도 좋아." 돼지우리에 도착한 프레디가 말했다. "하지만 모자를 주기 전에 그 사라지는 마술을 한번 보여 줬으면 좋겠는데."

친구의 부탁을 받은 프레스토는 바닥에 모자를 뒤집어 놓았다.

"만지지 말고 모자 안을 들여다보세요. 그리고 자세히 보세요. 이건 그냥 보통 모자예요, 그렇죠?" 하고 프레스토가 물었다.

프레디는 모자를 살피다가 모자 속을 들여다보았다. 모자 안쪽에는 주름이 잡힌 검은색 비단 안감이 덧대어져 있었는데, 그것 역시 흔히 볼 수 있는 것으로 전혀 특별한 점은 발견할 수 없었다.

잠시 후, 프레스토가 모자 안으로 뛰어들더니 "손수건으로 모자를 덮어요. 그리고 '프레스토 체인지, 얍!' 하고 주문을 외워요. 그리고 조금 있다가 손수건을 걷으세요."라고 말했다.

토끼가 시키는 대로 한 뒤 모자를 들여다보니 놀랍게도 모자 안은 텅 비어 있었다. 프레스토가 사라진 것이다!

"세상에!" 프레디가 감탄을 했다. "정말 대단한 속임수인데! 프레스토, 프레스토! 너 거기 있지?"

"그럼요, 모자 안에 있어요." 하는 대답이 들려 왔다. "단지 눈에 보이지 않을 뿐이에요."

프레디는 정말 깜짝 놀랐다. 천천히 모자 주위를 걸어가다가 혹시 프레스토가 모자 뒤에 숨어 있을지도 모른다는 생각에 갑자기 방향을 바꾸었다. 그리고는 다시 몸을 숙여 모자 속을 자세히 살펴보았다. 그러나 검은색 안감만 보일 뿐 토끼의 모습은 어디에도 보이지 않았다.

"프레스토? 너 아직 거기에 있니?" 프레디가 다시 물었다.

"거 봐요, 프레디." 마치 프레스토가 코앞에서 말하고 있는 것 같았다. "내가 말한 그대로잖아요. 보면 안 돼요. 이건 단순한 속임수가 아니라 진짜 마술이기 때문에 가르쳐 드릴 수 없다고 했잖아요. 난 정말로 다른 사람들 눈앞에서 사라질 수 있어요. 만약 조금만 얼굴을 앞으로 더 내민다면 비록 볼 수는 없겠지만 나를 느낄 수는 있어요. 아, 안돼요, 그러지 말아요! 내가 보이지 않을 때 누군가 나를 만지면 그 사람 역시 보이지 않게 돼요. 하지만 다시 보이게 하는 방법을 모르기 때문에 평생 그렇게 살아야 하거든요. 그리고 저는 다시 보이게 되는 법을 가르쳐 드릴 수가 없어요."

"네 말은, 그러니까, 네가 지금 유리처럼 투명하다는 거야?"

"네, 그래요."

"와우!" 프레디가 감탄했다. "그렇게만 될 수 있다면 정말 최고의 탐정이 될 수 있겠군! 진심으로 부탁하는데, 프레스토, 나에게 그 방법을 가르쳐 줄 수 없을까?"

"그건 불가능해요. 그건 마치 탐정님 몸에서 흰털이 나게 하는 방법을 가르쳐 달라는 것과 같아요. 사라지는 기술은 유전이에요.

마술사 프레디

귀가 크거나 사마귀가 나는 것처럼 집안 대대로 내려오는 거죠."

"사마귀도 유전이야?" 하고 프레디가 물었다.

"그건 저도 잘 모르겠어요. 제 말은 발가락이 여섯 개인 토끼처럼 태어날 때부터 그렇게 된다는 거죠. 자, 이제 그만 제가 다시 보일 수 있게 모자 위에 손수건을 덮어 주시겠어요?"

프레디는 토끼가 시키는 대로 손수건을 덮고 "프레스토 체인지, 얍!" 하고 다시 주문을 외웠다. 그리고 손수건을 걷으니 모자 속에 다시 프레스토가 앉아 있었다.

"이제 그 모자를 가지고 주인을 찾아가서 다시 일을 시작해도 되겠는걸." 하고 프레디가 말하자 프레스토는 "뭐 그리 급할 건 없어요."라며 여유를 부렸다.

"저는 이곳이 마음에 들어요. 항상 서커스단을 따라 다니며 정신 없이 생활하다가 이렇게 호젓하고 조용한 시골 생활을 해 보니 아주 좋은데요."

"그러면 다행이고. 실은 나도 마술 공부를 좀 더 하고 싶었거든. 그러려면 모자를 안전한 곳에 보관해야겠구나. 우리 은행에 있는 금고는 어떨까? 내가 제일 동물 은행의 사장이잖니. 너만 좋다면 모자를 거기에 보관하도록 할게."

프레디와 프레스토는 농장 출입문 바로 아래 길 옆에 있는 헛간의 은행으로 향했다.

6. 마술 모자의 비밀

"저는 여름 내내 이곳에 있고 싶어요." 프레디와 함께 걷던 프레스토가 말했다. "헛간에 있는 암소들이 제가 이곳에 남는 걸 좋아한다면 말이에요. 이곳은 편안하긴 하지만 솔직히 말해서 조금 따분해요. 그런데 프레디 씨, 당신은 어쩜 그렇게 잘 참는 거죠? 그리고 암소들 말예요. 아무리 암소라고는 하지만, 내가 지금까지 만났던 동물들 중에서 가장 멍청한 것 같아요."

프레디는 화난 얼굴로 토끼를 나무랐다.

"프레스토, 그 암소들은 내 친구들이란 말야! 그리고 아무리 그렇다고 해도 너를 좋아하는 상대 앞에서는 가만히 있다가 이렇게

마술사 프레디

뒤에서 험담하는 것은 나쁜 짓이야."

그 말에 프레스토는 손이 발이 되도록 빌었다.

"프레디 씨, 뭔가 오해하신 것 같은데요. 그러니까 제 말은, 암소들이 아주 친절하고 좋으며, 그들이 별로 영리하지 못하다는 걸 당신이 잘 이해하고 있다는 거예요. 사실, 암소들이 지금보다 더 영리했더라면 지금처럼 그들을 좋아하진 않았을 거잖아요. 제 생각에는……."

"자, 그 이야기는 이제 그만 하자." 프레디가 토끼의 말을 막았다.

은행에 도착한 프레디는 지하 금고로 통하는 문 앞에서 경비를 서고 있는 두 마리 토끼에게 프레스토를 소개했다.

"토끼 두 마리로는 어림도 없겠는걸요." 하고 프레스토가 말했다. "강도가 저들을 때려눕히고 금고를 몽땅 털어 가고도 남을 것 같아요."

"아니야, 금고는 아주 안전해." 하고 프레디가 대답했다. 하지만 프레디는 비상벨에 대해서는 언급하지 않았다. 사실, 은행 밖에는 한때 빈 아저씨가 저녁 식사 시간을 알리기 위해 사용했던 커다란 쇠 종이 달려 있었다. 추에 달린 줄이 구멍을 통해 은행 안까지 들어와 있었는데, 만약 위험한 상황이 발생했을 경우 경비원들은 그 줄을 한 번만 잡아당기기만 하면 되었다. 그러면 땡그랑 하는 종소리가 울리고, 그 소리를 들은 농장의 모든 동물들이 은행을 지키기 위해 달려오게 되어 있었다.

프레디와 프레스토는 지하 금고로 들어가서 은행을 지을 때 매멋(포유류 다람쥐과에 속하는 동물들을 말함 — 역주)들이 파 놓은 지하 방들 가운데 한곳에 실크 모자를 놓아두었다. 그리고는 돼지우리로 돌아와서 다시 마술 공부를 시작했다.

그러나 프레디는 마음이 무거웠다. 프레스토가 암소들을 험담했던 일이 머리를 떠나지 않았기 때문이다.

'프레스토 녀석은 말과 행동이 일치하지 않는 것 같아.'

얼마 후 프레디는 징크스에게 자신의 마음을 털어놓았다.

"누구 앞에서든 아부가 지나치게 심하단 말야. 처음에는 신사라고 생각했었는데, 솔직히 지금은 잘 모르겠어."

그러자 징크스가 대답했다.

"흠, 사실 암소들은 좀 웃기지. 왜 그런 줄 알아? 봐, 나보다 덩치가 스무 배, 서른 배는 더 크니깐 당연히 스무 배 정도는 더 똑똑해야 한다고 생각할 수 있잖아. 하지만 프레디, 너도 인정하겠지만 워구스와 부르츠부르거는 정말 멍청하기 짝이 없어. 물론 위긴스 부인은 예외지만 말야. 그녀는 그나마 암소 집안 동물들 가운데 똑똑한 편에 속하지."

"하지만 여전히 찜찜해. 프레스토가 왜 그렇게 흥을 보는지 나

마술사 프레디

는 잘 모르겠어. 그를 좀 더 지켜봐야 할 것 같아."

　이것 말고도 프레디의 마음을 무겁게 만드는 것이 또 하나 있었는데, 그것은 바로 실크 모자였다. 그는 프레스토가 정말로 눈앞에서 사라졌다고 믿었다. 그러나 마음 한구석에는 프레스토가 분명 어떤 속임수를 사용했으며, 실제로 사라졌던 것은 아니라는 생각도 들었다.

　완전히 다른 두 개의 생각이 머릿속을 떠나지 않는다는 것은 정말 웃긴 일이다. 그것은 마치 머리의 반쪽은 그것이 사실이라고 믿지만 나머지 반쪽은 사실이 아니라고 믿고 있는 것과 같다. 이 두 가지 생각이 서로 충돌하다 보면 결국 미칠 지경에까지 이를 수도 있다. 프레디 역시 그러했다. 머릿속이 굉장히 복잡해진 그는 마술 수업에 집중할 수 없었다. 결국 프레디는 프레스토가 없는 곳에 조용히 앉아 동물농장 신문인《빈 홈 뉴스》에 실을 시를 쓰기 시작했다. 시의 내용은 이러했다.

나의 집을 지어 다오.
들소들의 울음소리 들리지 않고
돼지와 두더지들에 노는 그곳에.
비가 온다고 해도 헛간이 있으니
걱정 없으리.

하늘이 온통 먹구름에 싸였을 때

언덕 위에 집을 지어 다오.

옥수수와 캔털로프(멜론의 한 종류 — 역주)가 자라고

윌리엄 에프 빈 아저씨를

어디서나 볼 수 있는,

그리고……

　여기까지 쓴 프레디는 머릿속이 너무도 복잡해서 그만 "제기
랄!" 하고 화를 내면서 연필을 내려놓았다. 이 시는 결국 미완성
상태로 신문에 실리고 말았다. 프레디는 시 아랫부분에 '너무 바
쁜 나머지 시를 완성하지 못했음을 알려드립니다. 이 노래를 부르
고 싶은 독자께서는 마지막 줄을 직접 완성하시기 바랍니다."라는
사과 문구를 실었다.

　"이런 식으로 마음이 복잡하다가는 정말 미쳐 버리겠네." 프레
디는 혼자 중얼거렸다. "그렇게 되면 나를 묶어 놓고 수저로 음식
을 떠 먹여 주겠지. 당장 위블리 노인을 찾아가야겠어."

　위블리 노인은 숲 속에 살고 있었는데, 올빼미치고는 성격이 매
우 까다로웠다. 비록 돼지는 아주 성가신 동물이라고 이야기하고
다니긴 했지만 지금까지 단 한 번도 조언을 구하는 프레디의 부탁

마술사 프레디

을 거절한 적이 없었다.

"또 왔군!" 문 앞에 서 있는 프레디를 발견하고 노인이 투덜거렸다. "보아하니 또 멍청한 짓을 저질렀나 본데. 자, 어서 무슨 일인지 말해 봐. 난 시간이 많지 않다고."

프레디는 노인에게 프레스토가 보여 주었던 모자 마술에 대한 이야기와 지금 자신의 심경을 털어놓았다.

"치!" 노인이 혀를 차며 말했다. "난 또 뭐라고. 아주 간단한 일인데 뭐. 모든 것은 네가 어떻게 생각하느냐에 달려 있어. 만약 마술을 믿는다면 토끼가 보여 준 것이 마술이었다고 생각하면 되는 거고, 반대로 그것을 믿지 않는다면 누구나 할 수 있는 단순한 속임수라고 생각하면 되는 거야."

"그런데, 솔직히 저는 마술을 믿지 않아요."

프레디가 솔직하게 고백했다.

"보기보다 멍청하군. 그렇다면 문제는 더 간단해지네. 그런데 그 토끼 말야, 모자 속에 있을 때 말고 혹시 다른 때도 사라진 적이 있었나?"

"아니요, 모자 안에서만 가능한 걸로 아는데요."

"그것 봐! 프레디, 내 말을 잘 들어봐."

그리고는 마치 화가 나는 것을 억지로 참는 것처럼 평소보다 짧게 말을 끊었다.

"또 왔군!" 문 앞에 서 있는 프레디를 발견하고 노인이 투덜거렸다.

"토끼와 모자가 있다. 토끼가 모자 안으로 들어간다. 토끼가 사라진다. 그게 마술인가?"

"아, 아니요, 그런 것 같지 않아요."

"그러면 답은 모자로군. 모자로 속임수를 쓰는 거야. 어쩌면 모자 속에 작은 출입구가 있어서 토끼가 그리로 기어 나가 모자 뒤로 숨는 건지도 몰라."

"하지만 제가 모자 주위를 샅샅이 찾아본걸요."

"그러면 모자 안에 숨어 있는 거겠군."

"모자 안도 들여다보았지만 아무것도 없었어요."

이 말에 위블리 노인이 갑자기 소리를 질렀다.

"너는 탐정이라면서! 변장술사로 유명해졌잖아. 그런데 토끼가 검은 모자 속에 어떻게 숨어 있는지 그거 하나 알아내지 못한단 말야? 당장 돌아가. 너 때문에 괜히 시간만 낭비했잖아."

"아, 제발 그러지 마세요!" 올빼미가 다시 나무 구멍으로 들어가려고 하자 프레디는 애원을 했다. "정말 아무 말씀도 안 해 주실 건가요?"

"기꺼이 해 주지. 네가 멍청한 놈이란 걸 잊지 마."

위블리 노인은 이 말을 남긴 채 구멍 속으로 사라졌다.

더 이상 노인에게 매달려 봤자 아무 소용이 없다고 생각한 프레디는 터덜거리며 집으로 돌아왔다. 그러나 프레디는 집으로 돌아가는 대신 은행으로 가서 경비원들을 다른 곳으로 보내 놓고 난 뒤 지하 금고에 들어 있던 모자를 꺼내 마루 바닥에 내려놓았다. 그리고는 모자 안쪽을 자세히 살펴보았다.

"그래, 만약 프레스토가 검은색 천으로 몸을 덮었다면 내 눈에 보이지 않을 수도 있지. 그런데 이 안에는 아무것도 없네. 주름잡힌 검은색 실크 안감 외에는 아무것도 찾을 수가 없어."

프레디는 이렇게 중얼거리며 손으로 모자 안쪽을 만져 보았다. 그러나 모자를 돌아가면서 안감이 붙어 있을 뿐 여분의 천은 전혀 찾을 수 없었다.

그런데 바로 그때! 그가 모자 뚜껑에 힘을 주는 순간 안감이 쑥 밀려들어갔다. 그렇다면 여기에 공간이 있단 말인가? 그는 모자를 들어 창문에 비추어 보았다. 그리고 결국 마술의 비밀을 알아차릴 수 있었다.

"이런 세상에!"

프레디는 벌어진 입을 다물지 못했다.

"바닥이 한 개가 아니잖아! 아니면 모자 뚜껑이 가짜라고 해야 하나. 이런 비열한 프레스토!"

모자 뚜껑과 안감 사이에는 5센티미터 정도 되는 꽤 넓은 공간이 있었다. 그러나 모자 속을 들여다볼 때는 너무 어두워서 곁에서 보는 높이 만큼 안쪽이 깊지 않다는 것을 알아차릴 수 없었던

마술사 프레디

것이다. 결국 프레스토가 한 일은 가장 바깥쪽의 안감 가운데에 있는 둥근 고무 밴드 사이로 코를 집어넣은 다음 빈 공간 속으로 기어 들어간 것이 전부였다. 그런 뒤에 고무줄을 잡아당기면 토끼가 정말로 사라진 것처럼 보일 수 있었다.

　프레디는 금고에 다시 모자를 넣은 뒤 사실을 알리기 위해 프레스토를 찾았다. 그러나 시간이 지날수록 이 사실을 혼자만 알고 있어야 한다는 생각이 들기 시작했다. 게다가 프레스토는 어디에도 보이지 않았다. 아직 해가 지려면 시간이 많았으므로 프레스토는 센터보로에 가서 공연 장소를 빌릴 수 있는지 알아보는 것이 좋겠다고 생각했다.

7. 아무래도 토끼가 수상해

돼지가 다소 화려한 스포츠 코트(간편하게 입을 수 있는 웃옷 — 역주)를 입고 고속도로를 걷는 모습은 흔히 볼 수 있는 광경이 아니다. 물론 마을 사람들은 모두 프레디를 잘 알고 있었기 때문에 프레디도 차를 타고 지나가는 마을 사람들을 볼 때마다 손을 흔들어주곤 했다. 그러나 큰길에는 여행객들도 적지 않았다.

쉐넥타디에 있는 손자를 만나고 집으로 돌아가던 캘리포니아의 한 노파가 그만 정신을 잃는 바람에 자동차가 도랑에 빠지는 사고를 당하고 말았다. 이를 본 프레디는 노파를 도와 차를 길 위로 끌어올려 주었고, 프레디의 친절함과 예절 바른 태도 그리고 그가 보여 준 몇 가지 마술에 매료된 노파는 결국 캘리포니아에 있는 집을 처분하고 아예 센터보로로 이사를 왔다. 노파의 이름은 하티 블랜드 부인으로, 언더딩크 부인의 집 건너편에 위치한 흰색의 아담한 집에서 살고 있다.

프레디는 극장 매니저인 무즈키스키 씨를 만나 다음주 화요일 저녁에 있을 공연을 위해 극장을 빌렸다. 화요일 저녁은 손님이 많지 않았기 때문에 무즈키스키 씨도 돈을 조금 더 벌 수 있게 된 것에 대해 기뻐했다. 그런 뒤에 프레디는 《빈 홈 뉴스》의 인쇄를 담당하는 딤지 씨를 찾아가서 포스터를 몇 장 제작했다.

세계적으로 유명한 마술사 프레데릭코 선생께서
마술, 날쌘 손재주 그리고 신비로운 공연을 선사합니다.
기상천외하고 숨막히며 상상을 초월한 공연!

특별 공연
톱을 이용해 고양이를 두 동강내는 마술을 보여 드립니다.
8월 25일 화요일 정각 8시

입장료
성인 : 50센트 / 동물 : 25센트

일을 마친 프레디는 천천히 거리를 걷고 있었다. 그런데 누군가가 어깨에 손을 올려놓았다. 뒤를 돌아보니 키가 큰 남자가 내려다보고 있었다. 지저분한 콧수염에 코트도 넥타이도 없이 조끼에 은으로 만든 별 모양을 달고 있는 그는 바로 프레디의 친구인 보안관이었다.

"절 체포하시려고요?" 프레디가 물었다.

"그렇다고도 할 수 있지. 사업상 만나야 하는 상대니까. 유치장으로 잠시 오게." 보안관이 씩 웃으면서 말했다.

죄수들은 유치장 뒷마당에 보안관이 그들을 위해 마련해 준 야구장에서 공을 갖고 놀고 있었다. 외야석에는 선수들 외에도 꽤 많은 관중들이 앉아 있었다.

"범죄가 늘어나고 있나요?" 게임을 구경하던 프레디가 물었다.

"요즘에는 많이 줄었어. 아마 두 팀이 되려면 연말은 되어야 할걸. 그래도 구경꾼들이 있어서 다행이야."

"지난봄에 최고의 투수를 잃었지요?"

"레드 마이크 말이야? 그래, 형기가 끝났으니까 감옥에서 나가야지. 하지만 마이크는 좋은 사람이야. 우리를 실망시키지 않았거든. 출소하는 날 윌리 판사 댁에 가서 암탉을 한 마리 훔쳤지. 판사는 그에게 삼 개월 형을 선고했는데, 그 정도면 야구 시즌을 끝내기에 충분한 기간이었어."

마술사 프레디

잠시 후 사무실에 도착한 보안관은 심각한 얼굴로 이야기를 꺼냈다.

"프레디, 사실은 감옥에 도둑이 있어." 프레디를 쳐다보는 그의 눈에 걱정이 가득했다.

"도대체 이해가 되지 않아. 수십 년 동안 보안관 생활을 했지만 이런 일은 처음이야. 내가 맡고 있는 죄수들은 감옥 밖의 일반인들보다 훨씬 착하고 정직하거든. 내가 장담할 수 있어."

프레디는 죄수들을 대하는 보안관의 태도를 도저히 이해할 수 없었다.

"어떻게 그렇게 말할 수 있죠? 그들은 범죄자들이라고요. 그렇지 않나요? 레드 마이크만 해도 그래요. 감옥에서 나가자마자 바로 암탉을 훔쳤잖아요?"

"그는 암탉이 탐났던 것이 아니야. 감옥에 다시 들어오기 위해서 그렇게 한 거라고. 그가 이곳을 얼마나 좋아했었는데……."

"알았어요, 알았어. 그건 그렇고, 도둑을 찾아 달라고 저를 부르신 것 같은데 뭐가 없어졌죠?"

"파이."

"어떤 파이죠?"

"어떤 파이라니? 도대체 뭐가 다른데?" 보안관이 되물었다. "파이는 그냥 파이잖아, 안 그래?"

아무래도 토끼가 수상해

"탐정에게는 그렇지 않아요. 보안관 님, 이런 사건은 도저히 해결할 수 없을 것처럼 보이죠, 그렇죠? 파이는 누구나 가져갈 수 있어요. 하지만 그것이 대황(여러해살이풀로 7~8월에 꽃이 핌 — 역주) 파이라고 가정해 봐요. 죄수들 중에는 분명 대황 파이를 싫어하는 사람도 있을 거예요. 이런 과정을 통해 용의자를 줄여 가는 거예요. 아시겠어요? 상황을 자세히 알면 알수록 용의자 수가 줄어들고, 마침내 한 명으로 좁혀지는 거죠. 그때 '저 사람이 도둑입니다' 하고 도둑을 지목하면 되는 거예요."

"그렇군."

보안관은 이해가 간다는 듯이 고개를 끄덕이더니 요리사에게 물어보고 오겠다며 사무실 밖으로 나갔다.

"블루베리 파이라는군!" 보안관이 다시 사무실로 들어오면서 말했다. "그런데 죄수들은 모두 블루베리 파이를 좋아한대. 자, 그래 용의자의 수가 줄어들었나?"

"그럼요, 놀라울 정도로요." 프레디가 말했다. "그렇다면 파이는 언제 없어졌죠?"

"한 시간도 채 안 됐어."

"좋아요. 이제 죄수들을 모두 밖으로 불러내어 한 줄로 세워 주세요. 거의 해결된 거나 다름없어요. 그런 다음 죄수들에게 제가 마술을 보여 준다고 하세요."

보안관은 프레디가 시키는 대로 죄수들을 모두 야구장으로 불러 내어 한 줄로 세웠고, 프레디는 죄수들 앞에서 간단한 한두 가지 마술을 선보였다.

"자, 신사분들." 프레디가 입을 열었다. "지금부터 아직까지 한 번도 선보인 적 없는 아주 특별한 마술을 해 보이겠습니다. 그러 려면 여러분이 모두 혀를 쭉 내밀어야 합니다. 아니, 보안관이 아 니라 제가 볼 수 있게 해 주십시오. 좋아요. 아주 좋아요. 조금만 더 내밀어 주시겠어요. 네, 여러분 모두 감사합니다."

그러면서 그는 천천히 범죄자들 옆을 지나갔다. 다른 죄수들의 혀는 모두 분홍색이었지만 루이 드 로우트라는 죄수의 혀는 유독 파란색이었다. 프레디는 그의 어깨에 손을 올리면서 "보안관님, 이 사람이 바로 범인입니다." 하고 범인을 지목했다.

"세상에, 내가 왜 그 생각을 하지 못했을까!" 보안관이 감탄했 다. "루이, 자네한테 정말 실망이네. 지금 곧장 자네 방으로 가는 게 좋겠어. 이야기는 나중에 하자고. 그리고 프레디, 자네는 다시 사무실로 가세."

"그런데, 루이는 어떻게 하실 생각이죠?" 프레디가 물었다.

"아마 여길 떠나야 할 거야. 도둑을 내 감옥 안에 둘 수는 없지."

"저런, 저 사람들 대부분이 도둑질을 했기 때문에 이곳에 있는 것이 아닌가요?"

다른 죄수들의 혀는 모두 분홍색이었다. 루이 드 로우트만 빼고.

"그렇지. 하지만 아무리 그래도 결론은 마찬가지야. 글쎄, 조금 설명하기가 어렵군."

"파이를 훔친 범인을 잡아내는 것보다 더 어려운 일이죠." 프레디가 말했다. "그래요, 무슨 뜻인지 알 것 같아요. 그는 도둑질을 했기 때문에 감옥에 갇혀 있죠. 하지만 벌을 받는 동안 도둑질을 했다는 것은 또 법을 어기는 일이라는 거죠."

"그래, 바로 그거야. 만약 이곳에서 마음대로 도둑질을 할 수 있다면 벌을 받는다는 것이 무슨 의미가 있겠나?"

프레디가 웃으면서 말했다. "또 감옥에 있는 것이 무슨 의미가 있겠어요?"

"그러게 말이야." 보안관이 맞장구를 쳤다. "다시는 잘못을 저지르지 못하게 하기 위한 것이잖아. 그건 그렇고, 돌아가기 전에 남은 파이라도 조금 먹지 않겠어?"

화요일 아침, 프레디는 징크스와 밍크스 그리고 프레스토와 함께 마술 도구를 챙겨 한크가 끄는 사륜 마차를 타고 센터보로로 향했다. 밍크스는 특급선을 타고 전날 밤 웨스트 코스트에서 돌아왔다. 그녀는 오빠인 징크스에게 그동안 자신이 겪은 이야기들을 들려주느라 밤을 꼬박 새웠지만 조금도 피곤한 기색은 찾아볼 수 없었다. 조용히 앉아 그날의 공연에 대해 생각하고 싶었던 프레디는 잠시도 쉬지 않고 떠들어 대며 자랑을 늘어놓는 밍크스 때문에 집중을 할 수가 없었다. 결국 프레디는 그녀에게 뒷자리로 가서 조금 쉬는 것이 어떻겠느냐고 물었다.

"아니, 괜찮아. 난 전혀 피곤하지 않아! 너희들이 내 멋진 여행에 대해 얼마나 궁금해하는지 다 알고 있단 말야! 할리우드는 정말이지 굉장한 곳이야. 프레디, 작년 겨울에 내가 영화에 출연했던 거 너도 알 거야. 마흔 명의 경쟁자들을 뚫고 내가 그레고리 팩(미국의 남자 영화 배우 — 역주)이 출연하는 새 영화에서 그의 상대역을 했잖아. 아, 그는 정말 매력적인 남자였어. 내가 그의 무릎위에 앉으면 그는 내 귀를 쓰다듬곤 했지."

"그가 네 혀를 뽑아 놓았으면 좋았을 텐데." 징크스가 투덜거렸다. 이 말에 밍크스는 놀랐다는 듯이 야옹 하고 작은 소리를 냈다.

"프레디, 사랑하는 오빠가 말하는 게 저 모양이야. 말은 그렇게 해도 내가 자랑스럽지. 안 그래 징키?"

그 말에 징크스가 갑자기 화를 냈다. "내가 징키라고 부르지 말랬지!" 하고는 잠시 동생을 노려보더니 뒷좌석으로 넘어가 그날 공연에서 자기의 몸을 두 동강내는 데 사용할 상자 속으로 쏙 들어가 버렸다.

"우리 오빠 귀엽지 않아?" 밍크스가 아무렇지 않은 듯 물었다. "우리 오빠는 나를 무척이나 사랑하는데. 다른 사람들에게 들키지

마술사 프레디

않으려고 저러는 거라고."

"그래. 조금만 더 좋아했다가는 네 목을 잘라 놓겠구나."

"아이 참, 너도!"

밍크스는 장난으로 앞발을 들어 프레디의 어깨를 툭 쳤다. 그리고는 오빠가 귀엽게 굴던 어린 시절의 이야기를 들려주었다. 그 이야기를 듣고 있던 징크스는 실제로 몸이 두 동강나는 연기를 하는 것처럼 꿈틀거리면서 어쩔 바를 몰라 했다.

극장에 도착한 그들은 마차에 실려 있던 짐들을 내려 무대로 옮겼다. 일이 다 끝난 뒤 밍크스는 마을을 돌아보겠다며 밖으로 나갔다. 밍크스가 나간 걸 확인한 프레디가 징크스에게 말했다.

"밍크스가 대화를 좋아한다는 것을 내가 잠깐 잊었었나 봐."

"대화를 좋아한다고!" 징크스가 소리를 질렀다. "그냥 솔직하게 말해도 돼. 난 아무렇지 않아."

"사실 좀 성가신 면이 있기는 하지." 프레디가 솔직하게 고백했다. "하지만 공연을 위해서는 반드시 그녀의 도움이 필요해. 솔직히 그녀가 먼저 도와주겠다고 한 건 고마운 일이잖아."

"먼저 그랬다고?" 징크스가 물었다. "여러 사람들이 지켜보는 가운데 무대에 서고 싶어서? 그애는 기회가 된다면 가장 친한 친구의 눈을 후벼파고도 남을 애야. 그러니깐 프레디 너도 조심해!

잘못했다가는 밍크스한테 네 쇼를 도둑맞을지도 모르니까……."

갑자기 징크스가 한숨을 쉬었다.

"그런 애를 일주일 동안 내가 돌봐야 하다니!"

"있잖아, 나에게 좋은 생각이 있어." 하고 프레디가 제안을 했다. "틀림없이 효과가 있을 거야. 일주일 내내 그녀가 한 마디도 하지 못하게 할 방법이 있다니까."

"그렇게만 해 준다면 너를 정말 마술사라고 해도 손색이 없겠지. 그런데 그게 어떤 방법일지……."

그러나 프레디는 그 방법은 알려 주지 않은 채 무조건 자신에게 맡기라며 징크스를 안심시켰다.

프레디와 프레스토 그리고 징크스는 하루 종일 무대를 꾸미는 일에 열중했다. 일하는 틈틈이 프레디는 마술복을 입고 공연이 순조롭게 진행될 수 있도록 예행 연습을 했다. 점심때가 되자 그들은 딕슨 식당에 가서 점심을 먹었다. 식사를 마치고 막 식당을 나서던 그들은 식당을 찾은 윌리 판사와 마주쳤다.

판사는 먼저 징크스와 악수를 하고 나서 프레디와도 악수를 나누었다. 판사는 프레디를 '박식한 친구'라고 불렀다. 이어서 프레스토가 판사에게 소개되었다. 토끼를 자세히 살피던 판사는 "아, 그렇군, 마술사의 토끼로군. 그래 징고 씨는 잘 지내시나?" 하고 물었다.

"솔직히, 잘 모르겠습니다. 판사님. 사실 서로 의견이 맞지 않아서 각자의 길을 가기로 했거든요."

"그거 이상하네. 혹시 자네 며칠 전에 호텔에서 그를 만나지 않았나? 호텔 로비에서 자네를 보았는데, 그러니까 한 일주일 전이었지. 나는 당연히 자네가 그를 만났다고 생각했는데……."

"이게 무슨 말이지?" 프레디는 잔뜩 찡그린 얼굴로 토끼를 돌아보면서 물었다. "그날은 우리가 모자를 찾은 날이잖아. 오후에는 모자 속에서 사라지는 마술도 보여 주었고……."

"저는 그곳에 간 적이 없습니다." 프레스토가 발뺌했다. "아마 저 대신 함께 일할 토끼를 찾는다는 광고를 보고 다른 지원자가 찾아왔던 것 같은데요."

"음……, 그럴지도 모르지." 하지만 그는 프레디를 가만히 쳐다보더니 다시 말했다. "아니야, 이 토끼가 맞네."

그러면서 고개를 갸우뚱하고는 식당 안으로 들어갔다.

프레디는 혼란스러웠다. 만약 프레스토가 자기 몰래 은밀히 징고를 만나고 다닌다면 무언가 수상한 일을 벌이고 있는 것이 분명했다. 어쩌면 징고가 실제로 프레스토를 쫓아낸 것이 아닐지도 모른다. 그렇다면……? 그러나 이런 의심은 지금으로서는 아무 도움이 되지 않는다. 결국 프레디는 진정한 배우처럼 무슨 일이 있어도 공연을 마쳐야 한다고 스스로 다짐했다.

8. 프레디의 마술 공연

공연은 예정대로 진행되었다. 프레스토는 커튼이 올라가기 전에 먼저 나와서 프레데리코 선생이 얼마나 유명한 분인지를 소개하는 짤막한 연설을 하는 것이 어떻겠냐고 제안했다. 이런 공연에서는 주인공을 소개하는 것이 흔한 일이며, 또 당연히 그렇게 해야 한다고 주장했다. 결국 정각 8시가 되자 프레스토는 커튼 앞으로 뛰어나가 청중들 앞에서 연설을 하기 시작했다.

그러나 프레디는 프레스토의 연설에는 별로 관심이 없었다. 그는 커튼에 난 작은 구멍을 통해 청중들의 모습을 살피고 있었다. 환한 조명이 들어오고, 객석은 관객들로 가득 찼다.

마술사 프레디

무즈키스키 씨는 공연이 시작되었음에도 불구하고 여전히 공연장으로 몰려드는 사람들을 위해 복도에 보조 의자를 준비하고 있었다. 앞줄 가운데에는 빈 아저씨와 아주머니가 아끼는 옷을 입고 무척이나 기쁘고 대견스럽다는 표정으로 앉아 계셨다. 그 옆으로는 너무 키가 작아서 뒤에서는 미처 공연을 볼 수 없는 작은 동물들이 둘러 있었다.

찰스와 헨리에타를 비롯하여 조지와 양을 지키는 개 로버트, 오리인 앨리스와 엠마도 삼촌인 웨슬리 아저씨와 함께 자리하고 있었다. 스컹크 가족을 동반한 스니피 윌슨 외에도 수십 명이 공연을 관람하기 위해 찾아왔다. 그들 뒤로 관람석을 메우고 있는 청중들 가운데 몇몇 낯익은 친구들의 얼굴도 발견할 수 있었다. 윌리 판사와 보안관, 위저씨와 메퍼콘 부인, 윈터풀 씨와 벨러 씨 그리고 프레디의 오랜 친구인 윈필드 처치 부인도 보였다. 비교적 덩치가 큰 동물들은 뒤쪽을 차지하고 있었는데, 암소 세 마리 외에 사촌들과 함께 온 곰 피터도 보였다. 한크뿐만 아니라 이웃 농장에서도 많은 친구들이 찾아왔다. 처음 보는 사람들은 말할 것도 없고, 프레디가 얼굴을 아는 사람들을 일일이 열거하자면 열 장을 가득 채우고도 남을 정도였다.

무대 공포증 때문에 대중 앞에 서는 것을 두려워하기에는 프레디의 나이가 너무 많았다. 그러나 청중들 앞에서 마술을 해 보이기는 이번이 처음이었다. 물론 완벽한 공연을 위해 수많은 연습을 했지만, 그것은 프레스토가 지켜보는 가운데 거울 앞에서 했던 것에 불과했다. 단 한 번이라도 실수를 한다면……

그때 갑자기 옆에 서 있던 징크스가 프레디를 불렀다. "야! 저 토끼가 뭐라고 하는지 좀 들어봐. 가만히 듣고 있다가는 정말 큰일나겠어. 프레디, 어서 서둘러!"

"또한 신사 숙녀 여러분." 프레스토의 연설은 계속되었다. "곧 선보이게 될 공연은 너무도 기상천외한 것이기에, 이것이 단순한 속임수가 아니라 진정한 마술이라는 것을 여러분에게 증명해 보이기 위해 프레데리코 선생께서는 자신과 똑같은 시범을 보이거나 그 과정을 정확히 설명할 수 있는 분에게 현금 5달러를 상금으로 주신다고 했습니다. 신사 숙녀 여러분 그리고 동물 여러분, 5달러입니다."

"저런, 저런." 프레디는 어쩔 줄 몰라 했다. "저 바보가 지금 뭐라고 하는 거야!

그는 똑같은 제안을 되풀이하고 있는 프레스토의 말을 중단시키기 위해 무대 앞으로 뛰어나가려고 커튼을 올렸다.

"돌아가야 해." 징크스가 말했다. "너는 저쪽으로 가, 나는 이쪽으로 갈게. 저 토끼의 입을 다물게 하려면……."

"자, 신사 숙녀 여러분. 이제 마술계의 거장이자 손재주의 달인,

요술계의 왕자, 탐정계의 독보적인 존재일 뿐만 아니라 타의 추종을 불허하는 시인이기도 한 프레데리코 선생을 소개합니다."

그 말에 맞춰 때마침 프레디가 무대로 뛰어나왔다. 그는 한쪽 끝에서 무대 가운데를 향해 달려들었고, 맞은편에서는 징크스가 전속력으로 튀어나왔다. 프레스토는 비명을 지르면서 무대를 비추는 빛을 뛰어넘어 관중석으로 돌진했다. 그리고는 잽싸게 청중의 다리 사이를 헤집고 나가 출입구를 향해 달렸다.

"저 놈을 잡아!" 프레디가 외쳤다. 그러나 이것도 공연의 일부라고 오해한 청중들은 손뼉을 치며 재미있게 웃었다.

잠시 후 프레스토를 잡았다는 소리가 들려 왔고, 피터는 통로로 내려가 발버둥치고 있는 프레스토를 한 손으로 움켜잡았다.

"쇼가 끝날 때까지 놈을 지키고 있어, 알겠지 피터?" 프레디가 말했다.

프레디가 신호를 보내자 공연장을 비추던 조명이 꺼지고, 드디어 커튼이 올라갔다.

징크스는 제자리로 돌아가 마술사의 조수가 일러준 대로 앞발을 웅크린 채 상자 옆에 자리를 잡았다. 웃는 얼굴로 청중들에게 인사하는 동안 프레디는 골똘히 생각에 잠겼다. 프레스토가 마음대로 발표한 말도 안 되는 제안을 어떻게 취소할 수 있을까? 잘못했다가는 청중들에게 좋지 않은 인상을 줄 위험이 큰데……. 비록 마술의 비밀을 밝혀 낼 사람이 있을 거라고는 생각해도 모두 실망하고 기분 나빠할 것이 분명한데…….

그러나 곧 프레디는 청중들에게 한 약속을 지켜야 한다는 생각이 들었다. 물론 5달러를 잃을 수도 있겠지만 이미 상당히 많은 표가 팔려서 공연장 임대료와 다른 비용을 지불하더라도 돈이 많이 남았다. 이렇게 마음먹은 그는 아무 말 없이 공연을 시작했다.

처음에는 모든 것이 순조로웠다. 동전과 몇몇 작은 물체가 사라지게 하는 마술을 선보였고, 딱딱한 테이블을 유리가 통과하게 하는 마술도 보여 주었다. 그 밖에도 몇 가지 마술을 선보여 청중들에게 우레와 같은 박수를 받았다.

곧이어 그는 자신이 쓰고 있던 검은색 실크 모자를 벗어 조명 바로 옆 바닥에 내려놓았다. 그 모자는 당연히 프레디의 것으로, 약 일 년 전쯤 어떤 사건을 해결하던 중에 허수아비에게 빌린 것이었다. 그는 손수건을 꺼내어 그 속에 아무것도 없다는 것을 보여 주기 위해 이리저리 흔들어 보였다.

"자, 눈에 보이지 않는 신비의 암탉이 모자 속에 알을 낳겠습니다. 자, 메이벨, 어서 나와!"

"푸다다다다닥! 꾸, 꾸, 꾸, 꾸."

눈에 보이지 않는 암탉이 대꾸를 했다. 공연이 끝난 뒤 프레디는 암탉 흉내를 내는 것이 가장 어려웠다고 고백했다.

마술사 프레디

프레스토는 비명을 지르면서 무대를 비추는 빛을 뛰어넘어 관중석으로……

"고맙다, 메이벨, 네가 대답할 거라고 믿었어." 프레디가 말했다. 그리고는 마치 손수건 위에 암탉이 앉아 있는 것처럼 조심스럽게 손수건을 접어 살살 흔들었다. 그랬더니 모자 속에서 달걀이 쏙 하고 떨어졌다.

청중석에서 박수가 터져 나왔다. 누구보다도 긴장한 마음으로 공연을 지켜보던 헨리에타는 날개를 파닥거리며 무대 끝에 올라가 "어디 달걀 좀 봐요." 하고 말했다.

"자, 헨리에타, 이젠 네가 알을 낳을 차례다."

스니피 윌슨이 소리를 질렀다. 프레디는 손수건을 집어들어 그녀 앞에 모자를 내밀었다.

"어머, 달걀이 없어요!" 깜짝 놀란 헨리에타가 소리를 질렀다.

"눈에 보이지 않는 암탉이니 당연히 알도 눈에 보이지 않죠." 하고 프레디가 대답했다. "자, 이제 제자리로 돌아가 주시면 메이벨에게 또 달걀을 낳으라고 얘기해 보죠."

"아니요, 선생님, 이번에는 제가 해 보죠."

복도 끝에서 새로운 목소리가 들려 왔다. 소리나는 곳을 돌아보니 붉은 안감을 댄 망토를 두른 징고 씨가 거만한 미소를 머금고 앉아 있었다.

"아뿔싸!"

프레디는 기가 막혔다.

마술사 프레디

"5달러가 날아가게 생겼군! 그래서 프레스토가 그런 제안을 했던 거구나."

프레디는 화가 났지만 최대한 부드러운 표정을 지으려고 노력했다. 그리고는 징고 씨와 악수를 나누며 인사를 건넸다.

"환영합니다! 이렇게 훌륭한 분과 함께하다니 영광입니다."

"내가 네 놈의 속임수를 밝혀 내면 그런 마음도 사라질걸." 하고 중얼대던 징고 씨도 재빨리 표정을 바꾸어 "고맙습니다. 프레디 씨는 정말로 마음이 넓은 분이시군요. 손수건을 건네주시겠습니까?" 하고 말했다.

프레디가 손수건을 건네주자 그는 모서리 부분을 잡아 손수건을 쫙 폈다. 그러자 손수건 위쪽 가운데에 실에 대롱대롱 매달려 있는 달걀이 보였다. 물론 그것은 달걀 껍질만 남아 있는 것으로, 내용물은 공연 전에 프레디가 구멍을 뚫어 모두 빨아먹고 없었다.

"속임수를 설명하면 이렇죠." 그리고는 설명을 하기 시작했다. "청중들에게 빈 손수건을 보여 줬을 때 사실 당신 손에는 달걀이 들어 있었죠. 그리고 나서 손수건으로 달걀을 싸서 흔드니 달걀이 아래로 떨어진 겁니다. 그리고는 재빨리 다시 달걀을 손수건에 감춘 다음 비어 있는 모자를 보여 준 거죠. 이제 5달러를 주시겠습니까?"

"위긴스 부인." 프레디가 암소를 불렀다. "징고 씨가 나가실 때

5달러를 드리세요."

마술사는 이빨이 드러나도록 기분 나쁜 미소를 지으며 정중히 절을 했다.

"감사합니다. 그렇다면 이번에는 제가 한번 해 볼까요?"

그리고는 손수건을 접어서 무릎을 꿇고 모자 옆에 앉더니 계란 여섯 개를 연속해서 모자 속으로 떨어뜨렸다. 그런 다음 계란을 꺼내 다시 무대 위에 올려놓았다. 그리고는 이렇게 말했다.

"자, 이제 프레데리코 선생이 이 마술에 대해 설명해 주실 차례입니다. 성공하면 제가 5달러에 다시 5달러를 더해 10달러를 드리지요."

물론 프레디는 징고의 옷 속에 숨겨져 있는 비밀 주머니에서 계란이 나왔다는 사실을 충분히 짐작할 수 있었다. 그러나 어떻게 그런 속임수가 가능했는지를 정확히 설명하기는 힘들었다. 그는 청중들의 얼굴을 둘러보았다. 즐거움 반 기대 반의 표정을 짓고 있는 것으로 보아 이것 또한 짜여진 각본에 따라 진행되는 공연의 일부로 이해하고 있는 것 같았다. 그러나 징고는 프레디의 돼지로 서의 능력을 과소 평가했다. 프레디는 빙긋 웃으면서 말했다.

"징고 씨, 제의는 고맙지만 그러지 않는 편이 좋겠어요. 혹시나 신사 숙녀 여러분들께서 제가 모르기 때문에 거절하는 것으로 생각하실까 봐 드리는 말씀인데요. 명망 있는 마술사는 자신은 물론

이고 다른 마술사의 비밀을 공개하지 않는 것이 예의랍니다. 직업상의 비밀은 최대한 지켜져야 하는 것이니까요. 청중 여러분께서도 충분히 이해하시리라 믿습니다. 일단 기술이 공개되면 더 이상 공연이 불가능하기 때문이죠. 만약 비밀이 공개되면 공개한 마술사는 물론 다른 동료 마술사들까지 살아갈 길이 막막해집니다. 수십 명의 마술사들이 일자리를 잃을 것이고, 그러다 보면 많은 사람들에게 기쁨을 주던 존경할 만한 직업이 사라지는 결과가 일어나고야 맙니다. 그러니 그런 일을 해서는 안 되죠."

"그리고 징고 씨." 프레디는 징고를 향해 말했다. "그만 무대에서 내려가 주시면 계속 공연을 진행하겠습니다.."

처음에는 징고 씨가 프레디를 도와주기 위해 무대에 올라온 것으로 생각했던 청중들은 이제야 상황을 제대로 파악했다. 곧이어 우레와 같은 박수 소리와 함께 "잘했어 프레디!", "끝까지 계속해, 우리는 네 편이야!" 하는 격려의 소리가 여기저기서 터져 나왔다.

한 손에 프레스토를 움켜쥐고 있던 곰 피터가 통로를 걸어오면서 프레디에게 물었다.

"내가 저 마술사를 어떻게 사라지게 하는지 보여 줄까?"

그러나 프레디를 머리를 가로 저으면서 피터를 말렸다.

"아니야. 우리는 그냥 공연을 계속하면 돼."

한편 징고는 단단히 화가 나서 씩씩거렸다. 업계의 불문율을 어겼다는 그에 대한 비난은 커다란 오점으로 남았다. 그러나 무대 경험이 많은 그는 청중들이 지켜보고 있는 가운데 이성을 잃을 만한 사람이 아니었다. 대신 그는 한 손을 들어 흥분한 청중들을 진정시키며 이렇게 말했다.

"프레데리코 선생의 말씀이 백 번 옳습니다. 그러나 프레데리코 씨는 누구나 할 수 있는 아주 단순하고, 어떻게 보면 유치해 보이는 속임수와 몇몇 최고 마술사들이 비법으로 간직하고 있는 정말로 어려운 기술들은 정확히 구별하지 못하고 있습니다. 게다가 간단한 마술을 소개하는 책들은 이미 서점에 판매되고 있습니다. 조금 전에 보여 드린 암탉 마술 역시 그 가운데 하나입니다. 그렇기 때문에 비법을 폭로했다는 것에 대한 여러분들의 비난은 옳지 못합니다. 그렇다면 과연 어떤 것이 어려운 기술에 해당할까요. 제가 지금부터 그중 하나를 여러분들께 보여 드리지요."

"말씀 중에 죄송합니다만……." 참을 수 없을 정도로 화가 난 프레디가 그의 말을 막았다. "지금 이게 공연이 누구의 공연인가요? 만약 당신이 계속 공연을 하시겠다면 제가 조용히 무대에서 내려가겠습니다."

징고는 청중들을 훑어보았다. 그리고는 그들이 자신의 편이 아니라는 것을 깨달았다. 낯선 몇몇 사람들 중에는 그가 공연을 계속해 주었으면 하는 기대감을 표현하는 사람들도 있는 것 같았지만 대부분의 사람들은 화난 얼굴로 그를 노려보았다. 특히 빈 아저씨의 수염이 가늘게 떨리고 있었는데, 그것으로 보아 무언가 기분 나쁜 말을 중얼거리고 있을 것이 뻔했다.

이때 스니피 윌슨이 함께 온 가족들에게 신호를 보내자 그의 가족들이 일제히 자리에서 일어나 무대로 향한 통로를 걸어오기 시작했다. 징고가 무대를 이어받아 공연을 했더라면 그날 밤은 더욱 즐거운 시간이 되었을지도 모른다. 그랬더라면 프레디가 공연을 계속할 수 있도록 동물들이 징고를 무대에서 끌어내렸을 테니 말이다. 물론 마술사는 청중들을 모두 자기 편으로 만들 자신은 있었지만 프레디의 공연을 가로챌 마음은 없었다. 사실, 그는 그날 밤 또다른 계획을 세워 놓고 있었던 것이다. 결국 징고는 프레디에게 정중하게 인사를 건넸다.

"프레데리코 씨, 정말 죄송하게 되었습니다. 저는 이만 무대에서 내려가지요."

그러더니 다시 걸음을 멈추고 물었다. "그렇지만 공연 전에 했던 제안은 아직도 유효한 거죠?"

"물론이죠!" 프레디가 재빨리 대답했다.

그렇게 징고 씨는 방청석 뒤쪽에 있는 자신의 자리로 돌아갔고, 공연은 계속되었다.

9. 마술사 징고의 본심

물론 프레디는 프레스토와 징크스를 조수 자격으로 모두 무대 위에 세울 생각이었다. 모든 마술을 다 알고 있는 프레스토는 적절한 순간에 그에게 필요한 도구들을 챙겨 줄 것이고, 또 필요한 경우에는 청중들의 시선을 다른 곳으로 유인해 많은 도움을 줄 것이다. 하지만 징크스가 옆에서 보조해 주는 상황이다 보니 프레디는 분명 일이 순조롭게 돌아가지 않을 것 같았다. 그리고 실제로도 그랬다.

그러나 비록 실수를 많기는 했지만 징크스는 프레스토보다 훨씬 훌륭한 보조자임을 입증해 보였다. 그의 과장되고 익살스러우면서 유별난 행동에 청중들이 매우 즐거워했기 때문이다. 프레디가 마술을 성공해 보이면 징크스는 마치 금방이라도 기절할 것처럼 깜짝 놀라거나 날카로운 비명을 지르며 현장을 직접 확인하기 위해 달려오곤 했다. 또 프레디가 어떤 물건을 건네주면 몸을 웅크린 채 꼬리를 흔들면서 으르렁거리다가는 갑자기 획 하고 달려들기도 했다. 심지어 공연이 끝난 다음 빈 아줌마가 아저씨에게 이렇게 말했을 정도다.

"완전히 고양이의 독무대였어. 집에 돌아가면 고양이에게 크림을 잔뜩 줄 테니 당신, 말리지 말아요!"

한편 징고는 여전히 자리를 지키고 있었다. 공연이 끝나면 그는 어김없이 무대로 올라가 그 비법을 설명한 다음 프레디보다 더 멋진 마술을 해 보였고, 그때마다 프레디는 그에게 5달러의 상금을 주기로 약속하는 상황이 되풀이되었다. 이렇게 해서 계획된 공연이 반 정도 진행되자 그는 벌써 60달러를 벌어들이게 되었다. 프레디가 계산해 보니 전체 수입과 맞먹는 금액이었다.

이렇게 되자 청중들은 그에게 적대감을 갖기 시작했다. 그가 통로를 걸어나올 때마다 청중들은 그에게 야유를 퍼붓고 휘파람을 불어 댔다. 한번은 맨 끝에 앉아 있던 윌리 판사가 일부러 발을 뻗는 바람에 무대에서 내려와 자리로 돌아가던 징고가 걸려 넘어지기도 했다. 그러나 그런 상황에서도 프레디는 징고를 돕기 위해 달려갔다. 얼마의 손해를 보든지 그는 자신의 이름을 건 제안을 끝까지 지킬 의무가 있었다. 결국 프레디는 주먹으로 테이블을 내리쳐 청중들에게 조용해 줄 것을 요구했다.

"징고 씨는 지금 정당한 상금을 받고 있습니다. 그러니 부디 징고 씨에게 예의를 갖추어 주시기 바랍니다."

다행히도 프레디는 징고가 따라할 수 없는 몇 가지 기술들을 생각해 냈다. 빈 아저씨네 부엌에 살고 있는 쥐 네 마리의 도움을 받는 묘안을 생각해 낸 것이다. 프레디는 먼저 어크를 안쪽 주머니에, 엔니는 다른 쪽 주머니에 넣어 두었다. 그리고는 같은 방법으로 퀵과 그의 사촌인 아우구스투스도 각각 주머니에 넣어 두었다. 말하자면 그들에게 순회 임무를 부여한 것이라고 할 수 있다. 그들은 프레디의 외투 안쪽을 이리저리 누비고 다니면서 물건들을 나르고 남의 눈에 띄지 않게 필요한 도구를 내주면서 전체적인 진행을 도왔다. 특히 벨러 씨가 피아노로 애국가를 연주하는 동안 무대 중앙에 꼼짝도 하지 않고 서 있는 프레디의 주머니 밖으로 갑자기 네 개의 작은 깃발이 나와 음악에 맞추어 흔들거리는 마술이 있었는데, 이것 역시 쥐들이 만들어 낸 합작품 가운데 하나였다.

프레디가 '돈벼락'이라고 이름 붙인 공연 역시 쥐들과 함께한

작품이었다. 프레디의 주머니 안쪽에는 빛을 내는 페인트를 미리 칠해 놓아 5달러짜리 금화처럼 보이는 동전들이 가득했다. 프레디 가 먼저 무대를 내려가서 통로 중앙에 자리를 잡고 섰다. 그러자 두 사람이 나와서 프레디의 양팔을 잡았다. 바로 그때 쥐들이 몰 래 나와 동전을 쏟아낸 것이다. 반짝반짝 빛나는 수많은 금화들이 쨍그랑 소리를 내며 폭포처럼 쏟아지는 모습은 마치 프레디의 주 머니에서 금화가 쏟아져 나오는 것처럼 보였다. 이 모습을 본 관 객들은 일제히 바닥에 주저앉아 금화를 주우려 했고, 그 때문에 공연장은 순식간에 아수라장이 되었다. 센터보로 은행장인 위저 씨도 고개를 숙인 채 그의 좌석 밑으로 굴러 들어간 금화를 찾아 발을 이용해 들어올렸다.

징고는 이번에는 무대 위로 올라오지 않았는데, 프레디는 들으 라는 듯이 "이 묘기의 비밀을 설명하는 사람에게 20달러를 드리겠 습니다."라고 공표했다. 그래도 아무런 반응이 없자 프레디가 징 고에게 물었다.

"징고 씨, 어떤가요? 혹시 체면 때문에 나서지 않는 건 아니겠 죠? 정말 모르시나요?"

"푸하하." 객석 뒤편에서 마술사가 가소롭다는 듯이 웃었다. "바 보도 그 정도는 할 수 있을 거요."

"그러면 무대 위로 올라오셔서 직접 보여 주시죠." 이번에는 프레디가 제안했다. "당신이 직접 말입니다."

청중들은 키득키득 웃기 시작했고, 징코는 결국 이성을 잃고 말았다.

"이 뚱보 얼간이 같으니라고!" 그가 갑자기 소리를 질렀다. "나를 바보라고 부르고 싶겠지, 안 그래?"

그러나 그의 어깨에 커다란 곰의 앞발이 올려짐과 동시에 소름 끼치는 곰의 울음소리가 들려오자 그는 더 이상 아무 말도 하지 못하고 재빨리 자리에 앉았다.

빈 아저씨는 작은 깃발을 들고 있는 쥐의 앞발을 발견하고 어떻게 된 사정인지 금방 알아차릴 수 있었다. 그리고는 빈 아줌마의 옆구리를 팔꿈치로 슬쩍 찌르면서, "당신이 20달러를 벌어 보지 그래." 하고 낮은 소리로 부추겼다. 그러나 빈 아줌마는 그저 빙긋 웃기만 할 뿐 그 정도의 돈을 벌기 위해 마술의 비밀을 폭로할 마음은 조금도 없었다. 물론 빈 아저씨도 같은 마음이었다.

드디어 프레디는 오늘 밤 공연들 가운데 가장 신비로운 마술을 보여 주겠다고 청중들에게 알렸다. 그는 톱으로 고양이를 두 동강 냈다가 다시 하나로 합쳐지게 하는 마술을 보여 줄 계획이었다. 그러면서 청중들 가운데 두 명의 지원자가 필요하다고 했다.

"당신이 올라가서 프레디를 도와줘요."

빈 아줌마가 속삭였다. 그러나 빈 아저씨는 "마을 사람들이 프

마술사 프레디

레디가 우리 농장 돼지인 걸 다 아는데 내가 올라가면 우리 둘이 짰다고 의심할 거야."라면서 거절했다.

마침내 위저 씨와 윌리 판사가 무대 위로 올라왔다. 프레디는 그들에게 무대 뒤편에 있는 나무 상자를 들고 나오라고 했다. 그리고는 두 개의 의자를 나무 상자 길이 만큼 벌려 놓은 뒤 그 위에 상자를 놓아서 상자 밑 부분에 약간의 공간이 생기도록 했다. 그리고 상자 뚜껑을 열자 징크스가 기다렸다는 듯이 그 안으로 뛰어들어갔다. 프레디는 다시 상자 문을 닫은 뒤 무대 중앙으로 걸어나와 청중들에게 자신이 보여 줄 마술에 대해 소개했다.

"신사 숙녀 여러분." 프레디가 청중을 향해 말했다. "여러분은 방금 전에 살아 있는 고양이 한 마리가 상자로 뛰어들어가는 것을 보셨습니다. 자, 이제 고양이에게 머리와 앞발을 상자의 한쪽 끝 밖으로 내밀고 꼬리와 뒷다리를 반대편 끝 밖으로 내밀어 달라고 부탁해 보겠습니다."

프레디의 말이 떨어지자 실제로 고양이가 상자의 한쪽 끝에 나 있는 구멍으로 검은 머리와 앞발을 내밀었다. 그리고 반대편 구멍으로는 검은색 꼬리와 뒷발을 내밀었다.

"자, 여러분이 지금 보고 계시다시피 이 상자 안에는 고양이가 들어 있습니다. 그런데 제가 여기 있는 이 톱으로 상자의 가운데를 자른다면 상자 안에 들어 있는 고양이는 분명 두 동강이 나겠지요. 여기서, 이것은 속임수가 아니라는 것을 보여 주기 위해 윌리 판사께서 직접 이 톱으로 상자의 가운데를 자르고, 위저 씨는 상자가 흔들리지 않도록 옆에서 상자를 잡고 있을 겁니다."

"안 돼!" 갑자기 페퍼콘 노파가 펄쩍 뛰면서 화를 냈다. "그건 결코 허락할 수 없어." 그러면서 노파는 청중들을 향해 말했다.

"이 몹쓸 돼지가 고양이를 죽이겠다는데도 가만히 앉아서 웃기만 하다니, 대체 당신들은 정신이 있는 거요 없는 거요? 동물에게 이런 잔인한 행동을 해서는 안 돼요. 보안관님, 당장 이 동물을 잡아가 주세요."

"그게 아니고요, 부인." 보안관이 점잖게 말했다. "아직 고양이에게 어떤 상처를 입힌 것은 아니잖아요. 오히려 고양이는 아주 행복해 보이는데요."

프레디도 이에 가세했다.

"아주머니, 고양이를 다시 살려 놓겠다는 자신이 없다면 이런 마술은 시작하지도 않았을 겁니다. 징크스야, 그렇지 않니?"

"그럼요." 그러면서 징크스는 몸을 돌려 청중들을 보고는 싱글거렸다. "어서 톱을 가져와요. 톱이 날카롭지 않을수록 저는 더 좋아요."

"아마 고양이를 속여서 이 공연에 참여하게 만들었는지 모르지. 내가 보기엔 고양이가 그렇게 똑똑해 보이지 않는군." 페퍼콘 노

마술사 프레디

파는 조금도 물러설 기색이 없었다.

"하지만 네가 아무리 좋은 말로 나를 속이려 해도 고양이를 다시 살려 놓겠다는 말은 도저히 믿을 수가 없어. 윌리 판사님, 우리 마을의 판사님이 이런 사기 공연에 직접 참여하시다니 정말 창피해서 고개를 들 수가 없군요. 지금 당장 공연을 중단시키지 않으면 내가 가서 마을의 경찰관을 부르겠소."

프레디가 앞으로 나서면서 말했다. "죄송하지만 잠깐 무대에서 내려가 주시겠습니까?"

노파가 무대에서 내려가자 프레디는 무릎을 꿇어 노파의 귀에 대고 무언가를 속삭였다. 청중들의 시선이 그 둘에게로 쏠렸다. 프레디가 계속해서 무언가를 속삭이자 페퍼콘 노파의 작은 어깨가 흔들렸는데, 청중들은 이 모습을 놓치지 않았다. 그러더니 잠시 후 노파의 입에서 쉬잇 하는 소리가 새어나왔다. 노파의 친구들은 그녀가 웃고 있다는 것을 눈치챘지만 그녀를 잘 모르는 사람들은 그녀가 곧 폭발할 거라고 오해할 수도 있는 상황이었다. 그러더니 노파는 한 손으로 입을 가리고 갑자기 몸을 돌리더니 빠른 걸음으로 통로를 지나 자신의 자리로 돌아가 앉았다.

청중들 가운데는 비록 고양이와 개인적으로 친한 사이가 아니라도 불안한 마음으로 지켜보는 사람들이 많았다. 그들은 이미 서커스장에 가서 소녀가 두 동강나는 것을 보았기 때문에 그것이 하나의 속임수라는 사실을 알고 있었지만 페퍼콘 노파와 같은 생각을 갖고 있는 사람들도 꽤 많았다. 페퍼콘 노파 옆에 앉아 있던 위저 부인 역시 "정말 괜찮을까? 프레디가 뭐라고 했어?" 하면서 불안한 기색을 감추지 못했다. 그러나 페퍼콘 노파는 터져 나오는 웃음을 억지로 참으면서 프레디는 이 공연을 할 수 있는 자격증을 갖고 있기 때문에 법으로도 어쩔 수 없다는 말만 할 뿐 자세한 내용은 말해 주지 않았다.

프레디가 보여 주려는 마술은 간단했다. 징크스가 상자 안으로 뛰어들어갔을 때 청중들을 몰랐겠지만 상자 안에는 이미 밍크스가 들어가 있었다. 즉 상자의 한쪽 끝 구멍으로 나온 머리와 앞발은 징크스의 것이었고, 반대편 구멍으로 나온 꼬리와 뒷발은 바로바로 밍크스였던 것이다. 그리고 두 고양이 사이를 톱이 지나가게 되어 있었다.

한편 징크스는 판사가 톱질을 하는 사이에 청중들을 향해 훌륭한 연기를 해 보였다. 그는 처음에는 꼬리를 흔들며 비명을 지르더니 이만하면 청중들이 충분히 놀랐을 거라고 생각했는지 잠시 후에는 마치 부상을 당한 것처럼 가만히 있었다. 그러다가 윌리 판사가 겨드랑이를 간질이자 다시 웃음과 함께 날카로운 비명을 질러 댔다.

마침내 상자는 완전히 두 동강이 났다. 프레디는 상자가 서로 떨어져 있다는 것을 청중들에게 확인시켜 주기 위해 의자를 약 일 인치 정도 서로 떨어뜨려 놓았다. 청중들의 눈에는 당연히 두 동 강이 난 징크스의 몸이 들어 있는 것으로 보였다.

그러더니 프레디는 상자의 양끝이 청중들을 향하도록 의자를 돌 렸다. 이제 상자가 완전히 두 동강난 것이 확실해졌다. 한쪽 상자 로는 머리와 앞발이, 다른 상자로는 꼬리와 뒷발이 빠져 나와 있 었다. 이 마술이 단순한 속임수에 불과하다는 사실을 알고 있는 사람들조차 숨이 막힐 정도로 끔찍한 장면이 연출되었다.

"자, 신사 숙녀 여러분." 프레디가 드디어 청중들을 향해 말했 다. "그럼 이제 이 친구를 다시 하나로 합쳐 놓겠습니다."

그런 다음 그는 의자를 빙 돌리더니 처음처럼 두 상자를 하나로 합치고는 뚜껑을 열었다. 머리와 꼬리와 다리가 쏙 들어가더니 곧 이어 멀쩡해진 징크스가 상자 밖으로 뛰어나왔다.

순간 청중석에서 박수 갈채가 터져 나왔다. 나중에 프레디는 이 박수 소리가 마치 성난 바다가 포효하는 것 같았다고 회상했다. 그로서는 플로리다로 여행갔을 때 본 평온한 바다가 전부였지만 그 표현은 조금도 틀리지 않았다.

그는 청중석을 향해 연거푸 인사를 했다. 그러나 커튼이 내려진 뒤에도 끊이지 않는 박수 소리 때문에 그는 다섯 번이나 커튼을 다시 올리고 무대로 나아가 인사를 해야만 했다. 마침내 커튼은

숨이 막힐 정도로 끔찍한 장면이 연출되었다.

더 이상 올라가지 않았고, 공연은 그렇게 성공적으로 끝났다.

무대에서 내려온 프레디는 관중들을 헤치며 서둘러 매표소로 향했다. 그러나 그에게 축하 인사를 건네는 친구들과 악수를 하느라 몇 번이나 걸음을 멈추어야 했다.

"자, 수입이 얼마나 되죠?" 프레디는 매표소로 가 위긴스 부인에게 물었다. 그러나 위긴스 부인은 입을 꼭 다문 채 그에게 종이한 장만을 내밀었다. 종이에는 이렇게 적혀 있었다.

수입	
50센트 티켓	118달러
25센트 티켓	154.75달러
	총 172.75달러

지출	
극장 임대료	50달러
그 외 비용	21.42달러
징고 씨에게 지불한 돈	130달러
	총 201.42달러

"징고 씨에게 28.67 달러를 더 줘야 해."

"흠. 별로 결과가 좋지 않군." 하고 프레디가 말했다.

순간 프레디를 처다보던 위긴스 부인의 두 눈에서 눈물이 흘러

내리더니 그녀 앞에 놓인 작은 계단 위로 톡 하고 떨어졌다.

프레디는 긴장했다. 자신의 상황에 대해 걱정해 주는 위긴스 부인이 고맙기는 했지만 일단 그녀의 울음보가 터졌다 하면 온 마을이 불안에 휩싸일 거라는 걸 잘 알고 있었기 때문이다. 위긴스 부인은 정말로 속이 상할 때면 다른 사람은 전혀 의식하지 않는다고 자주 말해 왔다. 그래서 한번 울음이 터지면 3킬로미터 밖에 있는 사람들까지 그녀의 울음소리를 들을 수 있을 정도였다. 기쁜 일이 있을 때도 마찬가지였다.

한번은 위긴스 부인에게 누군가 재미있는 이야기를 들려주었는데, 그때 나무에 있던 새들이 요동치다가 바닥으로 떨어지는 것을 본 적도 있다. 그러다 보니 프레디는 어떻게 해서든지 그녀의 울음을 막지 않을 수가 없었다.

"울지 마세요. 울지 말래도요. 이를 어쩌지, 작년에 서커스단에서 일해서 돈을 많이 벌어 놓았다고요. 징고에게 줘야 할 돈도 충분하니까 제발 진정해요."

"하지만 너무 속상해, 프레디." 위긴스 부인이 훌쩍였다. "어떻게 이럴 수가 있지. 네가 그렇게 열심히 일한 게 모두……."

"괜찮다니까요!" 프레디가 말했다. "그리고 어서 징고를 만나야 하잖아요. 그러니까 더 이상 걱정하지 말아요. 그런데 징고는 언제 자리를 떴죠? 고양이를 두 동강내는 공연을 할 때는 자리에 없

마술사 프레디

었거든요."

"공연을 시작하자마자 자리를 떴는걸. 돈을 받으러 나왔더라고. 그래서 여기 적힌 금액만 주었더니 나머지는 내일 오후까지 받게 해 달라고 하고 갔어."

"당연히 줘야죠. 아마 자기도 똑같은 마술을 하니까 비밀이 밝혀지는 것이 좋지 않았을 거예요. 자, 가죠. 무즈키스키 씨도 극장을 잠그고 퇴근하셔야 하잖아요."

빈 아저씨 내외는 덩치가 작은 동물들과 함께 마차를 타고 이미 극장을 떠나고 없었다. 그러나 아직도 많은 사람들이 프레디와 인사를 나누기 위해 로비에서 기다리고 있었다.

그들과 헤어진 프레디는 암소들과 함께 집으로 향했다. 고양이 두 마리와 곰 피터도 그와 함께 있었는데, 피터의 손에는 아직도 프레스토가 매달려 있었다. 모두들 입을 굳게 다문 채 아무 말도 하지 않았다. 다소 침울한 분위기가 흐르고 있었다. 빈 농장 입구에 다다랐을 때 피터가 말했다.

"나는 여기서 그만 헤어져서 숲으로 갈래. 프레디, 그런데 이 토끼는 어떻게 할 작정이야?"

"프레디 씨, 정말 저를 놔주시지 않을 건가요? 저는 정말 하고 싶지 않았는데 징고 씨가 억지로 시켰어요. 만약 시키는 대로 하지 않으면 가만 두지 않겠다고 겁을 주었단 말예요." 프레스토가 눈물을 흘리며 애원했다.

"그가 그런 말을 했을 것 같지 않는데……. 사실 너는 지금까지 줄곧 그와 연락을 취하고 있었지? 그를 만나기 위해 지난주에는 호텔에도 갔고. 아무리 생각해 봐도 그가 너를 쫓아냈다는 말은 믿을 수가 없어. 이제 그만 사실을 털어놓지 그래? 모든 사실을 털어놓으면 너를 놓아줄 수도 있어."

"앙, 난 몰라!" 프레스토가 울먹였다. "사실 저도 말하고 싶은데, 그러면, 아, 어떻게 한담!"

프레스토는 머리를 이리저리 흔들더니 이젠 더 이상 머리를 받치고 있을 힘도 없다는 듯이 머리를 아래로 푹 떨어뜨렸다.

"아, 너무 불쌍하다. 프레디, 더 이상 프레스토를 괴롭히지 마. 내가 보기엔 너에게 피해를 줄 마음은 전혀 없었던 것 같은데……." 워구스 부인과 부르츠부르거 부인이 나섰다.

이 말에 프레디는 "불쌍하긴 뭐가 불쌍해요? 피터, 그놈을 꼭 잡고 있어." 하고 말했다. 피터가 자신을 놓아주지 않을까 봐 프레스토가 일부러 아픈 척하고 있다는 사실을 이미 눈치 채고 있었다.

"걱정하지 마." 하고 곰이 대답했다. "프레스토야, 너 조심해라."

"하지만 정말로 위가 뒤틀리고 있단 말예요." 프레스토가 신음했다.

마술사 프레디

"아프다고? 그래, 그럼 내가 고쳐 주지."

피터는 이렇게 말하고는 양손으로 프레스토를 잡아 사정없이 흔들기 시작했다. "그래도 아프면 말해. 어때? 좀 좋아졌어?"

"네, 좋아졌어요. 그러니 제발 그만하세요. 이젠 괜찮다니까요. 하나도 안 아파요."

"거 참 신기하군." 밍크스가 끼어들었다. "언젠가 퀸 메리 호를 타고 여행할 때 한 친구가 뱃멀미를 하기에 내가 그때……."

"야, 입 닥쳐!" 징크스가 갑자기 소리쳤다. "그리고 너희들도 좀 조용히 해."

징크스는 충격을 받은 듯 뒷마당에서 프레스토를 걱정해 주고 있던 워구스 부인과 부르츠부르거 부인을 향해 말했다. "프레디, 놈을 깨끗이 해치워 버려."

그 소리에 얼굴이 새파랗게 질린 프레스토가 사정하며 말했다.

"말할게요. 말할게요. 살려만 주신다면 모든 걸 다 말할게요."

프레스토도 처음에는 모든 사실을 털어놓을 생각이 없었다. 그러나 범인을 심문했던 경험이 풍부한 프레디에 의해 진실이 하나씩 밝혀지기 시작하자 어쩔 수 없었다.

처음에 서커스단에서 붐슈미트 아저씨가 징고 씨에게 프레디를 소개했을 때 마술사는 프레디에게 폭풍에 날아간 모자를 찾아 달라고 부탁할 생각이었다. 그러나 어쩌다 보니 프레디와 작은 말다툼을 하게 되었고, 그 때문에 자신이 부탁을 해도 프레디가 부탁을 들어 주지 않을 거라는 생각이 들었다. 그래서 프레스토를 대신 보내 부탁을 하게 만들었던 것이다. 프레스토가 쫓겨난 것처럼 이야기를 꾸몄던 것은, 그래야만 프레디가 프레스토를 불쌍히 여겨 부탁을 들어줄 거라고 생각했기 때문이다. 그리고 실제로도 일은 징고의 계획대로 진행되었다.

프레스토는 그 뒤로도 몇 차례 마술사를 찾아가서 일이 진행되는 상황을 보고했다고 털어놓았다. 징고는 그 모자가 지금 은행 지하 금고에 보관되어 있는 것도 알고 있었다.

"그렇다면……." 이야기를 듣고 있던 프레디가 입을 열었다. "지금 당장 징고에게 가서 모자를 찾아낸 수고비를 지불하면 모자를 돌려주겠다고 전해. 그리고 올 때 돈을 가져오면 네게 모자를 내어 주지."

"그런데 수고비가 얼마죠?" 프레스토가 물었다.

"130달러."

그 말에 프레스토의 입이 쩍 벌어졌다.

"세상에, 징고 씨에게는 그만한 돈이 없을 텐데요."

"아니야, 있을 거야. 오늘 너랑 짜고 나에게서 그 돈을 빼앗아 갔거든. 아무리 생각해도 이게 가장 공평한 것 같아. 모두 불만이 없을 거야. 나는 내 공연의 수익금을 되찾고, 징고는 공짜로 모자를 돌려받게 될 테니."

"하지만 징고 씨도 돈이 있어야 살죠. 그게 그의 전 재산인데요."

"그럼 서커스에서 벌어들인 돈은 다 어쨌어?"

"아, 그거요, 다시 서커스단에 돌려줬는걸요."

프레디는 깜짝 놀랐다. 그리고는 자기와 프레스토가 서로 다른 이야기를 하고 있다는 사실을 깨달았다. 그는 붐슈미트 씨가 마술사로 일한 징고에게 지불한 월급에 대해 이야기하고 있었는데, 봉급을 '돌려준다' 는 것은 있을 수 없는 일이었다. 재빨리 상황을 파악한 프레디는 프레스토에게 계속해서 질문을 퍼부었다.

"그가 돈을 서커스단에 다 돌려줬다고?"

"돈을 거의 다 잃어버렸어요. 남은 돈은 서커스단에 돌려주었죠."

"그러면 돈을 하나도 쓰지 않았단 말야?"

"그럴 시간도 없었는걸요."

"얼마나 있었는데?"

"한 천 달러 정도요. 하지만 정확하게 세어 본 것은 아니고요. 붐슈미……."

그때 갑자기 프레스토가 이야기를 멈췄다. 그리고는 "어떻게 이 사실을 알았죠?" 하고 물었다.

프레디는 재빨리 모든 정황들을 짜 맞춰 보았다. 징고는 서커스단에서 천 달러에 달하는 돈을 받았다. 그것은 봉급이 아니었다. 그는 그중 일부를 잃었고, 나머지 돈은 쓰거나 세기도 전에 돌려줘야만 했다. 게다가 그 돈은 서커스단에서 빌렸기 때문에 서커스단, 즉 붐슈미트 아저씨에게 돌려줘야 했다.

"이봐, 프레스토, 나는 네가 생각하는 것보다 훨씬 많은 걸 알고 있어. 서커스단이 떠나기 전에 붐슈미트 아저씨와 이야기를 나눴거든."

물론 아저씨와 이야기를 나눈 것은 사실이지만 돈에 대한 이야기는 전혀 없었다. 이 말에 프레스토는 화가 났다.

"붐슈미트 아저씨는 당신에게 그런 말을 할 권리가 없는데요. 또 징고 씨에게 남은 돈을 돌려주고 새로운 직장을 구하고 난 뒤 모자라는 부분을 채워 주면 아무에게도 이 이야기를 하지 않겠다고 약속했단 말예요. 징고 씨는 자신에 대한 나쁜 소문이 도는 걸 원하지 않아요."

이제 프레디는 모든 상황을 이해할 수 있었다. 징고는 서커스단의 현금 통에서 돈을 훔친 것이 분명했다. 아마 허리케인이 몰려와 모두가 정신이 없는 사이에 그런 짓을 저지른 것 같았다. 그런데 어쩌다 보니 붐슈미트 아저씨가 그 사실을 알아냈고, 징고가 아직 남아 있는 5백 달러 정도를 돌려주는 조건으로 아무에게도

마술사 프레디

말하지 않고 입을 다물기로 약속했던 것이다. 그러나 징고를 서커스단에 남겨 둘 수 없었던 붐슈미트 아저씨는 결국 그를 해고하고 만 것이다.

"프레스토, 내 생각에 너는 징고 씨에게 돌아가는 것이 좋겠다." 하고 프레디가 말했다. "가서 오늘 극장에서 뺏은 내 돈을 돌려주면 모자를 찾을 수 있을 거라고 전해. 그런데 잠깐만!"

바로 그때 밍크스가 그곳에서 보내는 일주일 동안 그녀의 수다를 막을 계획을 세웠던 기억이 났다. 그 계획을 실천에 옮기기 위해서는 프레스토에게 부탁해서 밍크스 앞에서 사라지는 마술을 보여 주어야 했다.

"그런데 말야." 프레디가 입을 열었다. "지금은 너무 늦었어. 아직 몇 가지 더 물어볼 게 남아 있는데 말야. 징크스야, 너랑 밍크스가 프레스토를 은행에 데리고 가서 내일 아침까지 잘 지킬 수 있겠니? 이 녀석을 꼼짝 못하게 가둘 수 있는 곳은 거기밖에 없는 것 같아."

물론 고양이는 그 일이 별로 내키지 않았다. 은행에 가면 빈 아저씨 내외가 고객들을 위해 기증한, 조금은 낡았지만 푹신한 팔걸이 의자가 있어서 잠자리는 불편하지 않겠지만 프레스토를 감시하기 위해서는 둘 중 한 명은 잠을 잘 수가 없었다. 결국 프레디는 그들에게 징고의 모자에 대해 얘기해 주면서 토끼가 사라지는 마술을 보여 주겠다는 약속을 한 뒤에야 고양이들을 설득할 수 있었다. 모든 일이 계획대로 잘 풀리자 흡족해진 프레디는 다른 동물들에게 잘 자라는 인사를 한 뒤 터벅터벅 집을 향해 걸어갔다.

마술사 프레디

10. 고양이 밍크스, 투명 고양이가 되다

프레디에게는 자명종이 하나 있었는데, 그 시계는 항상 맞춰 놓은 시간보다 한 시간 일찍 울렸다. 그런데 프레디는 오히려 그것을 좋아했다. 그래서 여섯 시에 일어나기 위해서는 일곱 시에 시간을 맞춰 놓아야 했다. 그러면 일어나야 할 시간이 되었다는 것을 알면서도 "여섯 시야. 한 시간은 더 자도 돼."라는 생각으로 다시 곯아떨어질 수 있었다. 도저히 그렇게 늦장 부릴 시간이 아닐 때도 말이다.

그날, 프레디는 아침 여섯 시에 시간을 맞춰 놓고 잠자리에 들었지만 다음 날 다섯 시 십 분에 일어나서 우리 밖으로 나왔다. 그리고는 이 집 저 집 돌아다니면서 다른 동물들을 깨웠다. 가장 먼저 한크를 깨우고, 이어서 올빼미와 포메로이 씨 그리고 찰스를 깨웠다. 그의 설명을 들은 동물들은 모두 킥킥대면서도 프레디의 말대로 하겠다고 순순히 동의해 주었다. 그리고는 농장에 사는 다른 모든 동물들에게 가서도 똑같은 말을 전했다. 이렇게 모든 준비를 끝내 놓은 뒤 그는 은행으로 향했다.

은행에 도착한 프레디는 은행 문을 열고 안을 들여다보았다. 징크스는 몸을 웅크린 채 의자 위에 앉아 있었고, 밍크스는 다른 의자를 차지하고 있었다. 그리고 두 고양이가 있는 마룻바닥 위에는 징고의 모자가 올려져 있었다. 밤에 경비를 서는 두 마리 토끼는 지하 금고로 통하는 문 옆에서 각자의 자리를 지키고 있었다. 그러나 아무리 사방을 둘러봐도 프레스토의 모습은 보이지 않았다.

"야!" 프레디가 고양이들을 깨웠다. "너희들이 꼭 죄수 같구나. 진짜 죄인은 어디 있지? 혹시 도망친 거 아냐?"

고양이들은 동시에 의자에서 뛰어내리더니 변명을 늘어놓기 시작했다. 예상대로 프레스토는 사라지고 없었다. 토끼는 고양이들이 보는 앞에서 몇 차례 사라지는 마술을 선보이다가 마지막에는 결국 다시 모습을 드러내지 않았다고 한다. 그리고는 "안녕, 나는 센터보로로 간다."는 말을 남기고 사라졌다. 그 뒤로는 고양이들이 아무리 불러도 전혀 대답이 없었다.

마술사 프레디

"우리는 토끼가 아직까지 이 방에 있는 줄 알았어." 밍크스가 변명을 늘어놓았다. "그런데 아무리 눈에 보이지 않는다고 해도 이 방에서 나가려면 출입문을 열어야 하잖아."

고양이들은 이미 은행 안을 샅샅이 뒤져보았다고 했다. 심지어 앞발을 집어넣어 모자 속을 조심스럽게 만져 보기까지 했다. 그리고는 만약 토끼가 그곳에 있다면 언젠가는 분명 자신들의 눈에 뜨일 거라고 결론내렸다. 그렇게 토끼는 종적도 없이 사라졌다.

모든 말을 전해들은 프레디는 남몰래 빙긋 웃었다. 상황이 어떻게 된 것인지 이해하고도 남을 만했다. 밍크스의 수다가 지겨워진 프레스토는 모자 안쪽에 있는 비밀 장소에 몸을 웅크린 채 죽은 듯이 누워 있는 것이 분명했다. 그리고 실제로, 그가 종이로 모자를 덮고 "프레스토, 체인지 얍!" 하고 외친 뒤 종이를 들어올리자 프레스토는 졸린 듯 눈을 깜빡이며 모자 안에 들어 있었다.

프레디는 문가로 걸어가서 은행 문을 열었다. 그리고는 "자, 프레스토, 어서 썩 꺼져." 하고 외쳤다. 그 말에 프레스토는 단 세 번의 점프로 문 밖으로 빠져나갔다. 그리고는 마치 수면 위를 스치듯 뻗어 나가는 흰 돌처럼 고속도로를 따라 사라졌다.

"왜 놓아준 거야?" 징크스가 모르겠다는 듯이 물었다. "사라지는 마술도 보여 주게 하지 않고……."

"내가 언젠가 인도에 사는 요술쟁이에 대해 얘기했던 적 있지?"

하고 밍크스가 물었다. "그 사람이……."

"알아, 안다고, 벌써 마흔 번이나 들었는걸." 프레디가 밍크스의 말을 가로막았다. "잘 들어. 누구든 저 모자 안에만 들어가면 사라질 수 있어. 내가 직접 그 마술을 보여 주고 싶지만 너무 커서 들어갈 수가 없어. 너희들이라면 가능할 텐데 누가 해 보지 않을래? 징크스, 넌 어때?"

이 말에 징크스는 경계의 눈빛으로 친구의 얼굴을 한참 쳐다보더니 고개를 절레절레 흔들었다. 그리고는 막연하게나마 프레디가 무언가를 꾸미고 있다는 것을 느꼈는지 이렇게 말했다. "나도 하고는 싶지, 하지만……."

그 기회를 놓치지 않고 프레디가 물었다. "숙녀에게 양보하는 거야, 그래? 좋아, 그럼 밍크스. 네가 들어가 봐."

그리하여 밍크스가 모자 안으로 들어가게 되었고, 밍크스가 들어가자 프레디는 종이로 모자를 덮었다. 그리고는 모자를 가지고 한참 동안 덜걱덜걱 움직이며 소란스럽게 굴었다. 그러는 사이 프레디는 징크스의 귀에 대고 무언가를 속삭였다. 그 말에 징크스의 얼굴이 확 펴졌다.

잠시 후 프레디는 주문을 외우고 종이를 벗겼다. 물론 모자 안에는 밍크스가 얌전히 앉아 있었다.

"내가 생각했던 대로군." 프레디가 말했다. "밍크스가 사라졌어."

"정말 감쪽같은데……." 징크스도 맞장구쳤다.

"나 여기 있잖아." 밍크스가 그들에게 말을 걸었다. "너희들 혹시 내가 정말 보이지 않는 거야?"

"징크스, 무슨 소리가 들리는 것 같지 않아?" 프레디가 물었다.

"희미하게 고양이 우는 소리가 들리는 것 같은데……."

"얘, 밍크스 너 거기 있니?"

프레디와 징크스는 밍크스의 머리 쪽을 유심히 살피는 시늉을 했다.

"그래, 바로 여기 있잖아. 내 목소리도 들리지 않는 거야?"

결국 참다 못한 밍크스가 모자 밖으로 뛰어나와 징크스에게 다가가 손바닥으로 그의 귀를 후려쳤다. 그러나 징크스는 꿈쩍도 하지 않았다.

"이상하네. 무언가 내 귀를 만지는 것 같은데. 아주 살짝 스치는 정도였어. 마치 나비가 입을 맞춘 것 같다고 할까. 어쩜 내가 착각을 했는지도 몰라."

"혹시……."

모자 속을 살피던 프레디가 손으로 모자 안쪽을 만지면서 말했다. "아니, 여기에도 없네. 참 이상하다. 밍크스 목소리도 들리지 않고. 프레스토가 여기 있었을 때는 목소리는 들을 수 있었는데 말야."

"이 멍청이들아! 바로 너희들 코앞에 있는데도 못 알아보는 이 바보들아! 잘 봐, 내가 정말로 안 보여?"

화가 난 밍크스가 소리를 질렀다. 그러나 그들이 계속해서 걱정 어린 시선으로 방 안을 살피자 마침내 밍크스는 울음을 터뜨렸다.

"앙, 나 이런 거 싫어. 빨리 날 여기서 꺼내 달란 말야."

방 여기저기를 돌아다니던 프레디가 의자 위에 놓인 쿠션을 만지며 말했다.

"여기도 없는데……. 징크스, 암만해도 밍크스가 정말로 사라졌나 봐. 그냥 눈에만 보이지 않는 게 아니라 정말로 없어졌다고. 아, 너무 끔찍하다."

"정말 그래. 하나밖에 없는 내 여동생인데 말야." 징크스가 태연스럽게 맞장구를 쳤다.

"그러게 말야. 그럼 우리 이렇게 해 보자." 프레디가 제안을 했다. "다시 한번 주문을 외우는 거야. 혹시 또 알아? 그러면 밍크스가 다시 나타날지."

말을 마친 프레디가 다시 종이를 집어들자 밍크스는 냉큼 모자 속으로 뛰어들어갔다.

그러나 마법의 주문도 효과가 없었다. 모자 위에 놓인 종이를 다시 들었을 때 프레디와 징크스는 여전히 밍크스가 보이지 않는 것

마술사 프레디

처럼 행동했다. 그녀가 아무리 울고 소리치고 차마 입에 담지 못할 말을 해도 둘은 여전히 그녀가 그곳에 없는 것처럼 행동했다.

마침내 프레디가 말했다. "우리가 이렇게 여기 있어 봤자 아무소용이 없을 것 같아. 조금 있다 와서 다시 한번 주문을 외워 보자."

"그래." 징크스가 동의했다. "아마 곧 다시 나타날 거야. 걘 늘그랬거든. 늘 쉬지 않고 수다를 떨어서 성가시기는 했지만 그래도이렇게 없어져 버리는 건 나도 싫어."

"당연하지." 프레디가 동의했다. "그렇다고 해도 무리는 아니야. 아무리 귀찮게 굴었어도 동생은 동생이니까."

"그래, 그건 어쩔 수 없는 사실이지."

밍크스는 농장 마당까지 그들을 따라갔다. 그녀는 이미 소리지르는 것을 포기한 상태였기에 자신의 목소리를 듣지 못하는 이들에게 더 이상 큰소리로 외치고 싶은 마음이 없었다. 밍크스도 처음에는 프레디와 징크스가 자신을 놀리고 있다고 생각했다. 하지만 농장 마당에 도착하고 보니 정말 다른 동물들의 눈에도 자신이보이지 않는 듯했다. 사실은 아침 일찍 프레디가 동물들을 깨워서는 다른 동물들에게 밍크스를 보더라도 못 본 것처럼 행동하라고미리 일러두었기 때문이다. 그의 부탁을 받은 암소들 역시 프레디

"우리가 이렇게 여기 있어 봤자 아무 소용이 없을 것 같아."

와 징크스에게만 인사를 건네면서 밍크스는 어디 있느냐고 물었다.

"사라졌어요." 프레디가 슬픈 표정으로 대답했다. "완전히 없어졌다고요. 어제 저녁 부엌 화로에서 피어오르던 연기처럼 사라져 버렸어요." 그리고는 그들에게 자초지종을 설명했다.

"저런, 쯧쯧." 암소들이 모두 혀를 찼다.

"정말 비극이에요. 장례식도 제대로 치르지 못하잖아요." 프레디가 맞장구를 쳤다.

그러는 사이 밍크스는 그들 앞을 왔다갔다하면서 화가 나서 참을 수 없다는 듯이 꼬리를 흔들면서 씩씩거렸다.

"난 여기 이렇게 멀쩡하게 있다고! 아, 프레디 저 멍청이! 내가 왜 이 끔찍한 농장에 왔는지 후회되는군!"

"징크스, 얼마나 속이 상하겠니?" 위긴스 부인이 진지하게 말했다. "하지만 그렇게 나쁘게만 생각할 건 아니야. 밍크스가 매력적인 고양이라는 건 우리 모두 인정하지만 계속 이곳에 있었더라면 아마 우리 모두 귀마개를 해야 했을걸. 때로는 뜻하는 않은 모습으로 축복이 찾아올 때가 있어."

"물론이지." 부르츠부르거 부인도 가세했다. "우리가 도와줄 일이 있으면 언제든지 말해."

"고마워, 너희들은 내 진정한 친구야." 징크스가 감동한 목소리로 말했다. "너희들처럼 친절한 친구들은 없을 거야. 하지만 밍크스가 떠났다는 사실에 익숙해지려면 시간이 필요할 거야. 쉴 새 없이 지껄이는 그 애의 목소리를 들을 수 없다는 사실이 어색하기만 해."

징크스는 한 손으로 두 눈을 가렸다. 암소들도 슬픈 듯이 고래를 떨구었다. 그때 꼬리를 곧추세우고 있던 밍크스가 그 옆을 지나가면서 꼬리의 끝자락이 그만 암소의 얼굴에 닿았고, 이것이 암소들의 코끝을 간질였다. 이 때문에 암소들은 일제히 재채기를 터뜨렸다. 그 바람에 밍크스는 헛간 문 밖까지 날아가고 말았다. 그렇게 겁에 질려 있지만 않았더라도 밍크스는 그들을 괴롭힐 수 있는 더 좋은 방법을 생각해 냈을 것이다.

그 광경을 지켜보던 프레디와 징크스는 한바탕 웃음을 터뜨렸다. 그리고는 다시 표정을 가다듬고 사과를 했다.

"주책없이 웃어서 미안해. 더구나 지금처럼 중요한 순간에 웃음을 터뜨리다니 말이야."

"무슨 소리, 아니야." 징크스가 말했다. "아마 밍크스가 우리를 즐겁게 해 주고 싶었나 봐."

"코에 뭔가가 들어간 것 같은데⋯⋯. 꽃가루 알레르기인가 봐." 워구스 부인이 말했다.

"그럼 그렇지, 네 여동생은 그럴 애가 아니야."

그날 하루 종일 밍크스는 괴로운 시간을 보냈다. 어디를 가든지 아무도 그녀를 알아보지 못했다. 늘 그랬듯이 자신이 보거나 했던 일에 대해 허풍을 섞어 가면서 신나게 떠들어 대고 싶었지만 아무도 그녀를 쳐다보지 않았다. 심지어 그녀가 그곳에 있다는 사실을 모르는 것처럼 자기들끼리만 떠들어댔다.

그런데 한 가지 아주 이상한 점이 있었는데, 그것은 그들이 그녀에 대한 이야기를 지나치게 많이 한다는 것이었다. 자신을 항상 나무랄 데 없다고 생각하던 그녀였기에 그들이 자신에 대해 칭찬을 했더라면 조금도 이상할 것이 없었을 것이다. 하지만 사실은 그렇지가 않았다. 가장 먼저 들려온 말은 자신이 귀찮은 존재라는 사실이었다. 그러더니 나중에는 그녀가 사라져 버려서 시원하다는 말까지 나왔다. 이 말에 그녀는 화가 나서 '치, 내가 너무 똑똑해서 나를 질투하는구나!' 라고 생각했다. 그러나 점점 자신이 다른 동물들에게 인기가 없다는 생각은 확신으로 바뀌어 갔다. 결국 오후가 되자 그녀는 홀로 은행으로 되돌아가서 의자 위에 몸을 웅크린 채 낮잠을 청했다.

한편, 프레디와 징크스는 톱질 마술에 필요한 상자와 다른 도구를 사기 위해 한크가 끄는 마차를 타고 센터보로로 가던 중 극장 앞에서 커다란 포스터를 발견했다.

징고

세계 최고의 붐슈미트 서커스단에서 활동하던 최고의 마술사

징고 씨가 오늘 밤 여러분에게 마술을 선보입니다.

독심술을 이용한 환상의 마술쇼는

얼마 전 이 무대에서 아마추어 마술사가 보여 주었던

단순하고 유치한 속임수와는 차원이 다릅니다.

이제 진정한 전문 마술사의 공연이 여러분을 찾아갑니다.

9월 2일 화요일   오후 8시

입장료 50센트

방청객을 위한 제안

누구든 저의 마술을 똑같이 따라하거나 설명하시는 분께는 1회당 10센트의 상금을 드리겠습니다.

- 징고 올림

아무 말 없이 포스터를 읽어 내려가던 프레디와 징크스, 그리고 한크는 서로의 얼굴을 쳐다보았다.

"이런 세상에! 이거 표현이 너무 심하잖아, 그렇지 않니. 프레디? 아마추어라니……. 이거 우리한테 싸우자는 거 아냐?" 한크가 분개했다.

"뭐, 설마 그렇기야 할라고. 사실 틀린 말도 아니지. 하지만 내 마술을 유치하다고 한 것은 정당하지 못한 행동이야." 프레디가 말했다.

"괘씸한 놈 같으니라고!" 징크스가 으르렁거렸다.

"다른 사람들 눈에 멋지게 보이려고 10달러를 주겠다는 제의를 한 것 같은데……." 프레디가 말했다. "하지만 징고도 내가 자신의 마술을 똑같이 따라할 수 없다는 건 이미 알고 있어. 저 마술은 이렇게 하면 되겠구나 하고 추측할 수는 있겠지만 그 과정을 자세히 설명하라면 나도 자신 없거든. 톱으로 동물의 몸을 두 동강내는 마술에 대해서는 잘 알고 있지만 그가 그걸 뻔히 알고 있는데 모험을 할 리가 없지."

"내가 녀석을 한 번 혼내 주고 싶은데……." 한크가 분하다는 듯이 말했다. "쇠로 만든 이 튼튼한 말굽으로 두 볼을 갈겨 주고 싶단 말야."

"하지만 한크, 녀석은 그런 걸 무서워할 놈이 아니야." 징크스가 말했다. "프레디, 이제 어떻게 하지?"

"나도 모르겠어. 도무지 좋은 방법이 떠오르지 않아. 우리가 마술에 대해 자세히 설명을 할 수도 없고……." 프레디도 고개를 가로저었다.

"아, 잠깐만!" 프레디가 갑자기 외쳤다. "그래. 이제야 생각이 났어! 너희들도 내가 하자는 대로 따라할 거지? 그러니까, 도둑이 되어 보자는 거야. 물론 잡히면 문제가 되겠지만 말야……."

"도둑?" 징크스가 물었다. "와우, 나는 옛날부터 도둑이 되고 싶었어. 피를 흘리며 도망치는 도둑 말야. 사실 우리 아버지도 목소리가 나오지 않아 가수를 그만둔 뒤로는 도둑이 되셨지. 아버지는 마치 대로를 활보하듯이 벽을 탈 수 있거든. 그런 다음 줄무늬 뱀도 결코 들어갈 수 없는 아주 작은 틈 사이로 살금살금 들어가는 거야. 그런데 한번은 똑같은 곳을 너무 자주 가시더라고. 결국 거기서 그만 두툼한 스테이크용 고기를 물고 나오다가 맥래니한 아줌마의 아이스박스 뚜껑이 꽝 하고 닫히는 바람에 꼬리가 반이나 잘리고 말았지. 그 뒤로는 꼬리가 짧아져서 담장이나 지붕 위에서는 균형을 잘 잡지 못해."

"알았어, 알겠다고." 프레디가 다급한 목소리로 대답했다. "행복했던 너의 어린 시절 얘기를 들으면 기분이 좋아지기는 하지만 우린 이제 할 일이 아주 많아. 어때 한크, 너도 우리랑 함께할 거지? 그렇다고 진짜 도둑질을 하는 것은 아니고 그냥 징고의 마술 도구들을 한번 보자는 거야."

"당연하지. 나는 도둑질은 물론이고 무엇이든 네가 하라고 하는 건 뭐든지 다 할 거야. 누군가를 죽이는 것만 빼고 말야. 나는 차마 그런 짓까지 해서는 안 된다고 생각해." 한크도 합세했다.

"그럼, 당연하지." 프레디가 빙긋 웃으면서 말했다. "무슨 말인지 알겠어. 자, 이제 물건들을 모두 챙겨서 빨리 출발하자. 집에 가기 전에 보안관을 만나야 하거든."

11. 마술사 징고의 심술

밍크스는 골똘히 생각에 잠겨 있었다. 평상시에는 별로 생각을 많이 하지 않았는데, 아니 정확히 말하면 늘 떠들어대느라고 조용히 앉아 생각할 시간이 없었다.

아마 대부분은 잠시 동안이나마 투명 인간이 되는 것도 좋은 일이라고 생각할 것이다. 그건 밍크스의 경우도 마찬가지였다. 자기 자신에 대한 그녀의 생각과 농장 친구들의 시선이 꼭 일치하는 것은 아니라는 것을 알 수 있었기 때문이다. 사실, 처음부터 이렇게 생각했던 건 아니었다. 그러나 많은 친구들이 입을 모아 당신은 따분한 사람이고 잘난 척 거드름만 피우며 모두 당신을 싫어한다

마술사 프레디

고 하면 그때야 비로소 내가 정말 그런가 하고 고민을 하게 된다.

이런 사실을 알게 되었다는 것은 밍크스에게는 다행스러운 일이었다. 그러나 그녀가 꼭 좋은 생각만 한 것은 아니었다. 투명 고양이가 되었을 때 얻을 수 있는 이익을 생각해 보니 여러 가지로 유리한 것 같았다. 잠시 생각에 잠겨 있던 그녀는 자리에서 일어나 자신의 생각을 실험해 보기 위해 농장 마당으로 나갔다.

밍크스는 빈 아저씨의 집을 지나쳐 현관 뒷문에 자리를 잡고 앉았다. 빈 아주머니가 상을 차리고 있는 주방에서 그릇이 부딪치는 소리가 들려 왔다. 아주머니는 잘 익은 닭 요리와 고깃국물로 맛을 낸 그레이비 소스를 준비하고 계셨는데, 맛있는 냄새가 열쇠 구멍을 타고 새어나와 밍크스의 코를 자극했다. 밍크스는 그 냄새에 입맛을 다셨다. 참을 수 없는 허기가 몰려왔다. 그녀는 빈 아주머니가 그녀를 위해 준비해 두었던 우유 접시를 내려다보다가 곧 눈살을 찌푸리고 말았다.

'우유라고……. 피! 우유는 눈에 보이는 고양이들이나 먹는 거야. 적어도 투명 고양이라면 더 좋은 음식을 먹어야지.'

그리고는 가만히 앉아 기회를 엿보았다.

잠시 후, 헛간을 나온 빈 아저씨가 뒷문을 열고 안으로 들어갔다. 밍크스도 그 틈을 타서 안으로 들어갔다. 하루 종일 고양이들이 집 안을 들락날락했기 때문에 빈 아저씨는 밍크스가 들어온 것도 모른 채 손을 씻기 위해 싱크대로 향했다.

밍크스는 재빨리 식당으로 달려가 식탁 위로 올라갔다. 빈 아저씨의 자리에는 잘 익은 닭 요리와 함께 그레이비 소스를 담은 그릇이 놓여 있었다. 그러나 그레이비 소스는 너무 뜨거워서 먹을 수가 없었다. 하지만 닭 요리는……. 밍크스는 아주 맛있게 혀를 내밀어 닭을 핥았다. 닭은 먹기 좋을 정도로 따뜻했다. 이번에는 다리 쪽을 핥기 시작했다. 바로 그때 빈 아주머니가 식당으로 들어오셨다.

그 뒤에 무슨 일이 일어났는지는 정확한 기억이 없다. 그러나 찰스가 허리케인 때 겪었던 것과 같은 엄청난 일이 일어났다는 것만은 확실했다. 얼마의 시간이 흐른 뒤 어렴풋이 누군가에게 목덜미를 잡혔고 바닥에 내동댕이쳐졌으며 식당 주위를 도망다니다가 부엌을 지나 난로 밑을 거쳐 계단을 뛰어내려갔다가 다시 앞 계단으로 내려와서는 죽을힘을 다해 마당으로 도망쳤을 뿐이다. 마치 지팡이로 흠씬 얻어맞은 듯, 오랜만에 운동을 한 것처럼 몸 구석구석이 아파 왔다.

통증을 느끼며 은행으로 돌아와 의자에 자리를 잡고 앉았을 때 비로소 밍크스는 빈 아주머니가 자신을 보았다는 사실을 깨달았다.

"그럼 이제는 내가 다른 사람들의 눈에 보인다는 말이잖아!"

마술사 프레디

밍크스는 은행 문을 나와서 농장 쪽으로 걸어갔다. 마당은 텅 비어 있었다. 조심조심 암소 우리 쪽으로 기어간 밍크스는 숨을 죽인 채 헛간에서 들려 오는 소리에 귀를 기울였다. 위구스 부인의 목소리가 들려왔다.

"글쎄, 장난은 그저 장난일 뿐이야. 하지만 장난이 지나치면 생각지도 못한 결과가 일어나지. 마찬가지로 그 불쌍한 고양이가 계속 눈에 보이지 않는 것처럼 하다가는 고양이가 미쳐 버릴걸!"

"아니, 밍크스는 진짜 미쳤어요." 조지가 부인의 말을 막으며 말했다. "엉뚱한 거짓말을 하고 있는 다른 동물들 역시 제정신이 아니고요. 인도에서 사냥을 갔다가 코끼리를 죽였다던 밍크스의 이야기 기억나죠?"

"아마 말로 죽여 버렸을걸." 헨리에타의 목소리가 들렸다.

밍크스는 더 이상 그들의 대화를 듣지 않은 채 은행으로 돌아가 복수할 계획을 세웠다.

'이 뚱보 놈아, 조금만 기다려라!' 밍크스는 속으로 이렇게 생각했다. "그리고 오빠도 이렇게 그냥은 못 넘어가지. 너희가 여태까지 나를 속였다 이거지? 좋아, 이번에는 내 차례다."

한편 프레디와 징크스는 보안관을 찾아갔다. 보안관은 유치장에 있는 그의 사무실에서 센터보로 호텔의 주인인 올리 그로퍼 씨와 은밀한 대화를 나누고 있었다. 바쁘면 나중에 오겠다고 했더니 보안관이 말했다. "아니야, 이리 들어와. 자네 도움이 필요할지도 모르거든. 올리 씨에게 문제가 좀 생겨서 지금 그 이야기를 나누고 있었어. 거의 한 시간째 의논하고 있는데 별로 뾰족한 방법이 떠오르질 않아."

"아무래도 그 문제는 쉽게 해결이 날 것 같지 않아."

굵은 목소리의 그로퍼 씨도 덧붙였다.

대머리에다 몸이 뚱뚱한 그로퍼 씨는 보안관의 팔걸이 의자에 앉아 있었는데, 마치 그의 몸에 딱 맞게 의자를 맞춘 것 같았다. 나중에 징크스는, 그때의 그로퍼 씨는 마치 나무 상자에 자리를 잡고 앉아 금방이라도 항해를 위해 떠나려는 사람처럼 보였다고 말했다.

"자, 그럼 우리 프레디의 의견을 한번 들어보죠." 보안관이 말했다. "내 생각에 이 문제는 징고와 관련이 있는 것 같거든요. 그러니까 우리 모두 머리를 짜 봅시다. 그래도 좋은 방법이 떠오르지 않는다면 뭐……, 그건 우리의 머리가 예전만큼 잘 돌아가지 않는다는 증거겠죠. 그런데 프레디, 징고가 공연을 한다는 걸 알고 좀 기분이 상했지, 그렇지?"

보안관은 이렇게 물으면서 프레디에게 윙크를 해 보였다.

"네, 우리 모두 기분이 상했죠. 그 사람과 프레스토가 어젯밤에

마술사 프레디

저를 감쪽같이 속였거든요."

"죽도록 두들겨 패도 시원치 않을 놈이에요. 그래서 저도 복수를 하려고요." 아직까지 분을 삭이지 못한 징크스가 흥분해서 말했다.

"제 생각에 보완관님은 시내에 계시니까 징고가 마술 도구들을 언제 극장으로 옮기는지 아실 거예요. 그걸 저에게 알려 주시면 그때 제가 다시 와서……. 저에게 따로 계획이 있거든요."

프레디가 부탁하자 보안관도 덩달아 흥분했다.

"물론 그렇겠지. 그런 놈은 그냥 두어서는 안 돼!"

그리고는 그로퍼 씨에게 말했다.

"올리, 징고를 쫓아내고 싶으면 여기 프레데릭과 위긴스에게 그 일을 맡기게. 범인을 찾아내는 일에 있어서 만큼은 이 지방에서 이들을 따라올 자가 없지. 물론 내가 아는 한 이 지역에서는 다른 탐정을 찾을 수도 없을 거야. 그건 내가 장담하지."

그러자 그로퍼 씨가 큰 머리를 천천히 끄덕이면서 말했다.

"나도 당신이 보여 준 놀라운 능력에 감동했소. 소나 돼지 종족의 경우 그 성향이 반드시 유전되는 것은 아니라고 생각해요."

"야아!" 프레디는 자기도 모르게 터져 나온 탄성을 가라앉히면서 말했다. "저도 그렇게 생각합니다. 그런데, 그로퍼 씨, 징고와 무슨 문제가 있나요? 그가 선생의 호텔에서 묵고 있는 걸로 아는데요, 그렇지 않습니까?"

"임시 투숙객으로 묶고 있죠. 하지만 가능하면 빨리 그를 내보
내고 싶은데 그게 마음대로 안 되네요."

"그러니까 그를 호텔에서 빨리 내보내고 싶다는 거죠? 그럼 그
냥 쫓아내지 그러세요?"

프레디의 말에 그로퍼가 자신의 심정을 밝혔다.

"탐정 양반, 손님이 우유를 담아 놓은 그릇 속에서 잉어처럼 생
긴 작은 물고기들을 찾아내고 마술을 부려 나비의 유충이나 거미
를 샐러드 접시 위에 나타나게 한다면 저로서는 손님이 해 달라는
대로 해 드릴 수밖에 없어요."

"그렇군요. 정말 그럴 수밖에 없겠네요." 프레디가 힘없이 대답
했다.

"내가 더 자세히 설명해 주지." 보안관이 큰 소리로 웃으면서 말
했다. "올리는 어렸을 때부터 늘 사전을 끼고 다녔어. 그건 그렇
고, 문제를 설명하자면 이래. 어느 날 징고가 호텔에 묶기 위해 찾
아왔고, 처음에는 모든 것이 순조롭게 진행되는 듯했어. 그때까지
는 아무런 문제가 없었지. 그런데 그가 호텔에 온 주말에 올리가
징고에게 계산서를 주면서 일이 꼬이기 시작한 거야. 징고는 계산
서를 주머니에 집어넣고 저녁을 먹으러 갔어. 그런데 여종업원이
우유가 담긴 그릇을 들고 징고가 앉아 있는 식탁으로 가서 그릇

안을 들여다보니 글쎄 황어가 헤엄을 치고 있더라는 거야."

"잉어라니까." 그로퍼 씨가 바로잡아 주었다.

"그리고 잠시 후 징고가 이 사람을 찾아온 거지." 보안관은 이야기를 계속해 나갔다. "그리고는 청구서를 내주더니 '그로퍼 씨, 객실 요금은 받은 걸로 하시지요.' 라고 말했다는 거야. 깜짝 놀란 올리 씨가 '뭐라고요?' 하고 되물었더니 징고가 '제가 여기저기를 돌아다니면서 이 호텔 음식에서 저런 것들이 나왔다고 소문을 퍼트리면 아무도 이 호텔을 찾아오지 않을 텐데요.' 라면서 협박을 했다는 거야! 물론 올리는 징고가 우유에 일부러 황어를 넣었다는 걸 알았지만 그것을 증명할 방법이 없었어. 게다가 그런 소문이 돌면 사업에 치명적인 영향을 받는 것이 사실이고……. 결국 올리는 더 이상 요금을 지불하라는 말을 할 수 없게 된 거지. 그리고 그날 밤 올리는 징고에게 그만 호텔에서 나가 달라는 부탁을 했어. 그런데 다음 날 아침이 되니 이번에는 징고가 오렌지 주스에서 살아 있는 벌레를 발견하고는 올리를 찾아와서 호텔을 고발하겠다고 겁을 주더라는 거야. 그러니 올리 씨가 어떡하겠나? 그가 호텔에 남아 있는 것을 두고 볼 수밖에……. 그 뒤로도 징고는 올리가 돈 이야기를 꺼낼 때마다 이런 깜짝 쇼를 되풀이했어. 심지어 어젯밤에는 기블렛인가 뭔가 하는 여행객이 식당에서 저녁을 먹고 있는데, 징고가 갑자기 그 사람에게 다가가 접시에서 털이

마술사 징고의 심술

다음날 아침, 징고는 오렌지 주스 속에서 살아 있는 벌레를 발견했다.

보송보송한 애벌레 서너 마리를 집어들었다는 거야. 그 바람에 기블렛 씨는 그 길로 짐을 싸서 호텔을 나가 버렸다고 하네. 이것이 지금까지 있었던 일의 전모라네. 프레디, 혹시 좋은 생각이 떠올랐나?"

"글쎄요. 지금으로서는 별로 좋은 방법이 생각나지 않네요. 그런데 오늘이 목요일이니까 징고의 쇼가 열리기까지는 앞으로 5일이 더 남았군요. 만일 제가 5일 동안 호텔에서 묵는다면……. 어때요, 그로퍼 씨, 가능할까요? 그렇게만 해 주신다면 징고 쇼에 대비해 만반의 준비를 할 수 있을 텐데요. 그리고 그를 호텔에서 쫓아낼 방법도 찾아낼 수 있을 거예요."

"하지만 그렇게 하면 장점도 있는 반면 단점도 많을 것 같은데요." 그러면서 그로퍼 씨가 말을 이었다. "당신의 외모는 누가 봐도 돼지예요. 특히 우리 호텔에 묵고 있는 그 마술사는 통찰력이 뛰어나기 때문에 당신이 우리 호텔에 머문다면 단번에 그 사실을 알아차릴 겁니다. 그러다 보면 예측하지 못한 결과가 나타나거나 비극적인 일이 일어날 수도 있어요."

"꼭 내가 하고 싶은 말만 골라서 하신다니까." 징크스가 싱긋 웃으면서 말했다.

그러나 프레디는 생각이 달랐다. "그러니까 당신 말은 그 사람이 저를 알아볼 거란 말씀이죠. 하지만 그 점은 걱정 마세요. 절대로 징고가 저를 알아보지 못하도록 변장을 할거니까요."

이 말에 그로퍼 씨는 혼자서 뭐라고 중얼거렸고, 프레디는 그것을 자신의 변장이 효과가 없을 거라는 뜻으로 이해했다. 그러자 보안관은 프레디가 변장의 귀재라면서 그를 안심시켰다.

"자네, 기억나나?" 보안관이 프레디에게 말했다. "언젠가 자네가 빈 아저씨의 선원복을 입고 이곳에서 몇 주일을 지냈는데도 아무도 자네를 알아보지 못했던 일 말이야? 아직도 그 옷이 여기에 있는 걸로 아는데……. 올리의 조카가 찾아온 것처럼 하면 되겠군."

그러면서 보안관은 그로퍼 씨와 프레디를 번갈아 쳐다보았다. 그러나 말은 그렇게 했지만 그 둘을 가족이라고 하기에는 전혀 닮은 데를 찾을 수가 없었다.

"잠깐 기다려 봐, 내가 가서 그 옷을 가져올게."

프레디는 작년 여름 빈 아저씨의 선원복을 입었을 때보다 살이 약간 빠진 상태였다. 그래서 별로 어렵지 않게 옷을 입을 수 있었다. 막상 그가 옷을 입으니 조금 전과는 달리 그로퍼 씨도 무척 만족하는 표정을 지었다. 심지어 프레디가 자신의 조카인 마샬과 닮았다고까지 했다.

"좋아요." 보안관이 말했다. "당신은 이제 마샬이 왔다는 소문을 내도록 해요. 지금 당장 호텔로 가서 준비하는 것이 좋겠어요."

그러나 프레디는 그날 밤 늦게나 호텔에 갈 수 있었다. 농장에서 이것저것 준비할 것이 많은 데다 빈 아저씨께도 허락을 받아야 했기 때문이다. 그들은 손을 모아 성공의 악수를 나누었고, 프레디와 징크스는 농장으로 떠났다.

농장에 도착한 그들은 자신들이 농장을 비운 사이 밍크스가 사라졌다는 것을 깨달았다. 하지만 그녀를 찾아 나설 만큼 시간이 넉넉하지 않았다. 그녀를 보지 못한 지 한참이 지났지만 그녀를 걱정하는 사람은 아무도 없었다. 그녀는 혼자서도 잘 지냈을 뿐 아니라 얼마 지나지 않아 자신이 정말로 투명해진 것이 아니라는 사실을 알게 될 것이었다. 그래서 그들은 징고의 모자를 은행 지하 금고에 넣은 다음 경비원에게 보초를 서게 하고는 계획했던 일들을 처리했다. 그리고는 오후 늦게 한크가 끄는 마차를 타고 다시 센터보로로 향했다.

12. 한밤중 은행 습격 사건

마샬로 변장한 프레디가 호텔 로비에 들어섰다. 그러나 그는 선원 복장을 하고 있지 않았다. 50년 전에 유행했던 낡은 스타일인데다 왠지 그 옷을 입으면 자신이 우스워 보일 거라 생각했기 때문이다. 그리고 실제로도 그랬다. 결국 그는 비시비 백화점에 가서 인디언들이 입는 옷을 한 벌 샀다. 그러나 인디언들이 싸움터에 나갈 때나 쓰는 전투모에서부터 술이 달린 정강이 받이까지 우스워 보이기는 마찬가지였다. 그래도 전투모는 그의 가장 두드러진 특징인 긴 코를 부분적으로 가려 준다는 면에서 탁월한 선택이었다.

마술사 프레디

인디언 복장을 차려 입은 키가 작고 약간 뚱뚱한 소년이 호텔로 들어와 책상 옆에 여행 가방을 내려놓고 그로퍼 씨와 반갑게 인사를 주고받았지만 그들에게 관심을 보이는 사람은 아무도 없었다. 그로퍼 씨는 소년을 방이 있는 위층으로 안내하면서 '현재 징고가 쓰고 있는 방에 인접해 있다는 사실'을 알려 주었다. 새로운 가짜 큰아버지와 대화를 할 때 필요할지 모른다는 생각에 작은 사전을 준비해 온 프레디는 그로퍼 씨가 나가자마자 가방을 열어 사전을 꺼내 '인접'이라는 단어의 뜻을 찾아보았다.

그런 뒤에 프레디는 짐을 풀었다. 그러나 그의 가방에서 나오는 물건들을 보았더라면 기가 막혀서 그 누구도 입을 다물지 못했을 것이다. 먼저 그의 가방에는 생쥐 네 마리가 들어 있었는데, 짐꾼이 가방을 위층으로 나르면서 심하게 흔든 바람에 생쥐들은 잔뜩 화가 나 있었다. 가방 속에는 물론 징크스도 섞여 있었다. 작전을 위한 몇 가지 도구들과 마술 도구 그리고 칫솔을 비롯한 여러 가지 물건도 나왔다. 프레디는 마지막으로 작은 상자를 하나 꺼냈다. 그 속에는 거미이자 그의 친구인 웹 부부가 들어 있었다. 프레디가 뚜껑을 열어 주자 거미 부부는 밖으로 빠져나와 다리 운동을 하기 위해 천장 위를 걸어다녔다.

싸 온 짐들을 말끔하게 정리한 뒤 프레디는 친구들에게 앞으로 해야 할 일을 알려 주었다. 옆방에서 징고가 돌아다니는 소리가 다 들렸기 때문에 목소리가 새어나가지 않도록 조심했다. 징고와 프레디가 묵고 있는 방 사이에는 문이 하나 있었는데, 프레디는 생쥐들을 시켜서 자물쇠가 채워진 문에 작은 구멍을 뚫게 만들었다. 그런 다음 웹 부부가 기운을 회복하자 그들을 열쇠 구멍 안으로 들여보냈다. 그러나 반대편 열쇠 구멍에 열쇠가 채워져 있어서 거미 부부는 그곳을 통과할 수 없었다.

"아마 창문이 열려 있을 거야. 이 방의 창문을 열어 주면 내가 한번 가 볼게." 웹 아저씨가 말했다.

거미의 제안대로 프레디가 창문을 열어 주자 웹 아저씨는 옆방엘 갔다가 다시 돌아왔다. 프레디는 웹 아저씨의 말을 듣기 위해 바싹 귀를 갖다 댔다.

"잠겨 있어. 하지만 놈이 방에 있더군. 거울 앞에서 카드 기술을 연습하고 있어. 침대 위에는 프레스토가 자고 있고……."

"좋았어." 그리고는 생쥐들에게 타일렀다. "얘들아, 너무 시끄럽다. 일단 징고가 저녁을 먹으러 식당으로 내려갈 때까지 잠시 휴식을 취하는 게 좋겠어."

그 말에 생쥐들도 문에 구멍을 뚫는 일을 멈추었다.

"우리가 너무 심하게 갉았나 봐."

어크의 말에 다른 생쥐들이 까르르하고 큰소리로 웃었다. 물론 그래 봤자 찍찍거리는 정도에 불과했지만 말이다.

마술사 프레디

프레디는 일찍 저녁을 먹으러 내려갔다. 징고보다 먼저 식당에 자리를 잡고 앉아 있을 계획이었다. 그는 구석진 곳에 있는 식탁에 벽을 마주한 채 그로퍼 씨와 함께 앉았다. 잠시 후 식당에 들어온 마술사는 곧장 그들이 앉아 있는 식탁을 향해 걸어왔다.

"아, 그로퍼 씨. 일행이 계시군요. 저에게도 좀 소개를 시켜 주시지요."

그 말에 그로퍼 씨가 프레디를 소개했다. "여기는 징고 씨, 그리고 여기는 마샬 그로퍼입니다. 제 어머니 쪽 친척으로, 아우의 자식입니다."

"아 예, 참 독특한 방식으로 소개를 하시는군요."

그러면서 징고는 손을 내밀었다.

"만나서 반가워요, 마샬?"

"저도용, 고맘승니다." 하고 프레디가 잔뜩 코가 막힌 듯한 목소리로 킁킁대며 말했다. 그는 마치 감기에 걸린 것처럼 목소리를 감추고 있었다. 그러나 프레디가 손을 내밀지 않자 머쓱해진 징고는 내민 손을 도로 주머니에 집어넣었다.

"나를 만난 게 별로 반갑지 않은가 보군요." 그러더니 "마샬, 당신은 내가 누군지 잘 모르는 것 같네요."라는 말을 덧붙였다. 이 말에 프레디가 고개를 저으며 대답했다. "아뇽, 잘 알아용, 지긍까지 방 가블 앙 냉 마술사장아요."

징고는 일부러 그의 말을 못 알아들은 척하면서 그로퍼 씨에게 물었다. "내가 뭘 안 했다고? 이 소년은 말하는 데 혹시 무슨 장애가 있나요?"

그로퍼 씨가 뭐라고 설명하려고 하자 프레디가 그의 말을 가로막으며 말했다. "아저씽 계상에 무승 장애가 잉능 거 가튼뎅용, 앙 그래요?"

그는 모든 받침에 'ㅇ'을 붙였는데, 한손으로 코를 막고 책을 읽으면 프레디의 코맹맹이 소리를 흉내낼 수 있을 것이다.

"저런 세상에……." 징고가 혀를 찼다. "뭐 이런 버릇없는 녀석이 다 있어!"

징고는 그를 외면하려고 애쓰는 프레디의 얼굴을 불쾌하다는 듯이 노려보았다.

"그런데 그로퍼 씨, 당신은 왜 애가 가면을 쓴 채 식탁에 앉는 것을 그냥 내버려두는 거죠?"

'이크, 저 사람이 내 얼굴을 알아본 건 아닐까?' 프레디는 순간 걱정이 되었다. '당장 쫓아내는 것이 좋겠군.'

이렇게 생각한 프레디는 언성을 높였다. "숙박료도 내지 않는 주제에 저녁을 먹으러 오다니……. 창피한 줄을 아셔야죠!"

그러자 식당에 있는 사람들의 시선이 일제히 그들에게로 쏠렸다.

마술사 프레디

"마샬, 너 너무 심한 것 아니니?" 하고 그로퍼 씨가 물었다.

이에 징고는 억지로 웃음을 지어 보이며 프레디의 어깨 위에 손을 얹었다. 그리고는 "오, 이런, 어린 녀석이……."라고 하면서 프레디의 어깨를 세게 꼬집었다.

이를 놓치지 않고 프레디는 꽥 하고 비명을 지르면서 갑자기 소란을 떨었다. "아악, 저 사람이 날 꼬집었어요, 아저씨 나빠요!" 그러면서 울음을 터뜨렸다.

징고는 재빨리 어깨 위에 얹었던 손을 치우고는 눈썹을 치켜 뜨고 다른 손님들의 표정을 살폈다. 그곳에 있던 사람들이 모두 그를 노려보면서 "창피한 줄 아시오!"라며 징고를 나무랐다.

"어머, 나는 이 애한테 손끝 하나 대지 않았어요."

이렇게 시치미를 뗀 징고는 어깨를 한번 들썩해 보이더니 자기 자리로 되돌아갔다. 그리고는 프레디 쪽으로 등을 돌린 채 자리를 잡고 앉아 손가락으로 자신의 수염을 어루만졌다.

프레디는 자신이 계획한 대로 일이 잘 진행되어 가고 있다고 생각했다. 징고는 자신의 성질을 이기지 못했고, 현장을 목격한 센터보로의 수많은 사람들의 입을 통해 그가 어린 아이를 심하게 대한다는 소문이 곧 온 마을에 퍼질 것이다. 인디언 옷은 변장복으로 매우 탁월한 선택이었다. 그중에서도 전투모가 가장 압권이었다. 얼굴을 따라 둥근 모양을 하고 있는 독수리 털과 등을 타고 흘러내리는 기다란 독수리 꼬리털 덕분에 사람들이 프레디의 얼굴보다는 머리에 더 많은 관심을 보였기 때문이다. 그 때문에 아무도 프레디를 알아보지 못했거나 전투모 속에 있는 얼굴이 소년이 아니라 돼지였다는 사실을 알아채지 못했던 것 같다.

프레디는 저녁 식사를 마치고 방으로 돌아갔다. 그 사이 쥐들은 문에 구멍을 뚫어 징고의 방에 가 있었다. 하지만 프레스토가 여전히 징고의 침대에서 잠을 자고 있었기 때문에 방을 마음껏 돌아다닐 수는 없었다.

한편 거미 부부는 징고의 방 천장 구석진 곳에 작은 그물 침대를 완성했다. 편안하게 앉아 방에서 일어나는 모든 일을 듣고 볼 수 있는 좋은 자리였다. 당분간 특별한 일이 없었던 프레디는 전투모를 벗은 뒤 종이와 연필을 가져다가 자리를 잡고 앉아 시를 썼다. 그가 쓴 시는 이러했다.

오, 제비들이 하늘을 날아다니다가
나무들 사이로 단숨에 내려간다.
작은 잔 속에 작은 벌레를 잡아
단숨에 들이킨다.

하늘 위에서 마음껏 춤춘다면

그것도 즐겁겠죠.

그러나 나는 지금의 나로 남으리.

한 마리 돼지로.

별빛이 눈부신 밤이 되면

토끼는 새벽이 오기를 기다리지.

그리곤 깡충거리며 뛰어나와 친구들과 함께

잔디 위에서 경찰과 도둑 놀이를 하지.

코를 씰룩거리며

상추만 먹고사는 것도 재미있지만

상추는 나의 밥이 못 되니

나는 절대로 상추를 먹고 싶지 않네.

오, 고양이들은 날씬하고 활기로 가득 차 있네.

그리고 밤늦도록 거리를 돌아다니지.

그들은 유쾌한 검객들, 담장 위에 올라

창백한 달빛을 받으며 세레나데를 부르지.

혀로 입술을 적시며

한밤중 은행 습격 사건

카루소처럼 노래하는 것도 재미있지만

나는 하나도 부럽지 않다고

자신 있게 말할 수 있네.

돼지들을 보라. 그들의 머리는

고양이나 제비 그리고 토끼보다 크지 않지만,

토론을 벌이는 그들의 말속에서 무게를 느낄 수 있지.

늘 규칙적인 생활을 하는 돼지들.

돼지들은 모든 답을 알고 있네.

그들은 춤꾼으로 인정받아

나뭇가지 위의 새처럼 사뿐히 춤을 춘다네.

그러니 돼지라는 말을 들어도

절대로 화를 낼 이유가 없다네.

마지막 두 연이 너무 길다고 생각한 프레디는, 비록 표현이 마음
에 들기는 했지만 글귀를 다듬고 있었다. 바로 그때 웹 아저씨가
종이 가장자리 위로 기어오더니 그를 향해 더듬이를 흔들었다.

"프레디, 새로운 소식이 있어. 방금 전에 밍크스가 징고를 찾아
왔어. 그리고는 그의 모자가 은행 금고 안에 있으니까 당장 가서

은행 문을 부수고 모자를 찾아가라고 일러 줬어."

"와우!"

소리를 지르며 자리에서 벌떡 일어난 프레디는 자신의 시가 나무 바닥에 떨어지는 것도 모르고 상당히 흥분했다. 이 종이는 나중에 방을 치우러 온 청소부에 의해 발견되었는데, 시에 묘사된 편안하고 행복한 돼지의 삶이 너무도 부러웠던 청소부는 자신의 생활을 비관하며 며칠 동안 소리내어 울었다고 한다.

침대에서 자고 있던 징크스와 생쥐들도 벌떡 일어나 이야기를 듣기 위해 웹 아저씨 주위로 모여들었다. 밍크스는 자신을 속인 프레디에게 앙갚음을 하기 위해 징고를 찾아와 그의 모자가 제일 동물 은행 지하 금고 안에 있다고 고자질을 했던 것이다.

웹 아저씨가 말해 준 방금 전의 상황은 이렇다.

"내 모자가 거기 있다는 것은 이미 알고 있었어. 프레스토도 그곳에 있었거든."

"하지만 은행 안으로 들어가는 방법은 모르잖아요."

"그래, 그건 물론 모르지."

그 역시 밤낮으로 경비가 은행을 지키고 있다는 사실은 이미 잘 알고 있었다. 그렇다고 모자를 받기 위해 프레디에게 130달러를 줄 생각은 전혀 없었다. 밍크스는 자신이 은행으로 들어가는 방법을 알고 있다고 하면서, 만약 그가 자신을 데리고 간다면 은행에 들어갈 수 있도록 도와주겠다고 했다.

"자, 얘들아, 뭘 기다리고 있는 거니?" 프레디가 재촉했다.

"하지만 그들을 따라잡을 수는 없어. 그들은 이미 떠날 준비를 마쳤는걸. 게다가 차를 타고 간대."

"그럼 우리도 지금 당장 떠나면 되지. 징크스야, 가자. 너희들은 여기서 기다리고 있어."

급히 떠나는 징크스와 프레디를 보며 웹 아저씨는 징고가 총을 가지고 있으니 조심하라는 주의를 주었다. 그들은 서둘러 계단을 내려가 차고 안으로 들어갔다.

잠시 후 밍크스와 징고가 모습을 드러내더니 차에 올라탔다. 프레디와 징크스는 이미 뒷좌석 깔개 아래에 몸을 잔뜩 웅크린 채 숨어 있었다.

마을을 벗어나자 징고는 속력을 냈고, 자동차는 바닥에 퉁겨 오르듯 날쌔게 빈 농장을 향해 달렸다. 그럴 때마다 프레디와 징크스도 퉁겨 올랐다. 프레디는 자동차에서 어떻게 행동할 것인지 계획을 세울 예정이었다. 하지만 숨이 막힐 것 같은 데다 바닥에 착 달라붙은 채 징크스의 주먹을 이리저리 피하는 것만으로도 벅차서 앞뒤 사정을 깊이 생각할 여유가 없었다. 징크스 역시 부상을 당하지 않기 위해서는 손에 잡히는 것이라면 뭐라도 꼭 잡아야 했다. 그래야만 퉁겨 나가지 않을 수 있었다. 마침 프레디가 바로 옆에 있었기 때문에 그는 오직 프레디에게만 매달렸다. 나중에 프레디는 차라리 소리내어 울기라도 했더라면 훨씬 참기가 쉬웠을 거라고 털어놓았다.

빈 농장을 지나친 징고는 다시 차를 돌려 가던 길을 되돌아가 은행 뒤쪽에 차를 세웠다. 징고와 함께 차에서 내린 밍크스가 말했다.

"저기 종이 보이죠? 위급한 상황이 벌어지면 저 종을 쳐서 알리는데요. 추 옆에 달려 있는 줄을 끊고 경비병들을 쫓아내면 종을 칠 수가 없어요."

그러나 서로 몸이 엉켜 있던 프레디와 징크스가 미처 차에서 빠져 나오기도 전에 징고가 은행 문을 여는 소리가 들렸다.

"제길!" 징크스가 화를 냈다. "우리 지금 서로 뒤엉킨 거지?"

"맞아." 프레디가 말했다. "지금으로서는 놈을 따라잡을 수가 없어. 미안하지만 내가 이 깔개를 들고 놈들이 담을 넘어간 곳까지 올라갈 수 있게 도와줘."

그들이 깔개를 질질 끌고 울타리에 도착했을 때 은행 안에서는 작은 소동이 일었고, 창문을 통해 손전등이 반짝거리는 것이 보였다. 프레디는 징크스에게 뭐라고 나직이 속삭였다. 그러면서도 둘은 가만히 기회를 엿보았다.

잠시 후 손전등 불빛이 그들이 있는 쪽을 비추더니 갑자기 불빛이 사라졌다. 곧이어 징고의 발자국 소리가 들려 왔다. 그는 조심스럽게 울타리 위로 올라갔다. 징고의 뒤를 이어 또다른 검은색 그림자 하나가 울타리 꼭대기로 뛰어올랐다. 검은 그림자가 아래로 뛰어내리는 순간 프레디는 깔개를 쫙 펴서 뛰어내리는 물체를 받았다. 심하게 발버둥치면서 저항하는 밍크스를 가까스로 제압한 프레디는 깔개로 밍크스를 쌌다.

"무슨 일이야?" 징고가 낮은 목소리로 물었다. "조용히 좀 하란 말이야!" 징고가 발걸음을 멈추고 소리가 나는 쪽으로 손전등을 비추자 징크스가 나타났다.

"아무 일도 아니에요." 징크스가 시치미를 뗐다. "어서 그 불이나 꺼요! 너무 깜깜해서 코를 부딪친 것뿐이라고요."

깜깜한 밤에는 모든 고양이들이 비슷비슷하게 보이는 것이 당연하다. 더구나 징크스와 밍크스는 밝은 대낮에도 구별하기 힘들 만큼 닮아 있었다. 다만 징크스는 온몸이 새까만 털로 뒤덮인 반면 밍크스는 가슴과 앞발 부분에 흰털이 나 있었는데, 징고는 그 사실을 모르는 듯했다.

"좋아, 어서 가자."

한편 차가 있는 곳에 도착한 프레디는 깔개로 밍크스를 다시 한 번 꽁꽁 쌌다. 밍크스의 비명 소리가 새어나가지 않도록 단단히 묶었기 때문에 바로 몇 발자국 떨어진 곳에서도 그들을 알아차릴 수 없었다. 프레디는 한쪽 겨드랑이에 밍크스를 끼우고는 담을 넘어 은행 뒤쪽에 몸을 숨겼다.

징고가 마술 모자를 쓴 채 차에 타려고 하는 순간 징크스가 징고를 유혹했다.

"잠깐만요! 이왕 여기까지 왔는데 금고에 있는 돈을 몽땅 털어 가는 건 어때요?"

"무슨 돈?" 하고 징고가 물었다.

"아이 참, 프레디가 자신의 돈을 모두 여기에 보관하고 있잖아요. 게다가 작년에는 서커스로 돈을 꽤 많이 벌었다고 했단 말예요. 빈 아저씨는 물론이고 다른 동물들도 돈을 모두 여기에 맡겨 두었다고 하던데요. 아마 천 달러는 넘을걸요."

"계속해 보시지." 징고가 믿을 수 없다는 듯이 빈정거렸다. "그러니까 네 말은 뚜껑 아래에 땅을 파고는 그 구덩이 안에 돈을 몽땅 넣어 두었단 말이지? 지금 장난하는 거야?"

"사실이라니까요. 좋아요. 그냥 가고 싶으면 마음대로 하세요. 하지만 나는 이 기회를 놓칠 수 없어요."

징크스는 이렇게 말하고는 왔던 길을 다시 되돌아갔다. 징고는 잠시 머뭇거리는가 싶더니 징크스를 따라갔다. 그 둘이 은행 안으로 사라지자마자 프레디는 살금살금 문가로 다가갔다. 징고가 뚜껑 문을 들어올리는 순간 토끼들이 잽싸게 지하 통로로 숨었다. 토끼들은 조금 전 징고에 의해 은행 금고 안에 갇힌 이후로 누군가 자신들의 소리를 들어주지 않을까 하는 마음에 맥없이 마룻바닥을 두드리고 있던 중이었다.

"제가 들어가는 게 낫겠어요." 징크스가 말했다. "여긴 통로가 아주 좁거든요. 게다가 돈이 보관되어 있는 곳까지 가려면 한참 걸려요."

"네가 그렇다면 그런 거겠지." 징고는 고양이의 말을 믿을 수 없다는 듯이 말했다. "하지만 그보다는 내가 직접 들어가는 편이 낫겠어. 만약에 말야……."

그러면서 징고는 보일 듯 말 듯한 미소를 지으며 말했다. "다른 출구가 있으면 어떻게 해. 혹시라도 네가 반대쪽 출구로 나갈 수도 있잖아."

물론 징크스는 출구가 하나밖에 없다는 사실을 잘 알고 있었지만 마치 돈을 가지고 도망치려던 계획이 들킨 것처럼 보이기 위해 당황하는 표정을 지어 보였다.

결국 징크스는 뚜껑을 들었고, 징고가 통로 안으로 기어 들어갔다. 마술사의 발이 눈앞에서 사라지는 순간 징크스는 꽝 하고 문을 닫았다. 곧바로 프레디가 달려왔고, 둘은 힘을 합쳐서 은행 안에 있던 가구들을 모두 문 위에 올려놓았다. 프레디는 조금이라도

마술사 프레디

무게를 더하기 위해 아예 의자 위에 앉아 버렸다. 그러는 사이 징크스는 모두에게 이 사실을 알리기 위해 서둘러서 종이 달려 있는 나무 위로 올라갔다.

지하 금고는 징고가 손전등을 든 채 네 발로 기어갈 수 있을 만큼의 공간이 있었다. 꽝 하고 문이 닫히는 순간 징고는 자신이 함정에 빠졌다는 사실을 알고 몸을 돌리려 했지만 너무 좁아서 옴짝달싹할 수가 없었다. 결국 앞을 향해 계속 기어갈 수밖에 없었고, 첫 번째 방에서 겨우 몸을 돌려 뚜껑이 있는 곳으로 되돌아왔을 때는 이미 땡그랑 땡그랑 하는 종소리가 어둠을 뚫고 고요한 들판을 가로질러 빈 아저씨네 농장까지 울려 퍼지고 있었다.

외양간에서 자고 있던 위긴스 부인이 종소리를 듣고 "은행에 문제가 생겼다!" 하고 소리를 질렀다.

"애들아, 출동이다!"

부인은 두 동생과 함께 마당으로 달려나왔다. 그들이 은행을 향해 있는 힘껏 들판을 달리고 있을 때 로버츠와 조지가 그들을 스치고 지나갔다. 뒤에서는 쇠로 된 신발을 신은 한크가 마구간을 뛰쳐나와 달그락달그락 달려오는 소리가 들렸다.

닭장의 횃대에 앉아 있던 헨리에타 역시 은행에서 들려 오는 종소리를 들었다. 그 소리에 그녀는 날개 밑에 박고 있던 머리를 들어 사정없이 찰스의 어깨를 쪼기 시작했다. "은행에 문제가 생겼어! 코 좀 그만 골고 어서 일어나란 말야!"

"뭐, 뭐야?" 찰스가 꽥꽥거렸다. "누가 날 친 거야! 어, 헨리에타 당신이잖아. 도대체 왜 그래? 지금 한창 꿈을 꾸고 있었는데……."

"아휴 참, 지금 꿈을 꾸고 있는 게 아니라고! 은행에서 종이 울렸어."

"뭐? 은행에?"

지하 금고 안에 현금 50센트와 옥수수를 잔뜩 맡겨 둔 것이 생각난 찰스는 순간 정신이 번쩍 들었다.

"헨리에타, 당신은 여기서 아이들과 함께 있어. 문을 잠그면 아무 일도 없을 거야. 나는 지금 당장 은행에 가 봐야겠어!"

"아, 그래요?" 헨리에타가 비아냥거리듯이 물었다. "당신이 가면 뭐하는데? 그러지 말고 당신이 그냥 여기에 애들이랑 있어요!"

그리고는 날개를 퍼덕이며 닭장 밖으로 뛰어나갔다.

숲 속 주변에 살고 있던 방구쟁이 스컹크 윌슨도 종소리를 들었다. 마침 그는 두 아들을 데리고 먹이를 구하러 나와 있었다.

"은행에 문제가 생겼다." 하고 그가 말했다. "에드가, 너는 빨리 집으로 가서 엄마랑 동생들이랑 함께 있거라. 그리고 터로우, 너는 이 길로 가서 매멋인 그런디 아저씨를 깨워라. 한번 잠들면 업어 가도 모르는 분이니 분명 종소리를 듣지 못했을 거야."

빅 우즈에 사는 부엉이 위블리 노인 역시 종소리를 들었다. 생쥐를 낚아채려던 그는 그만 거리를 잘못 계산하는 바람에 블랙베리 줄기 사이에 처박히고 말았는데, 힘들게 줄기 사이로 빠져 나오는 모습을 본 생쥐가 낄낄거리며 도망치는 것을 뒤쫓고 있던 중이었다. 먹이를 찾으러 나왔던 조카 베라는 이 모습을 보고도 못 본 척 하고 있었다.

"은행에 문제가 생겼다!" 위블리 노인은 이렇게 소리지르면서 부엉부엉 소리를 내며 울었다. "몹쓸 놈의 동물들 같으니라고…… 늘 이렇게 문제를 일으킨다니까! 꼭 이렇게 좋지 않을 때 도움을 청해요. 자, 베라! 거기 그렇게 앉아만 있지 말고 어서 가자!"

위블리 노인은 조카를 다그치면서 두 날개를 쭉 펴서 은행 쪽을 향해 유유히 날아갔다.

대부분의 동물들은 아무리 깜깜해도 나무에 부딪치거나 울타리에 걸려 넘어지지 않는다. 사방에서 들려 오는 발자국 소리에 그들은 다른 동물들이 함께 달려가고 있다는 것을 느낄 수 있었다. 하지만 정확히 얼마나 달려가고 있는지는 헤아릴 수 없었다. 그러나 깜깜한 어둠 속에서도 앞을 훤히 볼 수 있는 부엉이들은 농장을 다 품은 듯이 달려가는 동물들의 모습을 볼 수 있었다. 수많은 동물들이 꼬리에 꼬리를 물고 은행으로 향하고 있었는데, 개와 암소, 한크 그리고 염소인 빌을 비롯해서 토끼들까지 그 수를 헤아릴 수 없을 정도로 많았다. 저쪽에서는 스컹크와 매멋들이 볼썽사나운 걸음으로 달려오고 있었고, 여우도 한두 마리 보였다. 피터는 두 명의 사촌과 함께 숲에서 뛰어나오더니 번개처럼 언덕 아래를 향해 달렸다. 하늘은 사방에서 날아온 새들 때문에 여기저기서 퍼덕퍼덕 날갯짓하는 소리가 끊이지 않았다.

농장에서 잠을 자고 있던 빈 아저씨도 어렴풋이 종소리를 들었다. 그 소리에 아저씨는 이리저리 몸을 뒤척이다가 "저녁이네! 아휴, 벌써 저녁이야?" 하고 중얼거리면서 자리에서 벌떡 일어났다.

"여보! 여보!" 아저씨가 아줌마를 불렀다. "저건 프레디네 은행에 달려 있는 그 종소리잖아!"

그 말에 아저씨는 후다닥 침대에서 내려와 장화를 신고는 권총을 챙겨 붉은색 술이 달린 흰색 나이트 캡을 쓴 채 잠옷 바람으로 계단을 뛰어내려가 어둠 속으로 사라졌다.

그 시간, 은행에 있던 프레디는 주변이 잘 보이도록 초에 불을 붙였다. 그리고는 화가 나서 있는 힘껏 문을 밀치고 있는 마술사에게 밀리지 않기 위해 의자에 앉은 채 최대한 몸에 힘을 주었다. 한쪽 팔에는 여전히 밍크스가 들려 있었는데, 담요에 쌓인 밍크스는 이미 오래 전에 저항을 포기한 상태였다. 뎅그렁뎅그렁하는 요란한 종소리가 계속 울리고 있어서 그는 친구들이 자신을 도와주

마술사 프레디

기 위해 달려오는 소리를 들을 수 없었다. 비록 친구들의 발자국 소리는 들리지 않았지만 그는 친구들이 오고 있다고 굳게 믿었다.

순간 문 안쪽이 조용해졌다. 그리고 잠시 후, 둔탁한 뻥 소리와 함께 무언가가 프레디의 옆을 스치고 날아가 째깍하는 소리를 내면서 지붕을 관통했다. 위를 올려다본 프레디는 머리 위에 있는 판자에 작고 동그란 구멍이 생긴 것을 확인할 수 있었다. 그것을 본 프레디는 꺅 하고 비명을 지르면서 옆으로 쓰러졌다. 그 바람에 의자와 밍크스가 한데 뒤엉켜 곤두박질쳤다.

잠시 후, 프레디가 바닥에 쓰러져 있는 사이 천천히 뚜껑이 열리더니 징고의 뾰족한 코와 반짝이는 총구가 모습을 드러냈다.

곧이어 징고의 몸이 바닥 위로 올라왔다. 그의 몸은 온통 먼지 투성이였는데, 유쾌한 표정과는 전혀 거리가 멀었다. 이미 종소리도 멈춘 뒤였기에 그는 동물들이 은행을 향해 달려오는 소리를 똑똑히 들을 수 있었다. 그는 잠시 동안 망설였다. 마술 모자가 통로에 떨어져 있었지만 모자를 줍기 위해 다시 되돌아가기에는 시간이 없었다. 결국 그는 뚜껑을 나와 울타리 쪽으로 달렸다.

정말 아슬아슬한 순간이었다. 징고가 막 울타리를 뛰어넘으려고 할 때 로버츠가 그를 낚아챘다. 사냥개의 자그마한 앞발이 붉은 안감을 댄 긴 망토 끝자락을 움켜쥐었던 것이다. 로버츠가 망토를 잡은 손을 놓지 않자 결국 징고는 망토를 벗어 던지고 도망쳤다.

그것을 본 프레디는 꺅 하고 비명을 지르면서 옆으로 쓰러졌다.

그 틈을 놓치지 않고 워구스 부인과 빌이 울타리를 부수고 징고를 잡으러 달려왔다.

그들이 울타리를 산산조각 내는 사이, 징고는 무사히 차가 있는 곳까지 도착했다. 덩치가 작은 동물들은 울타리를 통과하거나 담을 뛰어넘는 데는 문제가 없었지만 그들만의 힘으로 마술사를 가로막기에는 역부족이었다.

그러나 모든 상황을 한순간에 해결할 수 있을 것만큼 덩치가 큰 곰들은 아직 모습을 나타내지 않았다. 두 마리 개가 울타리를 뛰어넘었지만 이미 차 문은 잠긴 상태였다. 징고는 그들이 차가 있는 곳까지 도착하기 전에 서둘러 차에 시동을 걸었다. 그리고는 동물들이 통과할 수 있도록 한크가 터놓은 울타리를 뚫고 차를 몰았다.

징고는 원래 성질이 괴팍한 사내였다. 그런데다 농장 동물들 때문에 모자와 천 달러를 잃었다는 생각에 더더욱 제정신이 아니었다. 힐끔 뒤를 돌아본 그는 동물들이 더 이상 자신을 추격해 오지 않는다는 사실을 깨달았다. 동물들의 무리는 이제 저 멀리 어둠 속에 검은 점으로 변해 있었다. 순간 그는 차를 세워 창 밖으로 몸을 기울여 동물들이 모여 있는 곳을 향해 총구를 겨누었다.

바로 그때 공중을 날면서 기회를 엿보고 있던 위블리 노인이 소리 없이 공격을 가했다. 그의 길고 날카로운 발톱이 징고의 손 위에서 오므라드는 순간 징고는 악 하는 비명과 함께 손에 들고 있던 권총을 떨어뜨렸다. 이를 놓치지 않고 베라가 단숨에 내려가 권총을 주웠다. 징고는 고통과 분노에 찬 표정으로 이빨을 갈면서 센터보로를 향해 차를 몰았고, 두 마리 올빼미는 프레디에게는 아무 말도 없이 자신들의 집으로 돌아갔다.

농장으로 돌아오는 길에 동물들이 일제히 질문을 쏟아 내는 바람에 프레디는 일일이 대답하느라 정신이 없었다.

바로 그때 저 멀리서 쿵쿵쿵 하며 빈 아저씨가 달려오는 소리가 들렸다. 빈 아저씨가 모습을 드러낸 순간 동물들은 아저씨는 맞이하려는 듯이 일제히 입을 다물었다. 더 물어볼 것도 없이 그곳에는 빈 아저씨가 서 있었다. 아저씨는 항상 동물들이 그의 도움을 필요로 할 때면 언제든지 달려올 거라고 입버릇처럼 말하곤 했다. 그러나 그런 경우를 제외하고는 동물들이 스스로 알아서 일을 해결하는 것이 더 바람직하다는 것이 아저씨의 생각이었다.

"자, 다들 괜찮지?" 아저씨가 한 말은 그게 전부였다.

"네, 아저씨." 프레디가 대답했다. "도둑이 들었어요. 하지만 우리가 쫓아냈죠."

빈 아저씨는 알아들을 수 없게 혼자서 뭐라고 중얼거렸다. 프레디는 그 말을 "잘했어!"라고 해석했지만 한편으로는 "아무것도 아닌 일에 이 난리란 말야!"라고 말했을 수도 있다는 생각이 들었다.

마술사 프레디

"너무 늦었다. 이제 자야지."

그러더니 아저씨는 다시 방향을 바꿔 왔던 길로 되돌아가셨다.

그러나 동물들은 쉽게 포기하지 않았다. 결국 프레디는 동물들에게 자초지종을 설명해야 했고, 늦은 시간에 그곳까지 달려와 준 친구들에게 고맙다는 인사를 했다. 결국 밤 11시가 다 되어서야 프레디는 겨드랑이에 붉은색 안감을 댄 망토를 말아 쥐고 징크스와 함께 센터보로로 돌아올 수 있었다.

13. 쥐덫에 걸린 마술사

프레디는 은행에서 의자와 함께 나동그라지면서 밍크스를 놓친 뒤로 그녀를 보지 못했다. 그러나 앞으로 한동안 그녀를 보지 못할 것이라는 점에서는 징크스도 같은 생각이었다. 농장은 그녀가 지내기에 그리 좋은 장소가 되지 못했다. 둘은 아마도 그녀가 다시 여행을 떠났을 것이며, 다음에는 퀘벡이나 부에노스아이레스에서 시장의 환영을 받으며 이곳저곳을 구경했다는 내용이 적힌 우편 엽서가 날아올 것이라고 생각했다.

그랬기에 농장으로 돌아오는 길에 밍크스를 만나게 되자 프레디와 징크스는 놀라지 않을 수 없었다. 처음에 그들은 밍크스를 보고도 반가워하지 않았다. 그러자 그녀는 제발 자신을 데려가 달라며 애원하기 시작했다.

"프레디, 난 정말 내가 어떻게 이런 일에 말려들게 되었는지 모르겠어. 나는 그냥 너희들이 나를 속인 것에 화가 났을 뿐이야. 하지만 지금은 내가 한 행동에 대해 깊이 반성하고 있어. 너희들이 용서해 주기만 한다면 무슨 일이든지 하겠어."

프레디는 잠자코 듣고만 있었다. 드디어 징크스가 동생을 나무라기 시작했다.

"차라리 넌 눈에 보이지 않는 편이 나았어. 내가 네 오빠만 아니었다면 너를 한 대 갈겨 주고 말았을 거야. 지금 동물들이 떼를 지어 이곳으로 오고 있어. 너를 보면 가만두지 않을 테니 어서 자리를 피하는 게 좋겠어."

밍크스는 기어들어가는 목소리로 차라리 자신을 한 대 때리면 마음이 훨씬 편할 거라고 했다. 그리고는 찔찔 눈물을 흘리면서 그들의 뒤를 따라왔다. 밍크스의 울음소리에 결국 프레디의 마음도 약해지고 말았다.

"야, 밍크스. 너 정말 그럴 마음이 있다면, 아니 내가 생각해도 오늘 밤 이후로는 너도 징고에게 갈 수가 없겠구나. 그는 은행 지하 금고에 자신을 가둔 것이 너라고 생각하고 있을 테니까 말야. 그러니까 정말 우리랑 같이 가고 싶다면 우리가 시키는 대로 하겠다고 약속해 줘. 또 한 가지, 귀가 멍멍해질 정도로 시끄럽게 떠들지도 않고 그냥 죽은 듯이 조용히 지내겠다고도……."

"그거야 두말하면 잔소리지. 정말 다시는 그러지 않을게. 앞으로는 한 마디도 안 한다니까. 정말 죽은 듯이 조용히 지낼 거야. 앞으로 내 입에서 한 마디라도 튀어나오면 내 손에 장을 지진다."

밍크스가 다시 환해진 얼굴로 말했다.

"좋아, 그럼 지금부터다." 프레디가 밍크스의 말을 막으면서 엄하게 말했다.

마침내 밍크스는 입을 다물었고, 정말로 센터보로로 오는 동안한 마디도 하지 않았다.

그들이 호텔에 도착하자 쥐들이 나와 징고는 30분 전에 호텔에 도착해 지금은 잠자리에 들었다고 보고했다. 한편 그가 없는 사이에 쥐들이 징고의 방을 샅샅이 뒤졌으며, 거기서 마술에 사용하는 물건들을 잔뜩 발견했다는 사실도 보고했다. 어떤 주머니에서는 애벌레와 메뚜기가 가득 쏟아져 나왔다는 말도 전했다.

"그래서 애벌레와 메뚜기는 놓아주었어." 하고 퀵이 말했다. "너무 불쌍하잖아, 하마터면 숨이 막혀 죽을 뻔했다고. 그런데 프레디, 우리가 잘한 거지? 우리는 동물들한테 그러는 건 잔인한 짓이라고 생각했거든."

"벌레들에게 잔인하게 구는 건 정말 나쁜 짓이야." 프레디가 동조해 주었다. "그렇게 생각하는 사람들이 많지는 않지만 말야. 그럼, 아주 잘한 일이고말고. 그건 아마 그로퍼 씨가 방세를 내라는 말을 꺼내면 손님들의 접시에 떨어뜨리기 위해 모아 둔 것일 거야!"

"애벌레랑 메뚜기들이 불쌍할 정도로 우리에게 고마워했어." 어크가 끼어들었다. "그러면서 은혜를 갚고 싶으니 필요할 때 언제든 자기들을 부르라고 했어."

애벌레나 메뚜기가 도움을 주겠다는 말이 우습게 들릴 수도 있을 것이다. 하지만 여러 곤충들과 사이좋게 지내 온 프레디로서는 그들 덕분에 사건을 해결한 적이 많았다.

"그런데 걔들 지금 어디 있어?" 하고 프레디가 물었다.

"우리가 창문을 열어 주었어. 그런데 만약의 경우에 대비해서 멀리 가지 않고 네가 돌아올 때까지 이 근처에 있겠다고 했어. 아마 창턱에서 기다리고 있을 거야." 퀵이 말했다.

창문으로 다가가자 검붉은 솜털이 보송보송한 커다란 애벌레 두 마리와, 그보다는 작고 아직 솜털도 나지 않은 연두색 애벌레 몇 마리가 창턱 위에 모여 있었다. 열 마리쯤 되는 여러 가지 모양의 메뚜기들도 옹기종기 모여 있었다. 프레디는 그들에게 도와준다고 해서 고맙다는 인사를 전한 뒤 룸서비스를 통해 그들이 먹을 양상추를 주문했다. 사실, 털이 난 애벌레들은 양상추를 좋아하지 않았고, 메뚜기들은 아예 입에도 대지 않았다. 하지만 하루를 힘들게 보낸 프레디를 생각해서 전혀 그런 내색을 하지 않고 예의에 어긋나지 않을 정도로 맛있게 먹어 주었다. 저녁을 다 먹은 뒤, 늦은 시각에는 외출을 하지 않는 애벌레들은 몸을 돌돌 말고 잠이 들었다. 그러나 메뚜기들은 도대체 무엇을 하는지 알 수가 없었다. 잠을 자고 있는 건지, 그냥 생각에 잠겨 있는 건지……. 이와는 반대로 연녹색 애벌레들은 양상추를 아주 좋아했다. 아침에 보니 밤새도록 상추를 뜯어먹은 애벌레들은 부쩍 자란 것 같았다.

쥐들이 와서 징고 방의 컴컴한 구석구석에 쥐덫이 설치되어 있다고 프레디에게 보고했다.

"아마 어제 우리가 문을 가는 소리를 들었나 봐. 아니면 프레스토가 우리를 보았거나……." 에니가 말했다.

"앞으로는 조심해야겠는걸. 이제 어두울 때는 그 근처에 얼씬도 하지 마." 프레디는 쥐들에게 주의를 주었다.

이 말에 에니가 씨익 웃으며 말했다. "괜찮아. 우리가 쥐덫을 적당한 곳으로 옮겨 두었거든. 그런데 그가 아직도 무사한 걸로 봐서는 침대 위에 올려놓은 쥐덫이 아직 제 역할을 하지 못한 것 같아. 하지만 조만간 징고는 다른 쥐덫에 걸려들고 말걸."

"그 이야기를 들으니 갑자기 좋은 생각이 떠올랐어." 프레디가 말했다. "내일 나한테 쥐덫을 몇 개 사라고 말해 줘. 알았지? 자,

이제 그만 자 두는 게 좋겠어. 화요일 전까지 해야 할 일이 태산같
거든."

다음 날 아침, 프레디가 그로퍼 씨와 아침을 먹고 있을 때 징고
가 식당으로 들어왔다. 그리고는 곧장 그들이 앉아 있는 식탁을
향해 걸어왔다. 팔 위에 붉은 안감을 댄 망토를 걸치고 있는 것을
본 프레디는 깜짝 놀랐다. 그는 분명 지난 밤 호텔에 도착해서 자
신의 방에 놓인 의자 등받이에 망토를 걸쳐놓았던 것을 기억하고
있었기 때문이다.

"그로퍼 씨, 안녕히 주무셨나요?" 마술사가 먼저 인사를 건넸
다. "왜 내 망토가 그로퍼 씨 조카의 방에 있었는지 설명해 주실
수 있겠죠? 도대체 당신은 호텔 운영을 어떻게 하시는 겁니까? 애
벌레가 든 음식을 주지 않나, 좀도둑을 데리고 있지 않나. 경찰을
부르기 전에 하고 싶은 말이 있으면……."

식당에 있던 사람들이 일제히 식사를 멈추고 그들을 지켜보고
있었다. 전날 밤 호텔에 도착한 두 명의 투숙객은 황급히 방으로
돌아갔는데, 그들은 아마도 자신의 물건 중에 사라진 것이 없는지
확인해 보려는 것 같았다.

바로 그때 프레디가 재빨리 끼어들었다. "아, 이 망토는 어제 길
에서 주워서 방으로 가지고 온 거예요. 주인을 찾아 주고 싶었지

만 시간이 너무 늦어서요. 그렇지만 징고 씨가 원하신다면 경찰을 부르세요. 아마 경찰은 당신이 어떻게 문이 잠겨 있는 내 방에 들어갔는지 그게 더 궁금할걸요."

이 말에 징고는 "나에게는 내 물건을 찾을 권리가 있어."라고 하면서 주장을 굽히지 않았다. "너 같은 어린애가 어떻게 그런 나쁜 행동을 했는지 믿을 수는 없지만 나는 계속해서 너를 의심해 왔어. 하지만 내가 보기에는 이 큰아버지라는 작자가 시킨 일 같은데……."

"그러니까 여기 있는 이 물건이 당신 소유의 자산이자 부속물이란 말이군요." 그로퍼 씨가 자리에서 일어나면서 말했다. 그리고는 망토를 들어 자세히 살피기 시작했다.

"하지만 이 망토가 당신 거라는 걸 입증할 만한 설명서나 상표는 어디에도 없군요." 그러면서 징고에게 다시 망토를 던져 주었다.

"하지만 법정 대리인을 소환할 수 있는 정당한 권리가 있다는 의견에는 나도 동의합니다. 물론 여기 있는 내 조카도 헌법적 권리를 철저히 침해당했고요. 당신은 이 아이의 방에 부당한 방법으로 무단 침입을 했습니다. 그래서 나는 지금 보안관에게 당신을 신고할 생각입니다."

이 말을 남기고, 그로퍼 씨는 사무실로 향했다.

징고는 자신이 너무 지나쳤다고 후회하는 것 같았다. 그로퍼 씨의 조카 방에서 자신의 망토를 발견하기는 했지만 그가 어떻게 그 방에 들어갈 수 있었을까? 그는 결코 판사 앞에서 그 일에 대해 해명하고 싶지 않았다. 그는 다시 자신의 테이블로 돌아가 화가 난 듯이 수염을 잡아당기고는 햄과 계란을 추가로 주문했다.

그러나 프레디는 은근히 걱정이 되었다. 만약 징고가 자신의 방에 들어갔다면 그는 이미 상당히 많은 부분을 눈치채고 있을 것이 뻔했다. 어쩌면 마샬 그로퍼라는 아이가 인디언 복장으로 가장한 돼지라는 사실도 눈치 챘을지 모르는 일이었다. 그것도 자신의 적인 바로 그 돼지라는 사실을……. 프레디는 당장이라도 2층으로 올라가 어떻게 된 일인지 자세히 알고 싶었다. 하지만 보안관이 오기 전까지는 절대로 식당을 떠날 수가 없었다. 징고가 체포되어 감옥에 갇히게 된다면 그로퍼 씨에게는 기쁜 일이겠지만 프레디로서는 잃어버린 130달러를 다시는 돌려받지 못할 것이기 때문이다. 또 그렇게 되면 화요일에 열릴 예정인 마술쇼도 없던 일이 되고 만다. 하지만 그 쇼에 대비해 자세한 계획을 세워 놓고 있는 프레디로서는 초조하지 않을 수가 없었다. 보안관은 보안관대로 골칫덩어리 죄수를 감옥에 집어넣을 것이다. 왜냐하면 징고는 보안관이 언제나 주장하는 '행복한 대가족', 즉 죄수들과 잘 어울리지 못할 것이 뻔했기 때문이다. 다시 식당으로 되돌아온 그로퍼 씨는 자리에 앉으면서 당국의 대리인이 곧 출동할 것이라고 밝혔다.

"그러니까 보안관이 지금 오고 있다는 말이죠."

그로퍼 씨의 말투에 점점 익숙해지고 있던 프레디가 그의 말을 다시 정리했다. 그로퍼 씨의 얼굴 가득 환한 웃음이 번졌다.

"너와 보안관은……."

그는 마치 조심스럽게 적당한 단어를 찾고 있는 듯 천천히 말을 이어나갔다. "내가 무슨 말을 하는지 다 알고 있구나. 하지만 다른 사람들은 잘 이해하지 못할걸. 나는 이렇게 다른 단어보다 조금 더 긴 단어를 사용하는 것을 아주 좋아하지. 나는 말야……."

"와우!" 프레디의 탄성이 그의 말을 가로막았다. "저라면 그렇게 못할 거예요."

그러자 그로퍼 씨가 고개를 끄덕이며 말했다. "그러니까 내 말은 긴 단어라는 뜻이지. 뭐랄까. 일종의 취미라고나 할까. 하지만 별로 좋은 취미는 아냐. 상대방을 명쾌하지 못한 표현에 익숙하게 만드니까. 그러니까 내 말은 짧은 단어들만 사용하다 보면 생각도 짧아진다는 거지. 쉽게 이해할 수 있는 단모음들만으로는 더 이상 나 자신을 표현할 수 없어. 비록 내가 대화할 때 사용하는 표현들이 명확하다고는 해도. 그건……."

그때 갑자기 귀청을 찢는 듯한 비명과 함께 의자가 밀려나는 소리가 들렸다. 프레디는 재빨리 소리나는 쪽을 돌아보았다. 그곳에

마술사 프레디

그때 갑자기 귀청을 찢는 듯한 비명과 함께 의자가 밀려나는 소리가 들렸다.

는 징고가 비명을 지르며 껑충껑충 뛰고 있었고, 그의 한쪽 손가락에는 쥐덫이 매달려 있었다. 담배를 꺼내려고 주머니에 손을 집어넣었다가 그렇게 된 모양이었다.

"이걸 보라고!" 그가 화를 내면서 소리쳤다. "이게 당신이 호텔이라고 부르는 이 끔찍한 쓰레기통에서 나온 거란 말이오!"

그는 자리에서 일어나는 그로퍼 씨를 향해 주먹을 휘둘렀다.

"오렌지 주스에서 청개구리가 튀어나오지 않나, 방에 좀도둑이 들어오질 않나, 그것도 모자라서 이제는 이런 못된 장난까지……. 누가 범인인지 짐작이 가는데! 이 버릇없는 놈을 당신이 숨겨 주지만 않는다면 내가 꼭 찾아내지. 지금 당장 말이오!"

그리고는 프레디가 있는 쪽으로 다가가 갑자기 벨트를 획 뽑아 들더니 마치 협박하듯이 흔들어 댔다. 프레디는 재빨리 그로퍼 씨 뒤로 몸을 숨겼다. 마술사가 진짜로 자신을 해칠 것만 같았다.

징고가 프레디 쪽으로 손을 뻗치려는 순간 문 쪽에서 "도대체 무슨 일이오?" 하는 소리가 들렸다. 때마침 보안관이 도착한 것이다. 손님 중의 한 명이 징고를 가리키며 "저 사람 손가락이 쥐덫에 끼었어요."라고 말했다. "그런데 저 소년이 자신의 주머니에 쥐덫을 집어넣었다고 하면서 애를 때리려고 했어요."

"쥐덫에 끼었다고요?" 보안관이 고개를 가로저으며 물었다. "아마 치즈를 훔치려고 했나 보죠. 그렇지만 아무리 욕심이 났다고

마술사 프레디

해도 그러면 안 되죠."

"나는 치즈를 훔치지 않았단 말이오. 멍청이 같으니라고……."
잔뜩 화가 난 징고가 으르렁거리며 말했다. "저 애가 내 주머니에
쥐덫을 넣어 놓았다고요."

"증거가 있소?" 보안관이 물었다. "있다면 그게 뭐요? 아무리
그래도 교수형에 처해질 만한 사건은 아니지. 소년의 방에 몰래
숨어 들어갔다면 몰라도……."

"아니요, 그런 일은 없었어요." 프레디가 보안관의 말을 막으며
말했다. "지금 생각해 보니 제가 문을 조금 열어 놓고 나온 것 같
아요. 그래서 저 아저씨가 망토를 발견했고요. 그러니까 저 아저
씨는 내 방에 들어가서 망토를 가질 권리가 있는 거죠."

보안관과 그로퍼 씨는 이해할 수 없다는 표정으로 프레디를 쳐
다보았다. '도대체 왜 마술사를 쫓아낼 이 좋은 기회를 마다하는
걸까?' 하고 그들은 생각했다. 놀라기는 징고도 마찬가지였다. 그
러나 눈치가 빠른 그는 재빨리 자기 자리로 돌아갔다.

"이봐, 올리, 여기서 내가 할 일은 없는 것 같군." 머쓱해진 보안
관이 말했다. 그리고는 징고에게 "당신이 이 인디언 아이를 불법
행위로 고발하지 않는다면 말이오. 즉 고의로 함정을 파서 손가락
이 걸려서 팍 하고 잘리라고 덫을 놓아 당신에게 상처와 피해를
주고 정신적 고통을 주지 않았다면 말이오. 그렇지 않은가, 올

리?"

보안관은 이렇게 말하면서 호텔 주인을 향해 싱긋 웃어 보였다.

그러나 그로퍼 씨는 보안관의 뛰어난 연설에 환호를 보내면서도 징고를 체포할 수 없다는 사실에 크게 실망했다. 결국 그는 어깨를 한번 들썩해 보이고는 사무실을 향해 힘없이 걸어갔다.

마술사는 보안관의 질문에는 대답하려고 하지도 않았다. 그저 담배에 불을 붙이고는 커피를 한 잔 더 주문했다.

보안관이 호텔을 떠나자 프레디는 재빨리 그의 방으로 올라갔다.

"어이, 두목님 오셨습니까?" 징크스가 인사를 건넸다. "다 아는 처지에 우리들 앞에서까지 그 전투용 모자를 쓸 필요가 있나? 있잖아, 그런데 네가 밥 먹으러 간 사이에 여기에 손님이 다녀갔어."

"나도 알아." 하고 프레디가 대답했다. "그런데 그가 어떻게 들어온 거지?"

"열쇠로. 두세 번 문을 열려고 하는 것 같더니 결국 문에 맞는 열쇠를 찾아내더군. 밍크스와 나는 옷장에 숨어 있었어. 그런데 망토를 보고 깜짝 놀라는 걸로 봐서 처음부터 망토를 찾으러 온 것 같지는 않았어. 방에 있는 서랍이란 서랍은 모두 열어 보던데……."

"분명 나를 의심하고 있었던 거야. 만약 내가 그로퍼 씨의 조카

마술사 프레디

라는 사실을 믿었더라면 여기까지 숨어 들어오진 않았을 거야. 내가 누군지 알았어도 마찬가지였을 거야. 그는 분명 증거를 찾으러 들어온 거야."

"하지만 별 소득은 없었어." 하고 징크스가 말했다. "빨리 그를 방에서 내보내는 것이 좋을 것 같아서 우리가 재채기도 하고 옷장 속에서 달그락거리는 소리도 내고 그러니깐 금방 나가던데……. 아마 청소부가 있는 줄 알았나 봐."

"그 정도면 충분해. 그러니깐 망토를 찾은 것만으로도 충분하단 말이야. 징고는 바보가 아니야. 눈치가 빨라서 어떻게 된 상황인지 금방 파악해. 오히려 바보가 있다면 그건 바로 나야. 이곳에 올 때 나는 그가 호텔을 떠나게 할 방법을 찾아낼 수 있을 거라고 생각했어. 하지만 지금까지 내가 해 놓은 것은 아무것도 없어. 게다가……."

"아, 정말 가슴을 후벼파는 이야기만 하네." 징크스가 빈정대며 그의 말을 막았다. "만약 우리가 이 호텔에 들어오지 않았다면 징고가 우리 은행을 털려는 것도 몰랐을 거고, 그랬더라면 징고는 지금쯤 돈을 왕창 차지하고 말았을 거야. 지금 우리는 잘하고 있다고. 그러니까 대장, 힘을 내! 옛날에 전쟁터에 나가기 전에 지르던 함성이나 한번 질러 보자. 도끼 날도 갈아야지. 우리는 반드시 징고를 해치우고 말 거야."

"아니, 그렇다고 해서 포기하겠다는 건 아니야."

말은 이렇게 했지만 프레디의 목소리에는 자신감이 없었다. 만약 징고가 그의 정체를 알았더라면 그는 인디언 옷을 옷장에 걸어 둔 채 조용히 그곳을 나오는 것이 차라리 낫다고 생각했다. 그러나 만약 그가 아직도 그의 정체를 모르고 있다면⋯⋯. 그렇다고 해도 난처하기는 마찬가지였다.

그리고 그날 오후가 되자 그의 걱정은 현실로 다가왔다.

마술사 프레디

14. 프레디, 도둑 누명을 쓰다

지금까지는 생쥐들과 거미들을 시켜서 마술사를 감시했던 것이 큰 효과를 거두지 못했다. 그러나 징고가 마술에 사용하는 여러 도구들을 살피고 와 프레디에게 자세한 설명을 해 준 뒤로는 매우 중요한 정보가 되었다.

또한 그들은 징고가 구두 속에 백 달러 정도를 넣어 여행용 가방에 숨겨 놓았다는 사실도 알아냈다. 프레디는 이 돈이 마술쇼에서 징고가 그를 속여 빼앗아 간 130달러 가운데 일부라고 확신했지만 그 돈을 가져오는 것은 허락하지 않았다.

"반드시 그 돈을 도로 찾겠어. 하지만 몰래 훔쳐 오지는 않겠어."

　하지만 그들이 발견한 물건들 중에는 도저히 정체를 알 수 없는 물건들도 있었다. 10센트짜리만 한 거울이 박혀 있는 작은 반지였는데, 징고는 책상 위에 한두 번 정도 그것을 올려놓는 경우를 제외하고는 늘 그 반지를 새끼손가락에 끼고 다녔다. 그 모습을 본 생쥐들은 이상한 생각이 들었다.

　"징고는 허영심이 몹시 강한 사람이야. 항상 손가락으로 얼마 되지 않은 수염을 비틀거든. 아마 자신의 근사한 모습을 비춰 보기 위해 거울이 달린 반지를 손에 끼고 있는 것 같아." 하고 퀵이 말했다.

　이 말에 그의 사촌인 아우구스투스가 반론을 제기했다. "아니, 내가 보기엔 그게 아닌 것 같은데……. 그는 거울을 들여다볼 필요조차 없다고 생각하는 것 같아. 아마 자신이 완벽하다고 생각하나 봐."

　그러자 이번에는 어크가 "내가 보니간 항상 거울이 달린 쪽이 손바닥 안쪽으로 가게 반지를 끼는 것 같던데……. 내 생각에는 아마 속임수를 쓸 때 그 반지를 이용하는 것 같아." 하고 덧붙였다.

　생쥐들의 이야기를 듣고 있던 프레디가 말했다. "그 얘긴 이제 그만 하자. 그것말고도 생각해야 할 일들이 많으니까."

프레디는 그날 아침 내내 마음이 무거웠다. 걱정한다고 문제가 해결되는 것은 아니었지만 뛰어난 작가였던 프레디는 그동안의 경험을 통해서 의미 없어 보이는 것이 때로는 훌륭한 예술 작품으로 탄생하기도 하고, 때로는 걱정이 도움이 된다는 사실을 잘 알고 있었다. 그는 다음 달 빈 홈 뉴스 지에 실을 '걱정'에 관한 시를 썼다.

인생에 희망이 없고 모든 것이 암울한 순간

나는 친구들이 나를 찾아와 등을 두드려 주기를 바라지 않는다.

나는 그들의 위로를 거절하나니 나를 혼자 내버려둘 수는 없는 걸까?

나는 훌쩍훌쩍 흐느끼거나 큰소리로 울어 고통의 신음 소리를 내고

싶다.

흐느끼는 것 속에서 즐거움을 느낄 수 있으니 그것은 절망 속의

기쁨이다.

머리를 쥐어뜯는 중에도 커다란 만족을 느낄 수 있다.

잘생겼다고 나를 위로하지 마라. 나는 평범해지고 싶다.

눈부신 햇살은 원하지 않는다. 나는 비가 그립다.

내가 우울할 때 친구들은 왜 그것을 알지 못하는 걸까?

프레디, 도둑 누명을 쓰다

기분이 나빠지면 나빠질수록 그만큼 더 좋아질 수 있다는 것을……. 앞으로 언젠가는, 왜냐하면 일어나기 위해서는 반드시 넘어져야 하니까.

바닥까지 떨어져 보지 않은 사람은 절대로 최고의 자리에 오를 수 없다.

우울한 사람들을 도와주고 싶은가?

그렇다면 즐거운 척하거나 광대처럼 행동하지 말아야 한다.

그보다는 어두운 면을 보고 함께 슬퍼하다가

곧 불행이 닥쳐 그들이 결국 무릎을 꿇게 되리라는 걸 미리 알려 주어야 한다.

그러므로 내 기분이 좋지 않을 때는 그저 나의 잘못을 지적해 주기만 하면 된다.

나를 위로한다는 명목으로 함께 춤을 추자고 해서는 안 된다.

내가 어리석었다고 말해 주고, 내가 정상이 아니라는 것을 깨우치게 해 다오.

내가 둔하다는 사실을 깨닫게 해 주면 그것으로 충분하다오.

그렇게 해서 내가 실제로 당한 불행보다

마술사 프레디

훨씬 더 비참한 상황에 놓이게 될지라도

나는 서서히 마음이 가벼워지는 것을 경험하게 된다.

근심 걱정은 모두 날려 버리리라.

마음을 바꾸어 당신을 깜짝 놀라게 하리라.

그때 당신은 당신의 의무를 완수했다는 것을 알게 될 것이다.

물론 그것은 항상 즐거운 일은 아닐 것이다.

어쩌면 고통스러운 경험이 될지도 모른다.

그러나 일격을 받아 바닥에 드러눕는다 해도

자신이 옳은 일을 했다는 사실에 당신은 만족하게 되리라.

시를 다 쓰고 배가 고파진 프레디는 인디언 모자를 쓰고 저녁을 먹으러 내려갔다.

프레디가 식당에 도착했을 때 징고는 이미 저녁 식사를 마치고 문을 등진 채 로비에 앉아 있었다. 그러나 그는 프레디에게 전혀 관심을 보이지 않았다. 약 한 시간쯤 뒤 저녁 식사를 마친 프레디가 식당을 나와 거리로 향했을 때도 징고는 프레디가 밖으로 나가는 것을 전혀 눈치채지 못한 것 같았다.

"왜 자꾸 수염을 꼬고 있는 거지."

프레디는 징고의 행동이 궁금했다.

프레디, 도둑 누명을 쓰다   201

"아마 초조하기 때문일 거야. 대부분의 마술사들이 그렇듯이 징고도 상당히 긴장하고 있는 것 같군. 사실 돼지들도 긴장하기는 마찬가지지만 우리에게는 수염이 없잖아. 어떻게 보면 참 안 된 일이야. 초조할 때 긴장을 해소할 수 있는 방법이 있다는 건 좋은 일이지. 그저 나는 소리나 꿱꿱지르면서 경중경중 뛰는 게 전부인데 말야. 꼬리를 꼴 수 있다면 모르겠지만 그것도 손이 닿아야 말이지. 이걸 소재로 시를 써도 괜찮겠는걸."

이런 생각을 하면서 그는 비시비 백화점으로 들어갔다. 지하로 통하는 계단에서 낯익은 몇몇 사람들을 만나기는 했지만 아무도 자신을 알아보지 못하자 프레디는 안심했다. 몇 가지 필요한 물건들을 사고 다시 계단을 올라오는데 누군가가 스치듯 지나갔다. 그 바람에 프레디는 그 사람의 발에 걸려 넘어질 뻔했다. 프레디 뒤에 서 있던 한 여자도 화난 목소리로 이렇게 말했다. "뭐 저런 사람이 다 있어!"

고개를 돌린 프레디는 자신을 밀치고 지나간 사람이 바로 징고라는 것을 깨달았다. 그는 무언가를 몹시 서두르고 있었는데, 그래서 프레디가 그곳에 있다는 사실을 전혀 모르고 있는 것 같았다. 프레디도 아무렇지 않은 듯 계속해서 걸음을 옮기려고 했다. 그런데 바로 그 순간 뒤에서 다급한 목소리가 들려 왔다.

"도둑이야. 도둑! 저기 저 소년을 잡아요!"

소리나는 곳을 돌아보니 징고가 두 손을 흔들면서 그를 향해 달려오고 있었다.

"이거, 야단났군!"

프레디는 직감적으로 무언가 심상치 않은 일이 벌어졌다는 것을 느꼈다. 그리고 눈 깜짝할 사이에 화가 난 듯 소리를 지르며 난폭하게 그를 밀치는 사람들에게 둘러싸였다. 징고는 프레디의 한쪽 팔을 잡은 채 "이 아이가 내 지갑을 훔쳤소. 주머니를 뒤져 봐요!"라고 외쳤다.

프레디는 자신의 주머니 속에 분명 징고의 지갑이 들어 있을 거라고 생각했다. 조금 전에 마술사가 그를 밀치고 지나갔을 때 옆구리 부분에 무언가 탁하고 와 닿는 느낌이 와 닿았던 것이다. 한마디로 프레디는 함정에 빠진 것이다.

잠시 후, 비시비 백화점의 책임자인 메타카르푸스 씨가 사람들을 헤치고 모습을 드러냈다. 프레디는 모든 것을 포기하지 않을 수가 없었다.

키가 큰 메타카르푸스 씨는 대부분의 시간을 매장에서 보냈다. 그는 콧수염이 들썩거릴 정도로 한숨을 쉬면서 매장을 돌며 점원들이 고객을 불편하게 하거나 때리지 못하도록 감시를 했다. 비시비 백화점의 점원들은 매우 자존심이 강한 사람들로, 손님들 중에는 정말 맞을 만한 행동을 하는 사람들도 있었지만 그 점에 있어서는 점원들도 예외가 아니었다. 만약 자기가 대접받은 대로 상대방에게 하려고 들었다면 이 커다란 백화점은 아마도 카운터를 사이에 두고 양 볼이 빨개지도록 싸우는 사람들로 가득 찼을 것이다.

메타카르푸스 씨는 프레디 앞에 서서 양손을 비비며 마치 돼지가 고객인 것처럼 정중하게 인사를 했다. 구경꾼들이 모두 숨을 죽이고 지켜보는 가운데 그가 물었다.

"무슨 문제가 있습니까?"

이 말에 구경꾼들이 일제히 떠들기 시작했다. 그러나 메타카르푸스 씨는 이미 그런 일에 익숙해 있었다. '손님은 항상 옳다. 그러나 그것을 인정하지 말라.'는 것이 비시비 백화점의 표어였다. 메타카르푸스 씨는 주로 매장에서 손님과 점원들 사이에 벌어지는 말다툼을 해결하는 일을 맡고 있었다. 그동안의 경험을 통해 그는 말을 가장 많이 하는 사람과 가장 적게 하는 사람을 사무실로 데리고 가 질문하는 것이 가장 문제를 빨리 해결할 수 있는 방법임을 알고 있었다. 그는 목이 쉴 정도로 고함을 지르는 징고 씨와 입을 꼭 다문 채 한 마디도 하지 않고 있는 프레디에게 "사무실까지 동행해 주십시오!" 하고 정중히 부탁했다.

사무실에 도착한 메타카르푸스는 문을 잠근 뒤 프레디의 몸을 수색하기 시작했다. 그러자 프레디의 몸에서 징고의 지갑을 비롯

마술사 프레디

"무슨 문제가 있습니까?"

해 넥타이 3개, 하모니카, 사탕 4개 그리고 헤어 스프레이가 나왔다. 물건들에는 모두 가격표가 달려 있었다. 징고는 이처럼 철저하게 일을 꾸민 것이다.

메타카르푸스 씨는 후~ 하고 한숨을 내쉬면서 이렇게 말했다. "세상에! 어떻게 이럴 수가 있지? 내가 오랜 기간 이 백화점을 운영해 오고 있지만 요 몇 년 동안 이런 일은 처음이야. 요 엉큼한 놈 같으니라고……. 그래 네 이름이 뭐지?"

"이 아이는 호텔 주인인 그로퍼 씨의 조카입니다." 옆에 서 있던 징고가 재빨리 대답했다. "소매치기를 하기에는 너무 어린 나이인 것 같은데 혹시 그로퍼 씨가 시킨 건 아닌가 하는 의심이 듭니다."

"그로퍼 씨는 그럴 분이 아니에요. 그건 말도 안 돼요. 내가 어렸을 때 올리 그로퍼랑 함께 학교를 다닌걸요!"

메타카르푸스가 딱 잘라서 말했다.

"그게 뭐 어떻다는 겁니까? 나는 십 년 전에 노상강도 짓을 했던 에드 플라게트와 초등학교를 함께 다녔어요. 그렇다고 제가 사기꾼이 되나요?"

징고가 비꼬듯이 말했다.

"하지만 아저씨는 사기꾼이 맞아요. 아저씨가 저 물건들을 내 주머니에 넣었잖아요. 아까 계단을 내려가면서……." 하고 프레디가 말했다.

마술사 프레디

찰싹! 순식간에 징고의 손이 프레디의 뺨을 세게 내리쳤다.

"입 닥쳐, 이 도둑놈아! 책임자님, 경찰을 부르실 건가요?"

메타카르푸스 씨는 시력이 매우 나빴다. 만약 그렇지 않았더라면 비록 프레디와 친구는 아니었더라도 그가 돼지라는 사실을 금방 알아차릴 수 있었을 것이다. 책임자는 전화를 찾으면서 말했다.

"아, 물론 그런 방법도 있겠죠. 하지만 한 대 세게 때리고 그냥 보내는 건 어떨까요? 감옥에 가기에는 너무 어린 것 같은데……"

징고는 그 말에 대해 곰곰이 생각하는 것처럼 보였다.

"뭐 저도 아이에게 심하게 하고 싶은 생각은 없습니다. 그렇지만 글쎄요, 제가 이 아이와 이야기를 좀 나눠 보는 건 어떨까요? 저도 제 지갑을 찾았고, 당신도 잃어버린 물건들을 다시 찾았으니 말입니다. 부탁인데, 이야기를 나눌 수 있도록 잠시 자리를 비켜 주시면 안 될까요?"

메타카르푸스 씨는 그것이 좋겠다고 하면서 밖으로 나갔다.

그러자 징고는 갑자기 조금 전의 태도에서 돌변해 야비한 미소를 지으면서 말했다.

"자, 어떠냐? 이래도 네가 이 징고를 속일 수 있다고 생각하니, 응? 이제 너는 내 손 안에 있어. 이렇게 말야!"

그러면서 징고는 프레디에게 주먹을 날렸다. 그러나 프레디는 꼼짝도 하지 않았다. 힘으로라면 징고와 한판 붙어서 그를 흠씬 두들겨 줄 자신이 있었다. 그러나 그렇게 하려면 이 백화점에서 메타카르푸스 씨를 비롯한 모든 점원들과 싸움을 벌여야 했는데, 그들을 모두 이길 자신은 없었다. 그러나 마음속으로는 주먹 두 대와 뺨 한 대 그리고 그동안 징고에게 맞은 것을 모두 기억해 두었다. 언젠가 이자까지 붙여서 반드시 갚아 주겠다고 생각하면서…….

"내가 너를 자세히 보지 않았기 때문에 네 정체를 모르고 있다고 생각하는 것 같은데……." 하고 징고가 이야기를 계속했다. "하지만 나는 네가 모르던 때부터 너를 쭉 지켜보고 있었어. 왜냐하면 나는 뒤통수에도 눈이 달려 있거든, 이 돼지야."

프레디는 여전히 아무 말도 하지 않았다.

"네 친구 보안관을 너무 믿지 마. 이렇게 물건을 훔치다 잡힌 이상 그도 너를 감옥에 집어넣지 않을 수는 없을걸. 그것도 꽤 오랫동안 말야."

그러더니 갑자기 징고의 얼굴이 차갑게 굳었다.

"이 멍청한 뚱돼지야! 너와 그 바보 같은 동물들은 모두 자만과 어리석음으로 똘똘 뭉쳐 있지! 나를 속일 수 있다고 생각하다니……. 의사와 변호사는 물론이고 왕과 선생님 그리고 장군들까지 속여먹은 나를 말야!"

그는 쉬지 않고 계속 떠들어댔는데, 그중 반 이상이 자기 자랑이었다. 그러나 프레디는 여전히 한 마디도 하지 않았다.

마침내 징고가 입을 다물었다. 그리고는 창문 쪽에 서서 프레디를 등진 채 밖을 내다보았다. 손가락으로 콧수염을 만질 때마다 그의 반지에 달려 있는 작은 거울이 반짝반짝 빛났다.

"너랑 거래를 하고 싶다." 창 밖을 바라보던 징고가 말했다. "내 모자를 돌려주면 너를 돌려보내 주지."

그러나 프레디도 지지 않았다. "나에게서 뺏어 간 130달러 가운데 남은 돈을 돌려준다면 모자를 돌려주지."

"흠……, 지금 나랑 흥정할 입장이 아닐 텐데……." 징고가 프레디를 비웃었다. "모자를 돌려주거나 감옥에 가거나 둘 중에 하나를 선택해!"

"감옥에 가는 건 하나도 무섭지 않아. 감옥이 얼마나 좋은데……. 나는 지금도 자주 그곳에 가서 시간을 보내고 있어."

그러자 징고가 어깨를 들썩이며 말했다. "난 정당한 방법으로 돈을 벌었어. 하지만 그렇게 야박한 사람은 아니니 50달러는 돌려주지."

징고의 제안에 프레디는 뭔가 이상하다는 생각이 들었다. 왜 징고는 그렇게 모자를 돌려받기 위해 애쓰는 걸까? 만약 그것이 안

프레디, 도둑 누명을 쓰다

감을 몰래 덧댄 평범한 실크 모자라면, 그렇다면 50달러로 새 모자를 충분히 사고도 남을 텐데…… 그렇다면 해답은 한 가지였다. 그 모자에는 분명 무언가 중요한 것이 숨겨져 있는 것이다. 아주 작은 무언가가……. 프레스토는 알고 있을 그 어떤 것이 숨겨져 있는 것이 분명했다.

"좋아. 그럼 지금 가서 모자를 가져오지."

그 말에 징고는 사무실 밖으로 나가 메타카르푸스 씨와 잠시 이야기를 나누더니 마침내 그를 놓아주었다.

"저녁 먹기 전까지 모자를 가져오지 않으면 시 군대와 보안관을 시켜서 너를 잡아 가둘 거야. 내가 너라면 섣불리 도망가거나 숨으려고 하지는 않을 거야."

프레디 역시 도망칠 생각은 눈곱만큼도 없었다. 백화점에서 나오자마자 농장으로 달려간 그는 은행 금고로 가 모자를 꺼내 자세히 살펴보았다. 그러나 특별한 것은 전혀 발견할 수 없었다. 모자 윗부분에 있는 비밀 공간도 텅 비어 있었다. 그런데 안감을 덧댄 안쪽의 한쪽이 다른 한쪽에 비해 약간 더 두툼했다. 바늘땀을 몇 개 풀어 안쪽을 조사해 보니 모자 한쪽 면에 봉투 하나가 붙어 있었다. 의아한 마음으로 그 봉투를 꺼내어 열어 보았더니 그 안에는 950달러짜리 수표 한 장이 들어 있었다.

의심할 여지도 없이 그것은 징고가 붐슈미트 아저씨에게서 훔친

마술사 프레디

돈으로, 징고가 잃어버렸다고 프레스토가 말했던 바로 그 돈이었다. 그러나 엄밀히 말하면, 바람에 모자가 날아가 버렸기 때문에 실제로 그 돈을 잃어버린 셈이었다.

'이 수표가 여러 가지 문제를 해결해 주겠군.' 이렇게 생각한 프레디는 돈을 지하 금고에 보관해 둔 채 모자만 챙겨 들고 센터보로로 향했다. 만약 징고가 약속을 지킬 거라고 생각했다면 그건 큰 오산이다. 더군다나 돈이 없어진 것을 안다면 더더욱 불가능한 일이었다. 프레디는 금고에서 나와 비시비 백화점으로 가서 메타카르푸스 씨를 데리고 호텔을 찾아갔다. 역시나 징고는 이미 로비에 와 있었다. 그러나 메타카르푸스 씨 앞에서는 차마 모자 안에 돈이 그대로 들어 있는지 확인하지 못했다. 결국 징고는 프레디에게 주겠다고 약속한 50달러를 가지러 간다고 하고는 모자를 든 채 자신의 방으로 올라갔다.

"그럼 이제 나는 그만 돌아가 봐야겠군," 메타카르푸스 씨는 이렇게 말하면서 차가운 눈으로 프레디를 쏘아보더니, 마치 이야기하는데 수염이 방해된다는 듯이 푸~ 하고 숨을 내쉬면서 이렇게 덧붙였다.

"얘야, 이번 일로 네가 많은 것을 배웠으면 좋겠구나. 인자한 징고 씨가 아니었더라면 너는 아마도 심한 처벌을 면하지 못했을 거야. 그러니 징고 씨에게 고맙게 생각해야 한다. 알겠지? 그리고 죄를 짓는다는 것은 아무 짝에도 도움이 안 된다는 걸 네가 깨달았으면 좋겠구나."

"징고 씨한테도 그런 말씀을 좀 해 주시지요. 나는 절대로 물건을 훔치지 않았어요. 그가 내 주머니 속에 일부러 물건들을 집어넣은 거라고요. 손재주가 뛰어난 징고로서는 식은 죽 먹기였을 거예요. 그런데 그가 돌아올 때까지는 가지 말아 주세요. 증인이 있어야 하거든요."

메타카르푸스 씨는 숨을 내쉬었다 들이마시기를 반복했다.

"그런데 난 전혀 이해가 되지 않는구나. 이 모자는 뭐지? 도대체 어디서 난 거지? 모든 게 너무 복잡하구나."

바로 그때 징고 씨가 계단에 모습을 나타냈다. 그는 단단히 화가 난 것처럼 보였는데, 신경질적으로 주먹을 폈다 오므렸다를 반복하고 있었다. 그러더니 프레디를 향해 말했다.

"얘, 너! 이리 와! 잠깐만 이리 올라오라고!"

표정만 보아도 심한 욕을 퍼붓고 싶은 마음을 있는 꾹 참고 있다는 것을 느낄 수 있었다.

"아저씨가 내려오세요." 프레디가 침착하게 말했다.

"올라오라니까!" 징고가 계속해서 우겼다. "너와 할 얘기가 있어서 그래. 그러니 이리 와서 돈을 받아 가거라."

"여기 이 자리에서 돈을 주세요." 프레디 역시 조금도 물러서지

마술사 프레디

않았다.

"좋아." 그때까지 잘 참고 있던 징고가 갑자기 제 성질을 이기지 못해 폭발했다. "내가 가마!"

그러더니 그는 쏜살같이 계단을 뛰어내려왔다. 누가 봐도 그가 프레디를 치려 한다는 것이 명백했기 때문에 메타카르푸스 씨는 프레디를 보호하기 위해 한쪽 팔로 그의 어깨를 잡았다.

"왜 이러십니까." 메타카르푸스 씨가 징고를 징고를 말리면서 말했다. "제발 부탁이니 더 이상 시끄럽게 하지 말아 주세요. 혹시 불만이 있다면……."

더 이상 호텔에 머물 이유가 없어진 프레디는 재빨리 거리로 나와 있는 힘껏 도망쳤다. 물론 그때까지도 인디언 옷을 입고 있기는 했지만 징고에게 잡히지 않기 위해서는 네 발로 달려야만 했다. 술이 달린 바지에 전투용 모자를 쓴 소년이 네 발 달린 동물처럼 거리 한가운데를 달려가고, 마술사가 그 뒤를 추격하는 광경에 사람들은 모두 자신의 눈을 의심하지 않을 수 없었다. 몇몇 노인들은 당황한 나머지 "탈주범이다, 탈주범!" 하고 고함을 지르며 프레디의 길을 가로막으려고 했다. 그러나 프레디는 용케도 그들을 피해 달아났고, 얼마 못 가서 징고를 따돌리는 데 성공했다.

프레디, 도둑 누명을 쓰다

15. 사자 레오, 멋진 모습으로 돌아오다

징고의 눈을 벗어난 프레디는 곧장 교도소로 향했다. 크리켓을
치고 있던 몇몇 죄수들이 그를 발견하고 나무 망치를 흔들면서 함
께 치자고 했지만 그는 대답 대신 손만 흔들어 주고는 곧장 보안
관 사무실로 향했다.

사무실로 들어서는 프레디를 본 보안관은 수화기를 내려놓다 말
고 이렇게 말했다.

"어서 오게, 프레디. 그렇지 않아도 지금 막 올리 그로퍼와 통화
를 했어. 그런데 내가 보기엔 그가 자네한테 약간 실망을 한 것 같
더군."

"글쎄요." 하고 프레디가 뒷말을 흐렸다. "그로서는 그럴 만하죠. 내가 만약 징고가 체포되게 그냥 내버려두었더라면 그는 지금쯤 이곳의 죄수가 되어 있을 테니까요. 하지만 보안관님도 그걸 별로 반기지 않는다는 거 저도 알아요. 하여튼 저는 그가 유치장에 갇히는 걸 원하지 않아요. 그렇게 되면 화요일로 예정되어 있는 공연을 하지 못할 테니까요. 사실은 그 공연에 대비해서 제가 몇 가지 계획을 세워 두었거든요. 공연이 끝난 뒤에 그를 호텔에서 끌어낼 방법을 찾아보려고 해요. 하지만 지금은 그것보다 다른 일이 더 급해요."

그리고는 징고의 모자 안에서 발견한 돈에 대해 털어놓았다.

"흠……." 프레디의 설명을 다 들은 보안관이 말했다. "일단은 붐슈미트 씨에게 이 소식을 알리는 것이 좋겠군. 신문을 보니 이번 주에 서커스단이 빙햄튼에 머무른다고 하더군. 그러면 붐슈미트 씨가 직접 와서 돈을 받아 갈 수 있을 거야. 가만있자……. 그 신문이 어디 있더라."

보안관은 책상 위를 뒤져 빙햄튼 신문을 찾아서 프레디에게 내밀었다.

"알았어요. 그렇게 하죠. 그런데 '붐슈미트가 보여 주는 놀랍고도……' 이 부분은 예전이나 지금이나 하나도 변한 게 없군요. 그런데 이건 뭐지? '아프리카산 최고의 대머리 사자. 지금까지 생포

된 사자들 가운데 유일하게 덩치가 거대한 맹수'라니……. 혹시 레오를 말하는 건가? '숭고한 미국 대머리 독수리가 다른 독수리들을 대표하듯이 대머리 사자는 사자 중의 사자다. 오레스테스 붐슈미트 씨가 엄청난 비용을 들이고 생명의 위협을 감수하면서 남아프리카 초원에서 직접 잡아 온 사자로, 붐슈미트 씨가 하루에 두 번씩 직접 우리 안으로 들어간다.' 이건 분명 갈기를 짧게 자른 레오를 말하는 거군. 레오는 우리 안에 갇히는 걸 좋아하지 않는데……. 하지만 그가 맹수처럼 보이게 하려면 예전처럼 마당에 풀어놓고 마음대로 돌아다니게 할 수는 없겠지."

"이봐, 프레디, 아무래도 호텔은 안전하지 못해. 내가 봤을 때 징고라는 작자는 보통내기가 아니야. 자네가 대적하기에는 역부족이라고! 물론 자네가 똑똑하다는 건 나도 인정하지. 나쁜 놈들과 싸워서 이긴 것도 잘 알고 있어. 하지만 놈은 자네를 보자마자 권총을 발사하고 말 거야. 화요일 저녁에 있을 공연을 위해 어떤 계획을 은밀하게 준비했는지는 모르겠지만 나는 당장 그 일을 중단하라고 충고하고 싶네. 그 일 때문에 자네가 돈을 많이 잃었다는 것도 알고 있어. 하지만 목숨을 내놓으면서까지 돈을 도로 찾으려고 하는 건 무모한 짓이야."

보안관은 프레디가 걱정스럽다는 듯이 말했다. 그러나 프레디는 고개를 가로저었다. 물론 돈이 중요한 것은 아니었다. 그 정도의 돈쯤은 충분히 손해를 감수할 수도 있었다. 사실, 그에게 중요한 것은 전문가로서의 자부심이었다. 징고의 거짓말에 속아넘어간 경험이 있는 프레디로서는 앙갚음을 하지 않고는 견딜 수가 없었다. 또 그에게는 그로퍼 씨가 있었다. 그를 도와주겠다고 약속했지만 지금까지 아무런 성과를 거두지 못한 것이 사실이었다. 이때문에 그들은 한동안 언쟁을 벌였다. 그러나 프레디의 생각은 너무나 확고했고, 더 이상 어쩔 수 없다고 생각했는지 보안관도 결국에는 "좋아, 그럼 최소한 공연이 끝날 때까지는 여기서 지내게." 하면서 한 발짝 물러섰다.

"네, 일단 오늘밤은 여기서 지낼게요. 어디 한번 지켜보자고요." 프레디도 동의했다.

사무실에서 나온 프레디는 금고털이 맥시와 함께 크로켓을 했다. 그런 다음 저녁을 먹고는 몇 가지 마술쇼로 죄수들을 즐겁게 해 주었다.

정각 9시가 되었을 때 프레디는 자리에서 일어나더니 잠시 나갔다 오겠다고 했다. 보안관은 프레디가 조금 걱정되긴 했지만 그를 막지는 않았다. 호텔로 간 프레디는 부엌을 지나 뒷계단으로 올라갔다. 순간 맨 윗계단 너머로 홀을 내려다본 그는 걸음을 멈추었다. 열려 있는 징고의 방문을 통해 불빛이 새어나오고 있었는데, 입구에 놓인 의자에 징고가 앉아 있었기 때문이다. 그는 커다란 지팡이를 손에 들고 있었다. 훌륭한 탐정이 아니라 해도 그가 누구를 기다리고 있는지 쉽게 알 수 있었다.

프레디는 재빨리 몸을 숙이고는 어떻게 하는 것이 좋을지를 잠시 망설였다. 바로 그때 무언가가 그의 코를 간질였다. 코를 가로질러 귀 쪽을 향해 걸어가는 느낌이 들었다.

"웹 아저씨!" 하고 프레디가 속삭였다. "그럼 그렇지. 아저씨 말고 누구 발이 이렇게 작겠어요! 여긴 별 일 없죠?"

"네가 올 것 같아서 여기서 기다리고 있었지. 아내는 저기 맨 아래 계단에 있고 나는 여기서 너를 기다리고 있었어." 웹 아저씨가 말했다. "징고랑 프레스토가 나눈 이야기로 봐서는 네가 징고의 모자에서 무언가를 가져갔다고 하더군. 징고는 네가 그것을 어딘가에 숨겨 놓았다고 생각하는 모양이야. 몰래 숨어 있다가 너를 잡아서 어디에 숨겨 두었는지를 알아내겠다고 했어. 사실을 말할 때까지 사정없이 너를 패 주겠다며 벼르고 있던데."

"휴~" 프레디가 안도의 숨을 내쉬었다. "아저씨가 여기서 기다리고 계셔서 천만다행이에요. 그렇지 않았으면 어떻게 됐겠어요?"

그 말에 웹은 "어때, 이만하면 대단하지?" 하고 으스댔다. "좋아, 그건 그렇고. 얼마 전에 위블리 노인이 찾아왔었어. 너한테 권총인가 뭔가를 주려고 왔다고 하더군. 징크스가 대신 받아 두겠다

마술사 프레디

고 했지만 위블리는 바보가 아닌 이상 고양이에게 총을 맡기는 사람은 없을 거라고 하면서 결국 내주지 않았어. 그리고는 30분 뒤에 다시 오겠다고 하고는 가 버렸어."

"음……."

프레디는 잠시 생각에 잠겼다.

"아무리 생각해 봐도 작전 본부를 극장으로 바꿔야 할 것 같아요. 징크스와 밍크스에게 짐을 싸서 창문 밖으로 던지라고 해요. 그런 다음 쥐들과 함께 이 길로 몰래 빠져나오라고 해 줘요. 물론 징고가 눈치채지 못하겠지만 설령 눈치챈다 해도 별일은 없을 거예요. 그리고 아저씨는 웹 아주머니와 함께 여기서 나오는 것이 좋을 것 같아요. 그럼 여기 있다가 정각 열 시에 골목 안에 있는 극장 뒷문에서 만나는 걸로 해요."

프레디가 극장 뒷문에 도착했을 때는 이미 두 번째 공연이 중간 정도 진행되고 있었다. 무즈키스키 씨는 화재가 발생할 경우에 대비해서 공연이 끝날 때까지 항상 뒷문을 열어 두었다. 그곳에는 친구들이 미리 도착해 프레디를 기다리고 있었다. 애벌레와 메뚜기들도 웹 부부와 함께 밍크스의 등에 올라타고 벌써 와 있었다.

"프레디, 아주 식은 죽 먹기였어." 하고 징크스가 말했다. "우리가 창 밖으로 가방을 던지니까 그 소리를 듣고 징고가 창문 밖으로 내다보더라고. 그가 창문 옆에 서 있는 동안 우리는 문을 열고 재빨리 밖으로 나왔지. 자, 이제 어떻게 하면 되지?"

"극장으로 들어가서 무대 밑에 있는 방 한 곳에 작전 본부를 차려야지. 화요일 저녁까지는 모든 준비를 마쳐야 하니까."

프레디가 대답했다.

한편 그들이 호텔을 빠져나가는 것을 지켜보고 있던 위블리 노인은 공중을 휙 가로질러 처마 밑 홈통 위로 내려왔다.

"야, 너!" 그리고는 프레디를 불러세웠다. "이거 가지고 있는 게 좋을 거야." 그러면서 징고의 권총을 프레디 발 밑에 툭 떨어뜨렸다.

"정말 고마워요!" 프레디가 권총을 집어들면서 말했다.

그 말에 올빼미는 "미리 전해 주었으면 좋았겠지만 사실은 내가 쓰려고 했거든. 그 물건을 사용하는 방법을 알면 사냥이 쉬울 거라고 생각했는데 지금은 사냥하는 것만으로도 너무 바빠서 그것을 사용할 방법을 알아낼 시간이 없었어. 만약 이른 저녁에 들판에 나가 들쥐 두 마리 정도만이라도 쏠 수 있다면……."

"잔인한 놈 같으니라고!" 화가 난 아우구스투스가 신경질적으로 소리를 질렀다.

어크도 "무슨 말을 하는 거야!" 하고 위블리에게 호통을 쳤다. 그 말에 위블리는 큰 소리로 웃으면서 "요 귀여운 것들, 너무 걱정하지 마."라며 그들을 안심시켰다.

마술사 프레디

"사실 집쥐들은 쓰레받기 위에 있는 것들만큼이나 맛이 없지. 통통한 들쥐라면 몰라도 말야."

"그런데 총은 사용해 봤어요?" 하고 프레디가 물었다. "아니, 아무래도 연습이 필요한 것 같아서 말야. 총에 여섯 발의 총알이 들어 있었는데 하나도 맞히지 못했어. 아마 총알은 더 구할 수 있을 거야. 그리고 징고를 쏜 뒤에는 다시 돌려주었으면 좋겠어. 그런데 프레디 자네는 어떻게 쏘는 건지 알아?"

프레디가 모른다고 대답하자 위블리가 말했다. "그렇다면 네가 총을 사용하는 방법을 배우는 동안에는 이 근처에 있으면 안 되겠군. 쓸데없이 손톱에 총알이 밝히고 싶지는 않으니까."

"알았어요. 하지만 아저씨 실력 정도는 충분히 따라잡을 수 있을 것 같은데요. 여섯 발을 쏴서 하나도 못 맞혔다고 하니 저도 최소한 그 정도는 할 수 있겠죠."

그 말에 위블리는 화가 난 듯 요란스럽게 부리를 움직였다. 그러나 적당한 말이 생각나지 않는지 난처해했다. 그 모습을 지켜보던 프레디가 얼른 그를 달래며 물었다.

"미안해요. 무례하게 굴려는 생각은 없었어요. 그런데 저……화요일에 나를 도와주기 위해 이곳에 한번 더 와 주지 않겠어요?"

"약속은 못해. 조금 전에도 말했지만 생각하는 데 있어서는 내가 좀 느리잖아. 흥! 말로는 내가 너를 따라잡지 못하지."

이 말을 남긴 올빼미는 저 멀리 날아가 버렸다.

극장 안으로 들어오자 어크가 물었다.

"올빼미들은 항상 그렇게 생각을 많이 하니?"

"자기네가 그렇다고 해." 징크스가 비웃듯이 대답했다. "남들은 현명하다고 하지만 내가 보기에는 맨날 휴우~라고만 하던데 뭘. 눈이 큰 데다 성질이 나쁜 것만 가지고는 박식하다고 할 수 없지."

프레디가 징크스의 말을 자르며 말했다. "어쨌든 위블리 노인은 똑똑해. 말은 그렇게 해도 그는 분명 이 근처에 있을 거야. 지금까지 한 번도 연락이 되지 않았던 적은 없으니까."

극장 무대 밑에 있는 탈의실에 새 본부를 설치한 프레디는 친구들과 함께 이틀 동안 그곳에서 꼼짝하지 않았다.

월요일이 되자 징고는 마술 도구들을 호텔에서 극장으로 옮겨왔다. 그가 도구들을 점검해 놓고 호텔로 돌아가자 숨어 있던 동물들이 나와 작업을 시작했다.

"얘들아." 마술사의 연미복 속에 들어 있는 비밀 주머니 밖으로 고개를 내밀면서 어니가 말했다. "아마 징이 마술을 하다가 깜짝 놀라겠지, 그러지 않니, 프레디?"

"그렇겠지." 하고 프레디가 말했다. "그가 하려는 마술에 우리가 미리 조금 손을 써 놓는 거야. 하지만 놈은 똑똑해. 쉽게 물러서지

마술사 프레디

않을 거야. 그런데 도대체 그가 나를 어떻게 알아보았는지 아직도 궁금하단 말야. 분명 호텔 식당에서 알아본 것 같은데, 나는 그때 얼굴을 가리기 위해 모자를 계속 쓰고 있었고, 다리를 들키지 않기 위해 그가 내 쪽으로 등을 돌렸을 때를 제외하고는 음식도 거의 먹지 않는데 말야. 뒤통수에도 눈이 달려 있다는 말이 정말 맞는 것 같군."

늦은 오후가 되자 프레디는 교도소로 향했다. 더 이상 인디언 복장을 할 수도 없었고, 그렇다고 그대로 거리를 돌아다닐 수도 없었다. 결국 그는 예전에 몇 번 성공한 적이 있는 노파의 모습으로 변장을 했다. 들키지 않기 위해 머리에 숄까지 둘렀다.

그러는 중에도 그는 붐슈미트 씨에 관한 소식을 들었으면 했는데, 다행히도 기대 이상의 성과를 올릴 수 있었다. 그가 막 안으로 들어가려고 할 때 뒤에서 요란한 경적 소리가 울렸다. 깜짝 놀라 옆으로 몸을 비키니 붉은색과 금색으로 칠을 한 커다란 차가 그의 옆을 지나쳐 갔다. 차 문에는 알파벳 B 위에 왕관이 올려진 그림이 그려져 있었다. 운전석에는 빌 옹크스가 앉아 있었고, 뒷좌석에는 붐슈미트 아저씨와 레오가 나란히 앉아 있었다. 선글라스를 쓴 채 뒷좌석에 기대어 앉은 레오의 모습은 거만했고, 한편으로는 고상하면서도 편안해 보였다. 그러나 무엇보다 프레디를 놀라게 한 것은 바로 그의 갈기였다. 어느 새 길게 자란 곱슬머리는 그의

뒷좌석에 기대어 앉은 레오의 모습은 아주 거만해 보였다.

두 뺨을 가리고 있었는데, 불그스름한 오렌지 빛을 띠고 있었다.

프레디는 자신도 모르게 낄낄거리며 웃었다. 그리고는 재빨리 숄로 얼굴을 가리고 그들을 쫓아갔다. 다행히 차에서 막 내리는 그들을 만날 수 있었다.

"야, 이 불한당 같은 놈들아." 프레디가 그들을 향해 소리쳤다. "그래, 갑자기 뒤에서 붕붕거리는 이 잘난 자동차를 타고 나타나서 이 늙은이를 기절초풍하게 만들어? 이 거만한 놈들 같으니라고! 돈 좀 있다고 그렇게 잘난 척하면 못써! 실크 모자에 모기가 뜯어먹은 것 같은 가발을 쓰고 이런 시골에 나타나서는 뭐가 좋다고 그렇게 낄낄거리는 거야. 그러다 나처럼 이렇게 늙고 힘없는 노인네를 치기라도 하면 어떻게 하려고……. 지금은 천사들이 데려가고 없지만 만약 우리 영감인 패트릭 오할로란이 살아 있었더라면 니들은 아마 지금쯤 이빨이 모조리 뽑힌 채 제발 살려 달라며 손이 발이 되도록 빌고 있을걸. 하지만 내가 니들을 가만둘 것 같으냐? 당장 고발해 버리고 말 거야. 그러면 니들은……."

"아니, 그렇다면 당신이 팻 오할로란의 부인이시란 말인가요?" 붐슈미트 아저씨가 갑자기 소리를 높였다. "팻 오할로란이라면 예전에……."

"예전에는 뭐가 어땠고 할 것 없수다. 순 놈팡이였으니까."

프레디가, 아니 노파가 그의 말을 잘랐다. 붐슈미트 아저씨는 늘 이런 식으로 문제를 피한다는 걸 잘 알고 있었기 때문이다. 이렇게 아주 사소한 것을 하나하나 들추어내어 정신을 못 차리게 만든 다음 정작 무엇에 대해 이야기하고 있었는지조차 기억하지 못하게 만드는 것이 그의 수법이었다.

"어쨌건 나는 지금 당신이 아니라 좀약 공장에서 금방 나온 것 같은 모습을 하고 있는 저 머리 긴 피난민에게 말하고 있는 거요. 이……."

"그만 진정하세요, 아주머니." 레오가 선글라스를 벗으면서 말했다. 그리고는 "어머나 세상에." 하고 비명을 지르더니 프레디의 얼굴을 자세히 쳐다보았다.

"이곳에 사시는 오할로란 부인이 아니세요? 가만 있자, 주소가 어디였더라? 참 좋은 분이라는 말은 많이 들었습니다. 저는……."

"정말이유?" 하고 프레디가 물었다. "나도 댁에 관한 이야기는 좀 들어서 알고 있지. 자, 날 좀 자세히 봐요. 내가 바로 댁들이 작년에 양다리를 훔쳐먹고 연락을 완전히 끊었던 바로 그 오할로란 마누라요. 너희 두 놈이 그랬지?"

부인은 이렇게 말하면서 막 손님을 맞기 위해 사무실 밖으로 나온 보안관에게 부탁을 했다. "보안관님, 이놈들을 가두어 주구료. 아주 못된 놈들이랍니다. 놈들이 우리 집에 들어와서는 나를 꼼짝 못하게 하더니, 저기 저 작은 놈이 내 머리 위에 앉아 있는 동안 다른 한 놈이 찬장을 샅샅이 뒤져서 양 다리를 훔쳐서 달아나 버렸다우……."

"잠깐만요, 아주머니 잠깐만요." 보안관이 침착하게 말했다. "우리 이러지 말고 사무실로 들어가서 이야기를 나누죠. 자, 제가 안내를 해 드리죠."

그러면서 그는 프레디의 손을 잡고 사무실로 향했다. 붐슈미트 아저씨와 레오는 당황하긴 했지만 크게 기분 나쁘지 않은 표정으로 그 뒤를 따랐다.

"저, 그런데 보안관님!" 붐슈미트 아저씨가 먼저 말을 꺼냈다. "저 아주머니께서 원하신다면 제가 양 다리를 사 드리고 싶은데요. 양 다리 네 개와 민트 소스도 사 드릴 수 있습니다. 그리고 만약 아주머니께서 원하신다면 우리 서커스단의 광고 일도 맡기고 싶은데요. 어쩌면 그렇게 멋진 표현을 할 수 있죠, 그렇지 않니, 레오? 좀약 공장에서 도망쳐 나온 피난민이라……. 와우, 정말 놀라운 표현력입니다."

"뭐 그렇게 생각할 수도 있죠." 레오가 툴툴거렸다.

"정말 그렇다니까." 붐슈미트 아저씨는 확고했다. "돈을 받지 않고도 그런 놀라운 표현을 썼으니 만약 월급을 드린다면 얼마나 더 멋진 표현들을 생각해 낼까? 도저히 상상이 가지 않아."

"굳이 돈까지 주실 필요는 없다우." 프레디가 사양하며 말했다. "저렇게 생긴 얼굴을 보면 저절로 그런 생각이 떠오르게 되어 있어. 조금도 힘들 게 없지. 사실 다 낡아빠진 마루 걸레를 머리에 뒤집어쓰고 있는 것처럼 보였는데, 아마 이곳 죄수들이 갑자기 저 모습을 본다면 미친 듯이 소리를 지르고도 남을걸."

그런데 그때 갑자기 레오가 앞발을 들어 재빨리 숄을 낚아챘다. 그 바람에 그는 말을 멈추었다.

"그래, 내 가발에 대해 잘도 떠드는구나!" 하고 레오가 말했다. "어쩐지 어디서 본 것 같더니……. 이 짜리몽땅 돼지야, 안 그래?"

"저런 세상에." 붐슈미트 아저씨도 놀라지 않을 수 없었다. "역시 어디를 가든지 너의 그 탁월한 시적 감각은 빛을 발하는구나. 너를 좀 더 빨리 알아봤어야 했는데……. 네가 여기 있을 거라고 누가 상상이나 했겠니."

"하지만 여기 이렇게 떡 버티고 있네요." 하고 레오가 비꼬듯이 말했다.

"그러게 말야. 내 말이 바로 그 말이라니까." 붐슈미트 아저씨도 맞장구를 쳤다.

"그런데 붐슈미트 아저씨. 여기 돈을 받으러 오신 거죠?" 하고 프레디가 입을 열었다. "그런데 사실은 그 돈이 지금 저희 은행에

마술사 프레디

있거든요. 은행에 가서 직접 돈을 받으시겠어요?"

"급할 건 없어. 보안관만 양해해 준다면 여기 머물면서 내일 있을 공연을 보고 가려고 해. 징고 때문에 호텔에는 묵을 수 없거든."

"단장님, 정말 그렇게 하실 거예요?" 하고 레오가 물었다. "프레디, 넌 이해가 되니? 왜 단장님이 징고를 보려고 하지 않는지 아냐고? 징고가 혹시라도 단장님을 보면 마음이 불편할까 봐 그러신대!"

"아, 레오야, 그건 나도 어쩔 수 없단다." 붐슈미트 아저씨의 목소리에는 약간의 짜증이 묻어 있었다. "내가 너무 민감하고, 어떻게 보면 이해되지 않을 수도 있을 거야. 하지만 불편해서 싫어!"

프레디가 화제를 바꾸었다.

"그런데 레오야. 물어볼 게 있는데. 빙햄튼 신문에 네가 위대한 아프리카 대머리 사자라고 되어 있던데 분홍색 가발은 뭐니?"

"색이 좀 이상하지, 그렇지?" 레오가 속상하다는 듯이 말했다. "분홍색과 황갈색이 어울리지 않는다는 건 네가 말하지 않아도 잘 알아. 하지만 빙햄튼에는 이것밖에 없다는 게 이해가 되니? 도시 전체를 뒤져도 사자를 위한 인공 가발은 한 개도 없더라고…….. 간신히 미장원을 찾아 들어갔더니 글쎄 이렇게 만들어 주더군. 이것말고 백금색이 있긴 했는데, 이게 더 어울리는 것 같아서……."

사자 레오, 멋진 모습으로 돌아오다

"그랬구나. 그런데 가발은 뭣을 하려고 쓴 거야?"

"그게 말이지." 하고 뭄슈미트 아저씨가 끼어들었다. "아프리카에서 가장 사나운 동물이라고 소문이 났는데 어떻게 그냥 시장 바닥을 돌아다니게 내버려둘 수 있겠니, 안 그래? 내가 레오의 우리로 들어갈 때마다 사람들은 내가 목숨을 걸고 위태로운 공연을 보여 준다고 생각하거든. 빙햄튼에서도 얼마나 많은 사람들이 우리의 공연을 보러 왔는지 몰라. 정말 대단했지. 아이들의 손을 잡고 그곳을 찾은 관객들은 모두 내가 우리 안에서 갈가리 찢겨지는 광경을 목격하게 될까 봐 조마조마해 했다니까. 하지만 공연 10분전에 레오가 소다 가게에서 콜라는 마시는 장면을 보았더라면 그 사람들이 그런 생각을 할 리가 없잖아? 그래서 우리에서 나갈 때는 항상 가발을 쓰게 된 거야."

"아, 그랬군요. 그럼 이제 그만 은행에 가서 돈을 찾죠."

16. 징고의 마술 공연

드디어 화요일 저녁, 공연을 알리는 막이 올랐다. 나중에 빈 홈 뉴스는 '그날 센터보로 시에는 유명 인사들을 말할 것도 없고 가장 유명한 동물 관객들도 함께 자리했다' 는 기사를 내보냈다. 프레디의 공연에 참석했던 이들도 모두 방청객으로 공연을 관람했다. 그중에는 징고의 명성을 듣고 온 사람도 있었다. 어떤 사람들은 프레디가 마술사의 속임수를 폭로함으로써 자신의 공연 때 잃은 돈을 되찾을 거라는 소문을 듣고 찾아 온 관객들도 있었다. 암소 두 마리와 말 한 마리는 공연을 보기 위해 투스빌에서 먼 길을 걸어오기도 했다.

드디어 징고가 커다란 실크 모자에 붉은 안감을 덧댄 망토를 두르고 무대에 등장했다. 흐뭇한 얼굴로 무대 가운데 선 그는 수염을 만지작거리면서 그를 바라보고 있는 관객들을 찬찬히 훑어보았다. 그러나 프레디의 친구들이 극장 구석구석에 몸을 숨긴 채 그가 예상치도 못한 일을 준비하고 있다는 것을 알았더라면 그는 그렇게 자신 있는 표정으로 웃지 못했을 것이다. 불이 꺼지는 순간 불그스름한 오렌지 빛 머리를 커다란 스카프로 가리고 손톱을 길게 기른 덩치 큰 여성이 괴상한 옷차림에 실크 모자를 쓴 땅딸막한 남자와 함께 공연장에 들어와 뒷줄에 자리를 잡았다는 것을 알았더라도 그는 그렇게 여유를 부리지 못했을 것이다.

전날 밤, 제일 동물 은행에서 돈을 찾아온 봄슈미트 아저씨가 레오와 함께 빈 아저씨를 방문하러 떠난 뒤, 프레디는 공연장에서 자신을 도와줄 동물들을 한자리에 불러모았다. 그리고는 붉은색 차를 이용해 그들을 공연장으로 실어 날랐다. 화요일 아침이 되자 프레디는 그들에게 각자 해야 할 일에 대해 설명해 주었다. 설명이 끝나자 동물들은 각자의 자리에 앉아 공연이 시작되기만을 기다렸다.

징고가 공연 연습을 하면서 프레스토와 나누는 이야기를 엿들은 쥐들 덕분에 프레디는 공연이 어떻게 진행될지 이미 다 알고 있었다. 그래서 그에 대한 만반의 준비를 갖출 수 있었다.

무대 커튼이 오르면 징고가 앞으로 나와 마술 지팡이를 흔들게 되어 있었다. 그러면 어디선가 종이 꽃다발이 나오고, 징고가 그 꽃다발을 받아 맨 앞줄에 앉은 여성에게 근사한 인사말과 함께 건넨다는 계획이었다. 물론 지팡이는 속이 비어 있는 대신 단단히 접은 꽃다발이 숨겨져 있었다.

프레디의 계획대로 징고가 우아하게 몇 차례 지팡이를 흔들면서 꽃다발이 나오라고 주문을 외웠지만 지팡이에서는 아무 일도 일어나지 않았다. 프레디가 지팡이 속에 잔뜩 풀을 집어넣어 놓았기 때문이다. 그러나 눈치가 빠른 징고는 재빨리 비밀 주머니에서 비단 깃발을 서너 개 꺼내 들었다. 그 덕분에 공연은 순조롭게 진행되었고, 그는 앞줄에 나란히 앉아 있던 빈 아주머니와 위저 부인에게 비단 깃발을 선물로 주었다. 그러나 기대했던 우레와 같은 박수는 터져 나오지 않았다.

두 번째로 선보인 마술은 '춤추는 지팡이'였다. 징고는 지팡이가 쓰러지지 않게 무대 위에 지팡이를 잘 세운 뒤 그것을 만지지 않은 채 손가락만 움직여 지팡이가 저절로 왔다갔다 춤을 추게 만들었다. 그것은 굉장한 곡예로, 이를 본 청중들은 모두 신이 나서 박수를 쳤다. 바로 그때 프레디가 무대를 향해 걸어나갔다. 전쟁모를 쓰고 있던 프레디는 이번에는 인디언 복장 대신 비밀 주머니와 집게가 달린 마술복을 입고 있었다.

징고의 마술 공연

무대 앞에서 걸음을 멈춘 프레디는 큰 목소리로 이렇게 말했다. "징고 씨, 당신의 마술을 그대로 따라하거나 설명할 수 있는 사람에게 10달러를 줄 것을 요청합니다."

징고가 못마땅한 얼굴로 그를 쳐다보았지만 프레디는 아랑곳하지 않은 채 무대 위로 올라갔다. 그리고는 청중들에게는 보이지 않지만 지팡이와 마술사의 손가락 끝에 연결되어 있는 검은색 실을 이용해서 조금 전에 징고가 했던 것과 똑같은 마술을 해 보였다. 징고는 억지로 웃음을 지었고, 그러자 굳게 다문 그의 입술 사이로 흰 이빨이 가늘게 드러났다.

"아주 훌륭하십니다." 하고 그가 말했다. "보통 똑똑하신 게 아니군요. 매표소에 일러 둘 테니 공연이 끝나고 극장을 나가실 때 10달러를 받아 가십시오."

그러나 프레디는 고개를 가로저으면서 말했다. "지난번에 제가 당신 모자를 돌려드렸을 때 50달러를 주겠다고 하고는 아직까지 주지 않으셨죠? 그런 일도 있고 해서 이번에는 지금 이 자리에서 현금으로 받고 싶은데요."

프레디의 요청을 거절할 수 없었던 징고는 프레스토를 매표소에 보내 돈을 가져오게 했고, 프레디는 돈을 받을 때까지 무대에서 꼼짝하지 않고 서 있었다.

그런데 프레디가 돈을 받아 들고 무대를 내려가려는 순간 징고

마술사 프레디

가 그의 이름을 불렀다.

"신사 숙녀 여러분, 여러분께서는 지난주에 이 젊은이가 자신의 마술의 비밀을 설명하는 사람에게 상금을 주겠다고 하던 일을 기억하실 겁니다. 물론 제가 그 제안을 받아들인 것도요. 그러나 저는 다소 유치한 마술의 비밀을 폭로하고도 지금처럼 현장에서 상금을 줄 것을 요구하지 않았습니다. 그를 대신해서 여러분께 사과의 말씀을 드리겠습니다. 여러분도 아시다시피 이 청년은 나이도 어린 데다 의심이 상당히 많습니다. 그러나 이 청년의 세련되지 못한 행동에 제가 전혀 마음이 상하지 않았다는 것을 보여 주기 위해서 저는 공연이 끝날 때까지 이 청년에게 계속 무대에 남아 있어 달라고 부탁하려고 합니다. 제 공연을 가까이에서 관찰할 수 있는 기회를 제공하기 위함입니다. 만약 그가 제 공연을 그대로 따라하거나 설명할 수 있다면 저는 기꺼이 제가 한 약속을 지킬 겁니다."

그러자 방청석에서 마술사를 동정하는 소리가 들려 왔다. 프레디는 관객들의 마음이 이미 징고 쪽으로 상당히 기울어졌다는 것을 느낄 수 있었다. 프레디의 친구들은 징고가 그동안 치사한 속임수를 사용해 왔다는 알았지만 징고가 어떤 사람인지 잘 알지 못하는 사람들은 프레디 때문에 그의 공연에 차질이 생겼다고 생각하고 있었다.

프레디는 깃털이 달린 전쟁모를 쓰고 체크 무늬 옷을 입고 있는 자신의 모습이 우스꽝스러워 보인다는 것을 알고 있었다. 그랬기에 징고가 무대에 남아 있어 달라고 부탁한 것은 바로 그가 관객들의 웃음거리가 되도록 하기 위한 속셈이라는 것도 눈치채고 있었다. 한편으로는 징고가 속임수를 써서 자신을 완전히 바보로 만들려고 하는 것은 아닐까 하는 의심도 들었다. 그러나 프레디 역시 소매 속에 속임수를 부릴 수 있는 여러 가지 재료를 준비해 두고 있었다. 머리 장식에 붙어 있는 독수리 깃털과 코트 안쪽의 비밀 주머니에도 많은 것들이 숨겨져 있었다. 그러나 프레디의 가장 큰 장점은 바로 그럴싸하게 속임수를 부리기보다 화를 잘 참는 능력이었다. 그런 점에서 자신이 징고보다 유리하다는 것을 프레디도 알고 있었다. 싸움 또는 그와 비슷한 상황에서 화를 억누를 수 있는 사람은 두 자루의 권총과 작은 대포를 가지고 있는 것만큼이나 유리하다. 결국 프레디는 무대 뒤로 물러나 징고의 공연을 지켜보기로 했다.

징고는 무대 앞으로 나갔다. 그리고는 수염을 꼬면서 웃는 얼굴로 청중들을 지켜보았다. 무대 뒤에 서 있던 프레디는 손을 올려 모자가 머리에서 떨어지지 않도록 꽉 눌러썼다. 바로 그때, 징고가 고개도 돌리지 않은 채 이렇게 말했다.

"추장님, 기왕이면 전쟁모는 벗어 놓는 게 훨씬 편하겠군요"

그러자 방청객들이 웃음을 터뜨렸다. 어떻게 그가 뒤도 돌아보지 않고 프레디의 행동을 알아맞힐 수 있었는지 모두들 궁금해하는 표정이었다. 프레디 역시 궁금하기는 마찬가지였다. 징고는 그에게 등을 돌린 채 불이 꺼진 청중석을 향해 있었고, 거울도 가지고 있지 않았다.

"거울이라……."

프레디는 곰곰이 생각에 잠겼다.

"아, 그렇지!"

갑자기 징고가 늘 끼고 다니던 반지에 달려 있던 자그마한 거울이 생각났다. 거울이 붙은 면은 항상 그의 손 안쪽을 향해 있었다.

'그래서 내가 뭘 하는지 알 수 있었구나! 그동안 수염을 만지작거릴 때마다 손바닥을 돌려서 나를 지켜보고 있었던 거야!'

그는 처음에는 당장 이 속임수를 밝혀 내서 또다시 10달러를 벌 생각이었다. 그러다가 조금 더 지켜보는 것이 좋겠다고 생각을 바꾸었다. 분명 징고는 그 거울을 이용해서 지금까지 선보인 것보다 더 어려운 마술을 보여 줄 것이 뻔했다. 또 징고가 자신에게 좀 더 못되게 굴도록 내버려두는 것이 나중에 마술사에 대해 호의를 가지고 있던 청중들의 마음을 돌리는 데 더 효과적일 것 같았다.

잠시 후, 징고가 몸을 돌려 그를 쳐다보았다. 그리고는 그를 비웃기 시작했다. 처음에는 프레디를 가리키며 웃기 시작하더니 갑

"세상에, 추장님, 추장님은 머리도 안 빗으십니까?"

자기 무릎을 치면서 정신 없이 웃어댔다. 그러더니 웃음을 주체하지 못한 채 프레디를 무대 앞으로 끌고 가서는 모자 윗부분에 달린 깃털 안을 유심히 들여다보았다.

"세상에, 추장님." 하고 그가 말했다. "추장님은 머리도 안 빗으십니까?"

이렇게 말하면서 그는 깃털 안에 손을 집어넣어 차례차례 물건들을 끄집어내기 시작했다. 석탄 세 덩이, 낡은 새 둥지 그리고 닭뼈 서너 개가 나왔다.

"정말 지저분하군요." 하고 그가 말했다. "청중들 앞에 나오면서 몸단장도 하지 않다니 이건 예의가 아니지요."

"미안합니다." 하고 프레디가 말했다. "하지만 난 마술사들은 조금 지저분해야 한다고 생각하거든요. 물론 내가 아는 마술사라고 해야 당신밖에 없긴 하지만요. 그러니 당신도 칠칠맞지 못한 주제에 나를 흉봐서는 안 되지요."

징고의 얼굴이 서서히 굳어졌다.

"내가 칠칠맞지 못하다니 그게 무슨 말이죠?" 하고 징고가 차가운 목소리로 물었다.

"정 궁금하시다면 제가 잠시 그 모자를 볼 수 있게 해 주시겠습니까?" 하고 프레디가 물었다.

"말도 안 되는 소리요!" 징고가 몸을 뒤로 빼면서 말했다. 그러자 청중석에서 "그가 해 달라는 대로 해요!" "모자를 건네줘라!" 하는 소리가 터져 나왔고, 징고는 마지못해 프레디의 요청을 수락했다.

"하지만 조심해서 다뤄야 해요. 이건 아주 비싼 모자거든. 만약에⋯⋯."

갑자기 그가 말을 멈추었다. 모자를 건네 받은 프레디가 모자에 손을 집어넣어 생쥐 한 마리와 애벌레 두 마리 그리고 메뚜기 한 마리를 꺼내어 테이블 위에 하나씩 내려놓고 있었던 것이다.

"자, 이제 판단은 여러분께 맡기겠습니다." 프레디가 청중들을 향해 말했다. "과연 우리 둘 중에 누구의 머리가 더 지저분한가요? 하지만 여러분, 이게 전부가 아닙니다."

프레디는 다시 모자 안으로 손을 집어넣어 찻숟가락 세 개를 꺼냈다. 그리고는 손잡이 부분을 자세히 살폈다.

"흠, 센터보로 호텔이라고 적혀 있군요. 징고 씨는 지금 그곳에 머물고 계시죠? 그로퍼 씨 말로는 최근 들어 식기들이 많이 없어졌다고 하던데⋯⋯. 어디 훔친 물건들이 또 있나 봅시다."

그가 다시 모자에 손을 집어넣으려고 하자 본 징고가 재빨리 모자를 낚아챘다.

"이제 그만 하고 공연을 다시 시작합시다."

무대 뒤로 물러난 프레디는 자신과 같은 편인 생쥐와 애벌레 그리고 메뚜기들이 그의 주머니 안으로 들어갈 수 있도록 다른 사람들이 보지 않는 틈을 타서 탁자 옆에 기대어 섰다. 징고는 카드를 들고 나와 현란한 재주를 자랑하기 시작했다. 그는 빈 아저씨와 로어 씨를 무대 위로 올라오게 하더니 카드를 뽑거나 머릿속으로 카드 한 장을 생각하라고 했다. 잠시 후 그들이 골랐던 카드는 그들의 주머니 안에서 발견되거나 카드 뭉치 안에서 튀어나왔다. 또 그는 카드 뭉치를 공중에 집어던져 다른 카드들은 모두 앞면이 바닥에 닿게 떨어지게 하고 그들이 고른 카드만 앞면이 위로 올라오게 떨어지는 마술도 선보였다. 그는 정말 놀라운 카드 기술을 선보였는데, 프레디도 어떻게 그런 마술이 가능한지 설명할 수 없을 정도였다. 그러나 프레디는 마침내 징고의 속임수를 찾아내는 데 성공했다.

로어 씨가 카드를 받아 탁자 위에 쭉 펼쳐 앞면이 바닥으로 향하게 한 상태로 한 장씩 징고에게 건네면 징고는 카드를 받는 즉시 다시 빈 아저씨에게 넘겼다. 그러면서 징고는 다이아몬드 잭, 스페이드2 등 카드 이름을 말했고, 그러면 카드를 건네받은 빈 아저씨가 카드와 그 이름이 맞는지를 확인했다. 놀랍게도 징고는 매번 카드 이름을 정확하게 맞혔다.

"내가 이 속임수를 설명하겠소." 프레디가 나섰다. "내가 이 마술의 비밀을 풀면 10달러를 주어야 합니다."

그러나 징고는 방해하지 말고 저리 물러나라고 하면서 프레디의 제안을 거절했다. 그 말에 로어 씨가 "왜 이러십니까? 정정당당하게 해야죠."라면서 징고를 나무랐다. 결국 징고는 가만히 서서 프레디가 거울이 달린 반지에 대해 설명하는 것을 지켜보아야만 했다.

"그러니까 거울이 손바닥 쪽에 있기 때문이죠. 그래서 빈 아저씨에게 카드를 건네줄 때마다 거울에 카드의 앞면이 비치게 되었던 겁니다."

결국 징고는 또다시 프레스토를 보내 10달러를 가져오게 했다.

사실 멋진 마술 공연을 위해서는 많은 준비가 필요하다. 그래서 마술사의 코트 비밀 주머니에는 공연에 사용할 도구들이 한두 가지씩은 들어 있다. 색깔 있는 실크 손수건, 접어놓은 새장, 어항 등등 영리한 마술사가 숨기는 물건은 한도 끝도 없었다. 그러나 쥐들은 프레디의 지시에 따라 이미 징고의 코트에 손을 써 두었다. 징고의 코트 주머니 이곳저곳을 잔뜩 갉아먹은 것이었다. 실 한두 줄만 남기고 솔기를 전부 갉아먹는 바람에 주머니가 아슬아슬하게 매달려 있는 곳도 있었다. 또 주머니에 군데군데 구멍을 뚫어 놓아 조금만 힘을 가해도 주머니에 있는 물건들이 모두 쏟아지게 만들어 놓았다. 그뿐만이 아니었다. 적절한 순간에 물건들이 쏟아지게 하기 위해서 손 힘이 센 메뚜기 한 마리가 주머니 안에

마술사 프레디

몸을 숨기고 있다가 공연이 시작됨과 동시에 마지막 줄을 끊어 버리겠다는 위험한 임무를 자청하고 나서기도 했다. 쥐들은 단추를 느슨하게 만들어 놓았을 뿐만 아니라 물건들이 사라지게 하는 데 쓰는 고무줄도 갉아먹었다. 사촌 아우구스투스는 고무줄을 끊던 중 고무줄 하나가 딱 하고 이를 치는 바람에 앞니 두 개가 흔들리는 사고를 당하기도 했다.

드디어 공연이 다시 시작되었고, 그와 동시에 사건들이 벌어지기 시작했다. 가장 먼저 일어난 사건은 징고의 주문에 따라 사라지게 되어 있는 물건들이 사라지지 않은 것이다. 그러나 그는 민첩한 손가락을 이용해 물건들을 사라지게 함으로써 위기를 모면했다. 그러나 공연은 매끄럽게 진행되지 못했고, 청중들의 박수도 터져 나오지 않았다.

잠시 후 주머니가 느슨해지는 바람에 그 안에 들어 있던 유리 주전자가 무대 바닥으로 떨어져 산산조각이 났다. 기회를 놓치지 않고 "제가 그것을 설명할 수 있습니다." 하고 프레디가 나섰다. "주머니에 구멍이 난 거죠."

하지만 이번에는 10달러를 요구하지 않았다.

징고는 비록 화가 나고 당황했지만 경험이 풍부했기 때문에 겉으로는 자신의 감정을 드러내지 않았다. 그 대신 "나한테 저런 물건들을 다시 한번 또 던지면 무대에서 내려가야 하는 줄 아십시오."라며 잘못을 프레디에게 돌리려고 했다.

그 뒤로는 계획대로 모든 일이 뒤죽박죽 되었다. 프레스토가 무대 뒤에서 칼을 가지고 나와 절을 하면서 징고에게 칼을 건네주자 징고는 공중에서 칼을 휘두르기 시작했다. 칼을 휘두를 때마다 칼끝에서는 불빛이 터져 나왔고, 뒤이어 꽃다발이 생겨났다. 프레디는 어떻게 그런 일이 일어날 수 있는지 이해되지 않았지만, 징고가 저렇게 폴짝폴짝 뛰다가는 무슨 일이 일어날 것만 같았다. 아니나 다를까, 정말로 일이 터지고야 말았다. 가장 먼저 마술사가 입고 있던 조끼의 단추들이 툭 하고 바닥에 떨어졌다. 이어서 징고가 관객들을 등지고 서서 칼을 높이 세워 칼날을 닦고 있는 동안 그의 코트 뒷자락이 위에서부터 죽 찢어지면서 완전히 두 동강이 났다. 정신을 차릴 틈도 없이 주머니 하나가 찢어지면서 계란 세 개가 바닥에 떨어져 박살이 나는가 하면 어디에선가 수갑이 하나 떨어지더니 뒤이어 작은 물건들이 우르르 쏟아져 내렸다.

화가 난 징고는 결국 칼을 집어 던졌다. 그의 얼굴은 화를 참지 못해 푸르락붉으락 했다. 일그러진 입술 사이로 그의 이빨들이 조명을 받아 번쩍거렸는데, 찢겨진 코트가 우스꽝스럽게 펄럭였다. 그는 혼자서 뭐라고 떠들더니 이성을 잃은 듯 갑자기 황급하게 달려가서 칼을 집어 프레디를 겨누었다.

17. 프레디의 최면술

그때까지 프레디는 이제 겨우 두 개의 속임수만을 설명했고, 그에게서 받아야 하는 130러 가운데 겨우 20달러만 챙긴 상태였지만 너무도 신나는 시간이었다. 그러나 징고의 공연이 엉망이 되는 것을 지켜보고 있자니 자신도 모르게 징고에 대한 연민의 감정이 생겨났다. 하지만 징고는 누가 봐도 사기꾼이었다. 그는 프레디의 돈을 훔쳤고, 사기를 쳐서 사람들을 기만했다. 그럼에도 불구하고 프레디의 마음속에는 그를 도와주고 싶다는 동정심이 생겨났다.

어떤 사람들은 이런 프레디를 보고 이것이 바로 프레디의 약점이라고 했다. 물론 개중에는 이미 쓰러진 적을 또다시 공격하지 않는 것이야말로 진정한 스포츠 정신이라고 하는 사람도 있을 것이다. 그 점은 각자가 결정할 문제인 것이다. 그러나 징고를 향한 프레디의 동정심은 오래 가지 못했다. 징고가 칼을 들고 그를 향해 달려오자 프레디는 재빨리 탁자 뒤로 몸을 피해 마술사의 권총을 꺼내 들었다.

"그만 해! 그렇지 않으면 쏜다."

물론 권총에는 총알이 들어 있지 않았지만 징고는 그 사실을 모르고 있었다.

"그래, 쏠 테면 쏴 봐라!"

징고는 말은 당당하게 했지만 더 이상 앞으로 나오지는 않았다.

프레디가 겁을 먹었다는 것을 알 수 있는 유일한 방법은 바로 아래로 축 처진 그의 꼬리였다. 기분이 좋거나 온 세상을 다 가진 듯한 마음이 들 때면 그의 꼬리는 마치 시계 속의 스프링처럼 꼿꼿하게 위로 솟아 있었다. 그러나 우울하거나 겁을 먹었을 때는 지금처럼 아래쪽으로 축 처졌다. 징고와 대치하고 있는 순간에도 그의 꼬리는 아래로 축 처져 있었다. 그러나 외투에 가려져 보이지 않았기 때문에 청중들 가운데 그러한 사실을 알아차린 사람은 아무도 없었다. 프레디가 큰소리로 외쳤다.

"징고, 그 자리에서 꼼짝하지 말아요. 이제 내가 당신에게 최면술을 걸겠어요."

징고가 코웃음을 치며 말했다. "웃기지 마! 장전된 총을 겨눈다고 해서 최면술에 걸리는 건 아니야!"

그의 몸은 비스듬히 청중석을 향하고 있었다. 그러더니 그는 청중들을 향해 연설을 하기 시작했다.

"신사 숙녀 여러분, 최면술이란 상대의 마음을 읽거나 잠겨져 있는 가방 안에서 탈출하는 것을 말합니다. 경험이 매우 풍부한 마술사나 가능한 일이지요. 여러분들 앞에 감히 말씀드리는데, 저야말로 그러한 분야에 가장 능숙한 사람입니다. 여기 이 미련한 돼지가 그런 일을 할 수 있다는 것을 생각만 해도 웃음이 납니다."

그는 잠시 쉬었다가 다시 말을 이어 갔다.

"프레디 씨가 여러분의 이웃이라는 점은 저도 잘 알고 있습니다. 똑똑한 탐정으로서 그가 그동안 선보인 활약상에 대해 여러분이 자부심을 갖고 있다는 사실도 이해합니다. 그 점에 대해서는 저 역시 조금도 의심하고 싶은 마음이 없습니다. 하지만, 그는 무모하게 자신이 전혀 모르는 분야까지 욕심을 낼 것이 아니라 탐정 일에만 전념해야 합니다. 신사 숙녀 여러분, 마술사로서 자신 있게 말씀드리겠는데, 여기 이 돼지는 서툴고 어리석습니다. 이것을 마지막으로 여러분이 그의 정체를 알아주셨으면 합니다."

이렇게 말한 그는 프레디를 향하더니 테이블 위에 칼을 올려놓았다. 그리고는 팔짱을 낀 채 말했다.

"좋소, 어디 나에게 최면을 한번 걸어 봐요."

순간 프레디는 머뭇거렸다.

"내가 못할 거라고 생각하는군요."

그러자 징고가 빙긋 웃으면서 말했다. "그걸 말이라고 하나, 이 바보 같은 양반아."

그러나 프레디는 시험을 하기 전에 징고에게서 또다른 것을 얻어내고자 했다. 그래서 일부러 주저하는 듯한 행동을 해 보인 것이다.

"그럼 이제 곧……," 하고 마치 머뭇거리듯이 말했다. "만약 당신이……, 그러니까 신체 부위 중에서 아픈 곳이 있으면 그곳을 지적해 주세요. 무슨 말인지 아시겠어요?" 하고 물었다.

"알았어. 걱정하지 마." 징고의 목소리에는 더욱 자신이 실려 있었다. "충분히 알고 있다고. 만약 당신이 제대로 해낸다면, 내가……."

"모자를 돌려주면 주겠다고 약속했던 50달러를 줄 생각인가요?" 하고 프레디가 재빨리 물었다.

잠시 머뭇거리던 징고는 눈살을 찌푸렸지만 다시 빙긋 웃었다. 프레디가 지금 허풍을 떨고 있다고 생각했던 것이다.

"좋아. 어서 하기나 해. 어쨌든 목 부분이 아파 오는군. 어디 이 통증을 더 심하게 만들 수 있는지 한번 보자고."

"당신은 이제 목 뒤쪽이 찢어질 듯 아프다. 찢어질 듯 아프다."

"물론이죠. 통증이 어떤 건지 따끔한 맛을 보여 주죠!"

이렇게 말한 프레디는 몇 차례 최면을 걸더니 나지막한 목소리로 "좋아, 야곱. 내가 신호를 보내면 본때를 보여 줘" 하고 속삭였다. 그리고는 한 손을 들어 징고를 가리켰다.

"당신은 이제 목 뒤쪽이 찢어질 듯 아프다. 찢어질 듯 아프다."

그와 동시에 징고의 비명이 떠져 나왔고, 그는 양손으로 목 뒤쪽을 부여잡은 채 고통스러운 듯이 몸을 앞으로 구부렸다

방청석에 앉아 있던 프레디의 몇몇 친구들만이 상황을 제대로 이해하고 있었다. 다른 사람들은 그저 두 마술사의 경쟁을 지켜보기만 할 뿐이었다. 그날의 공연은 다른 마술쇼보다 훨씬 홍미진진했을 뿐만 아니라 마치 무언가에 홀린 듯 무대에서 시선을 뗄 수가 없었다. 특히 프레디가 징고를 손가락을 가리켰을 뿐인데도 징고가 통증을 호소하는 것이 명백해지자 청중들은 자리에서 일어나 박수를 치며 환호했다. 그들은 야곱을 보지 못했던 것이다.

야곱은 프레디의 친구로, 날씬한 몸매에 검은색과 노란색 줄이 그어진 우아한 자태를 뽐내는 말벌이었다. 외양간 처마 밑에 녹색 종이로 만든 일종의 아파트에서 가족들과 함께 살고 있었다. 그와 그의 어린 두 남동생 에프와 프리츠는 공연이 시작되기 전에 미리 전투모 안에 들어가 몸을 숨기고 있었다. 그리고는 공연이 시작된 뒤부터 깃털에 동그랗게 모여 앉아 윤이 나게 침을 닦으면서 프레

마술사 프레디

디가 "시작!"이라고 말할 순간을 기다리며 징고의 어디를 공격할 것인지를 고민했다. 그러다가 마침내 프레디가 속삭이는 소리가 들리자 야곱은 깃털 안에서 나와 동그랗게 원을 그리며 높이 날아올랐다. 그리고는 프레디의 손가락이 가리키는 곳으로 돌진했다. 그러나 네 날개를 활짝 펴고 빠른 속도로 공격하는 바람에 무대에 시선을 고정하고 있던 청중들조차 그를 발견하지 못했다. 그는 빠른 속도로 날아가 징고가 입은 외투의 칼라 위쪽 목덜미에 침을 꽂았다.

"이건 나를 때린 것에 대한 답례다." 하고 프레디가 말했다. 그런데 아직 두 마리의 말벌이 더 기다리고 있었다. 프레디가 다시 속삭였다. "이전에는 에프 네 차례다!"

그리고는 몇 차례 최면을 걸다가 한쪽 팔을 쭉 뻗어 마술사의 무릎을 가리켰다. 그러자 에프가 둥글게 원을 그리며 하늘로 날아올랐다가 목표물을 향해 돌진했다. 역시나 징고의 입에서는 또다시 비명이 터져 나왔다. 처음보다 더욱 처절한 비명 소리와 함께 목덜미를 잡고 있던 그의 두 손이 무릎 쪽으로 움직였다. 그리고는 몸을 굽혀서 무릎을 매만지는가 싶더니 다시 몸을 뒤로 젖혀 목덜미를 부여잡는 동작을 반복하면서 춤을 추듯 무대 위를 돌아다녔다. 그러는 사이 프레디는 다시 손가락을 가리켰고, 그 신호에 맞춰 프리츠가 윙 하고 날아 징고의 코에 침을 놓았다.

세 번째 공격에 징고는 완전히 두 손을 들고 말았다. 그는 밴시 (울음소리로 가족 중에 죽을 사람이 있다는 것을 알려 준다는 여자 유령 — 역주)처럼 비명을 지르면서 무대 위를 돌면서 또다시 있을지도 모르는 공격에 대비해 두 팔을 팔딱거렸다. 그러는 바람에 솔기가 모두 찢겨져 나간 코트와 조끼가 날개처럼 파닥거렸다. 그리고는 무대 뒤로 사라져 버렸다.

프레디는 무대 앞으로 나가 청중들을 향해 말했다.

"신사 숙녀 여러분, 제가 50달러를 정당하게 벌었다는 것에 동의하십니까?"

그러자 청중석에서 "옳소! 옳소! 당신이 이겼소!" 하는 소리가 터져 나왔다.

이때 주인을 따라 무대 뒤로 나갔던 프레스토가 다시 모습을 드러내더니 한쪽 팔을 들어 흥분한 청중들을 가라앉혔다. 그리고는 잠시 후에 징고 씨가 무대로 나와 여러분께 설명을 드리겠다고 알렸다. 그러나 징고는 예상 시간이 지났는데도 모습을 드러내지 않았고, 청중들은 곧 술렁대기 시작했다. 그들은 휘파람을 불면서 개와 고양이 흉내를 내기 시작했다. 곧이어 모두가 박자에 맞춰 발을 쿵쿵거리면서 "프레디에게 돈을 줘라! 프레디에게 돈을 줘라!" 하고 구호를 외치기 시작했다. 가장 먼저 구호를 외치기 시작한 사람은 윌리 판사였을 것이다.

마침내 징고가 모습을 드러냈다. 그는 붉은색 안감을 댄 긴 망토로 찢어진 외투를 가리고 머리에는 실크 모자를 쓰고 있었다. 부풀어 오른 코만 제외한다면 그는 예전의 위엄을 갖추고 있었다. 그가 드디어 입을 열었다.

"신사 숙녀 여러분, 저는 악의에 찬 잔인한 속임수의 희생자가 되었습니다. 저는 제가 최면술에 걸렸다는 사실을 인정할 수 없습니다. 다만 말벌의 침에 쏘였을 뿐입니다. 그 사실을 여러분께 입증해 보이기 위해, 저는 세 명의 검사원들이 무대 위로 나와서 제 코와 목 뒷부분을 조사해 줄 것을 요청합니다. 그러면 제가 지적하는 분은 무대 위로 올라와 주십시오."

그러더니 그는 가장 먼저 메타카르푸스 씨를 지적했다.

바로 이때 "잠깐만요." 하고 프레디가 그의 행동을 중단시켰다. "이건 불필요한 일이라고 생각됩니다. 여러분도 들어서 아시겠지만 분명 징고 씨는 제가 가리키는 부분에 통증을 느낄 경우 자신이 최면에 걸린 걸로 받아들이겠다고 약속했습니다. 이봐요 징고 씨, 나는 우리가 약속한 대로 했을 뿐이오. 그러니까……."

"그건 속임수였어!" 하고 징고가 화를 냈다.

"무대 위에서 당신이 보여 주는 마술 역시 모두 속임수야." 프레디도 지지 않았다.

"그렇다면 아무것도 없는 허공에서 꽃다발을 집어드는 마술 역

시 당신이 실제로 허공에서 꽃다발을 집어드는 게 아니란 말이지. 따라서 만약 내가 실제로 당신에게 최면을 걸지 않았다고 해도……."

바로 이 순간, 쿵쿵 하고 발구르는 소리와 "프레디에게 돈을 줘라!" 하는 구령이 다시 터져 나오면서 징고의 말은 묻혀 버렸다.

프레디는 청중들에게 조용히 해 달라는 신호를 보내고는 청중들을 향해 감사의 인사를 했다.

"여러분, 감사합니다. 처음에는 전혀 영문을 모르셨던 분들도 계시겠지만, 이제는 저와 징고 씨가 서로에 대해 좋지 않은 감정을 가지고 있다는 사실을 모두 아셨으리라 생각됩니다. 사실 오늘 저녁까지는 징고 씨가 유리한 입장이었습니다. 일주일 전 이 자리에 계셨던 분들은 징고 씨가 저의 마술을 따라하거나 그 비밀을 폭로함으로써 130달러를 벌어들인 사실을 기억하고 계실 겁니다. 저는 전문 마술사가 아니었기 때문에 마술의 비밀이 밝혀질 때마다 5달러를 주겠다는 제안을 할 생각이 전혀 없었습니다. 그런데 여기 있는 프레스토라는 이 토끼가 저 대신 그런 제안을 했고, 비록 제가 그에게 그런 권한을 주었던 것은 아니지만 일단 발표된 이상 그 약속을 지켜야 한다고 저는 생각했습니다. 징고 씨는 바로 그런 식으로 저에게 사기를 쳤던 겁니다. 그리고 또다른 사기 행각을 통해 저를 감옥에 보내려고까지 했습니다. 그래서 저는 어쩔 수 없이 오늘 저녁 징고 씨를 상대로 복수극을 펼칠 수밖에 없었던 겁니다. 이 점에 대해서는 누구도 저를 비난하지 못할 거라고 생각합니다.

신사 숙녀 여러분, 지금까지의 공연은 누가 더 청중들을 잘 속이는가 하는 속임수 경쟁이었습니다. 그러나 저는 여러분들께 정정당당해지고 싶습니다. 그래서 징고 씨에게 제안을 하나 하고자 합니다. 여러분께서도 들으셨다시피, 징고 씨는 자신이 다른 사람들의 마음을 읽을 수 있는 독심술을 할 수 있다고 주장했습니다. 따라서 여러분이 박수로써 저의 권리를 인정해 주셨던 50달러를 돌려 받는 대신 저는 징고 씨에게 독심술 시합을 벌일 것을 제안합니다. 단, 50달러가 아닌 100달러를 내고, 저 역시 그 만큼의 돈을 상금으로 낼 것을 약속합니다. 그렇게 하여 여러분께서 선택해 준 쪽이 그 돈을 갖는 겁니다. 어떻습니까, 여러분.”

용의주도한 성격의 징고는 프레디의 제안을 거절하고 싶었다. 하지만 청중석의 분위기로 보아 프레디의 제안을 거절하는 것은 더 이상 그가 마술사로 활동할 수 없음을 의미했다. 만약 그가 아마추어 마술사, 그것도 돼지에게 밀린다면 그는 다시는 일을 할 수 없게 될 것이었다. 결국 그는 짧게 하하 하고 웃고는 “좋소, 제안을 받아들이겠소.”라며 수락했다.

“만약 돼지가 독심술을 해 보인다면 내가 이 모자를 먹어 치우겠소."

이렇게 말한 그는 프레스토를 매표소로 보내 돈을 가져오게 했다.

한편 프레디는 돼지치고는 부자였지만 당장 그만한 돈을 내놓을 수는 없는 형편이었다. 결국 프레디는 청중석으로 내려가서 "누가 저에게 30분 정도만 100달러를 빌려주실 분이 없나요? 하고 도와줄 사람을 찾아야 했다. 그런 프레디의 모습에 징고는 처음에는 코웃음을 쳤지만, 프레디의 말이 끝나기가 무섭게 사방에서 지폐 뭉치가 전해지자 할 말을 잃었다.

청중들의 반응에 프레디는 매우 기뻤지만 도대체 누구의 돈을 받아야 할지 몰라 주춤할 수밖에 없었다. 그때 맨 앞줄에 앉아 있던 빈 아저씨가 자리에서 일어나더니 프레디가 서 있는 통로로 걸어나왔다.

"프레디, 너는 우리 농장의 돼지다. 그러니까 너는 내 돈을 받아야 해."

그리고는 주머니에서 지폐 뭉치를 꺼내어 20달러짜리 다섯 장을 빼내 프레디에게 찔러 주었다.

잠시 후 위저 씨에게 상금이 전해졌고, 드디어 독심술 시합이 시작되었다.

18. 징고와 프레디의 독심술 대결

징고는 예상대로 굉장한 수준의 독심술을 펼쳐 보였다. 그가 조
명을 받으며 무대에 앉아 있는 동안 프레스토는 통로를 왔다갔다
하면서 사람들이 건네주는 물건들을 받아 마술사에게 물건에 대
해 설명하게 했다. 말하자면 이런 식이었다. 프레스토가 시계를
받아 가지고 무대로 올라와 그것을 등 뒤에 감춘 채 징고에게 질
문을 하는 것이다.

"이게 뭡니까?"

그러면 징고가 대답한다. "시계."

"뭐로 만들었죠?"

"금."

이런 식으로 징고는 그것이 여성용 손목시계이며, 뒷면에 J.A. 라는 글자가 새겨져 있다는 것을 알아맞혔다. 시계가 지금 9시 30 분을 가리키고 있으며, 크리스털로 만든 유리 부분이 조금 깨져 있다는 것까지 족집게처럼 맞혔다.

처음에 프레디는 도대체 프레스토가 징고와 어떤 암호를 주고받 는지 전혀 알아채지 못했다. 독심술을 하는 사람들은 대부분 자신 들만이 아는 암호를 사용하기 때문이다. 방청석으로 내려가 사람 의 손을 잡거나 머리를 앞뒤 또는 좌우로 흔드는 방법으로 신호를 보내기도 했다. 또 질문에 사용하는 단어들을 이용해서 물건의 종 류와 재질을 미리 알려 주기도 한다. 이런 암호들은 대부분 굉장 히 길고 복잡한데, 그렇기 때문에 암호를 사용한다는 것을 눈치챘 다고 해도 정확하게 어떤 암호인지 알아맞히기는 힘들었다.

프레스토는 방청객들 사이를 돌아다니면서 계속해서 재롱을 피 웠다. 춤을 추기도 하고 귀를 움직여 보이기도 했지만 주고받는 내용이 거의 비슷했기 때문에 프레디는 그들이 어떤 암호를 주고 받는지 미처 눈치채지 못했다.

그런데 갑자기 토끼의 귀에 프레디의 시선이 멈췄다. 토끼는 신 호를 보내는 깃발로 귀를 사용하고 있었는데, 귀를 이리저리 흔들 어서 여러 가지 물건들에 대한 정보를 징고에게 전달하고 있었던 것이다.

그러나 프레디는 징고의 공연을 가만히 지켜보기만 했다. 이윽고 공연이 끝나자 프레디는 무대 앞으로 걸어나갔다. 그는 어떻게 독심술이 이루어졌는지 충분히 설명할 수 있었다. 그러나 일주일 전에 청중들 앞에서 선언했듯이 훌륭한 마술사는 다른 마술사의 비법을 공개하지 않는 것이 예의였다.

"굳이 저는……." 하고 프레디가 입을 열었다. "징고 씨의 독심술이 어떻게 가능했는지에 대해 설명하려고 하지 않겠습니다. 그 대신 징고 씨보다 더 훌륭한 독심술을 선보임으로써 100달러의 주인공이 되겠습니다. 자, 그럼 이제부터 제 공연에 주목해 주십시오."

이렇게 말한 뒤 그는 검은색 종이로 만든 커다란 원뿔을 하나 꺼냈다. 그리고는 이리저리 돌려서 원뿔의 안쪽이 텅 비었다는 것을 청중들에게 확인시킨 다음 머리 위에 올려놓았다.

"이것이 제가 독심술을 할 때 쓰는 모자입니다."

그런 다음 프레디는 안대를 쓰고 의자에 앉았다. 잠시 후 징크스와 밍크스가 청중석으로 내려가더니 각자 물건을 한 가지씩 집어들었다. 고양이들이 "프레데리코 교수님, 여기 물건이 하나 있습니다."라고만 말했을 뿐인데, 프레디의 입에서는 물건에 대한 자세한 설명이 쏟아져 나왔다. 심지어 편지 위에 써 있는 주소와 직인이 찍힌 날짜는 물론 카드 위에 써 놓은 문장까지 그대로 읽어 내려갔다.

매우 인상적인 공연이었다. 게다가 프레디는 안대를 하고 있었기 때문에 고양이들이 그에게 어떤 신호를 보내지 않았나 하고 의심하는 사람은 아무도 없었다. 그리고 똑같은 질문만 되풀이했기 때문에 징고조차도 그들이 어떤 암호를 주고받는지 알아채지 못했다.

사실, 프레디가 사용한 방법은 이러했다. 그는 먼저 원추 모양의 종이 모자 끝부분에 구멍을 내서 말벌 한 마리가 충분히 드나들 수 있는 공간을 마련해 두고 공연을 시작했다. 야곱과 에프 그리고 프리츠가 날개를 편 채 청중들의 머리 위를 휘젓고 다녔지만 청중들은 모두 프레디의 공연에 집중하느라 말벌들이 날아다닐 때 나는 윙윙거리는 소리에는 신경을 쓰지 않았다. 만약 그들이 다른 사람들의 눈에 띄었다고 하더라도 모두들 불빛을 따라 나방들이 날아든 것으로 생각했을 것이다. 고양이가 물건을 집어들면 말벌들 가운데 한 마리가 고양이 어깨 위에 가볍게 내려앉아 필요한 정보를 모두 수집한다. 그런 뒤에 다시 무대 위로 돌아가 종이 모자 위에 내려앉아 작은 구멍을 통해 자신이 알고 있는 내용을 외치는 것이다. 그러면 원추 모양의 모자가 확성기 역할을 하여 프레디는 말벌이 하는 말을 모두 알아들을 수 있었던 것이다. 이

마술사 프레디

원추 모양의 모자는 확성기 역할을 했다.

렇게 해서 프레디는 20개의 물건을 모두 알아맞힐 수 있었다. 공연을 다 끝낸 프레디가 안대와 모자를 벗고 일어나 청중들에게 물었다.

"신사 숙녀 여러분, 상금은 누가 가져야 할까요?"

그러자 청중들이 일제히 "프레디! 프레디! 프레디!" 하면서 그의 이름을 외쳤다. 물론 징고도 순순히 물러서지 않았다. 그는 모자 속에 수신기가 있다고 주장하면서 여러 가지 방법으로 프레디가 속임수를 썼다는 사실을 밝혀 내려고 했다. 그러나 이미 청중들의 마음은 프레디 쪽으로 기울어져 있었고, 위저 씨는 프레디에게 100달러의 상금을 전달했다.

상금을 건네 받은 프레디는 무대 앞으로 나와 청중들에게 감사 인사를 했다.

"여러분, 이제 저는 징고 씨가 지난주에 제게서 가져갔던 돈 가운데 10달러를 제외한 나머지 돈을 모두 돌려받았습니다. 하지만 오늘 이곳에서 10달러 이상의 가치가 있는 즐거운 시간을 보냈기에 이제 남은 공연은 모두 징고 씨에게 맡기고자 합니다. 징고 씨는 소매 속에 재미있는 속임수를 많이 준비하신 걸로 알고 있습니다, 아무쪼록 여러분 모두 더욱 즐거운 시간 보내시길 바랍니다."

말을 마친 프레디가 인사를 하자 청중들이 일제히 자리에서 일어나 박수를 쳤고, 그는 청중들의 박수 소리를 뒤로 한 채 무대를

마술사 프레디

내려와 극장을 떠났다.

밖으로 나온 프레디는 그때까지 그를 기다리고 있던 레오와 붐 슈미트 아저씨, 그리고 빌 옹크스와 함께 딕슨 식당으로 가서 샌드위치를 맛있게 먹었다. 레오는 징고에게 들키지 않기 위해 머리에 둘렀던 긴 숄을 벗었고, 프레디도 전투모와 마술복을 벗었다. 붐슈미트 아저씨도 실크 모자를 벗고, 빌도 넥타이를 풀었다. 그들은 그렇게 편안한 마음으로 식사를 하면서 마음껏 수다를 떨었다. 붐슈미트 아저씨는 프레디의 공연을 본 뒤 그의 열렬한 팬이 되었다.

"세상에……. 너 징고보다 세 배나 멋있더라. 아니 네 배나 멋있던가? 그렇지, 레오?"

"그건 단장님이 결정하세요. 저는 숫자에는 약하거든요." 하고 레오가 대답했다.

"아까 그 수염탱이가 꼼짝 못하는 걸 보니 내 속이 다 후련하더구나. 내가 그동안 그렇게 참아 준 것도 모르고 돈까지 훔치다니. 하지만 그놈을 자른 건 아무리 생각해도 잘한 일이야."

"하지만 그가 안됐다는 생각이 들어요." 하고 프레디가 말했다. "물론 그 사람은 사기꾼이에요. 하지만 정말 좋은 마술사였죠. 그도 그 점에 대해서는 자부심이 대단한 것 같던데……. 그런데 그 많은 사람들 앞에서 창피를 당했으니……."

그 말에 갑자기 레오가 버럭 소리를 질렀다.

"참, 걱정도 팔자라니깐! 너 머리가 어떻게 된 거 아니니? 그놈이 너에게서 훔쳐 간 돈을 돌려줬다고 불쌍하다는 거야? 암만해도요 근래에 시를 너무 많이 쓴 것 같은데⋯⋯."

"레오 말이 맞다." 붐슈미트 아저씨 역시 레오 편을 들었다. "징고는 사기꾼이야. 정말 나쁜 놈이지. 그보다 더한 대접을 받아도 마땅하다고. 네가 그놈을 잘 감시했다니 얼마나 다행이냐. 난 징이랑 친해지느니 차라리 호랑이와 친구가 되겠다. 암, 호랑이가 얼마나 착한 동물인데⋯⋯. 그놈을 생각하면 그러고도 남지."

그때 갑자기 테이블 위에 그림자가 드리웠고, 그들이 일제히 고개를 들어 보니 그로퍼 씨가 내려다보고 서 있었다.

"정말 좋은 저녁입니다." 호텔 주인이 침울한 목소리로 인사를 건넸다.

그리고는 프레디에게 "오늘 저녁 자네의 화려한 요술 공연을 감명 깊게 보았네." 하며 축하 인사를 건넸다. "타의 추종을 불허할 만큼 훌륭한 공연이었어. 이번 공연으로 재정적인 어려움을 충분히 만회할 수 있었다고 보는데⋯⋯.."

"크게 손해보지 않은 정도입니다." 프레디가 재빨리 사전을 살펴본 다음 대답했다. "그런데 그로퍼 씨, 저에게 화가 많이 나셨죠? 사실 그것도 무리는 아니라고 생각해요. 징고 씨를 호텔에서

마술사 프레디

쫓아내 달라는 부탁을 받고도 특별히 한 일이 없으니까요. 하지만 이제 걱정 마세요. 여러 가지 방법들을 생각하고 있거든요. 반드시 호텔에서 그를 쫓아내 드리겠어요."

"화가 나다니, 천만에." 그로퍼 씨가 정색을 하며 말했다. "굳이 말하자면, 뭐 비관적 심기증 환자의 천저(天底, 천정의 반대를 말하는 것으로, 절망 상태를 의미한다 — 역주)에 빠졌다고나 할까."

"와, 정말 멋진 표현이군요." 붐슈미트 아저씨가 감탄하며 말했다. "레오, 어서 받아 적어 두지 않을래? 네 광고 전단지에 쓰면 좋겠는데, 좀 더 너를 적극적으로 소개하려면 이런 표현들이 필요하단 말야. 위대한 아프리카 대머리 사자, 이런 건 좀 약하지. 대머리인지 아닌지를 떠나서 요새는 사자를 보기 위해 길을 건너려는 사람이 많지 않거든. '위대한 아프리카 대머리의 천저를 보러 오라' 라고 쓴 다음, 그 밑에 '비관론적 심기증 환자의 분노, 정글의 테러,' 라고 덧붙이는 거야."

"그런데 천저는 영양(사슴과 비슷한 초식성 동물 — 역주)의 한 종류를 말하는 거 아닌가요, 단장님?" 하고 레오가 물었다.

그 말에 그로퍼 씨가 직접 나서서 설명했다. "천저란…… 더 이상 내려갈 곳이 없는 심연의 끝을 말하는 거야."

"거봐, 레오야, 내가 뭐라고 그랬니?" 붐슈미트 씨가 어깨를 으쓱거렸다.

"현학적으로 말하자면." 그로퍼 씨가 다시 부연 설명을 했다.

"들었지? 너는 다른 사자들보다 훨씬 현학적이야."

그 말에 레오가 "단장님, 이제 그만하세요. 그보다는 그로퍼 씨에게 차를 한잔 대접하는 게 어떨까요?" 하며 아저씨를 말렸다.

그러나 그로퍼 씨는 시간이 없다며 양해를 구하고는 일일이 악수를 나눈 다음 자리를 떴다. 방금 전까지만 해도 기분이 좋았던 프레디는 그로퍼 씨를 보자 죄책감이 생겨났다. 분명 그로퍼 씨를 도와주겠다고 약속했음에도 불구하고 오늘 밤 그는 그로퍼 씨가 아닌 자기 자신을 위해 징고와 싸웠다. 게다가 그를 더욱 난처하게 만드는 것은 아무리 생각해도 징고를 호텔에서 쫓아낼 방법이 전혀 떠오르지 않는다는 것이었다.

"아무래도 위블리 노인을 한 번 더 만나러 가야겠어."

프레디의 친구들 역시 그것이 최선의 방법이라는 데 의견을 같이했다. 그리고는 모두 붉은색의 커다란 차에 올라타 빈 농장을 향해 차를 몰았다. 농장에 도착한 뒤 다른 동물들은 모두 빈 아저씨 아줌마와 함께 케이크를 먹고 커피를 마시러 집 안으로 들어갔지만 프레디는 터덜터덜 숲으로 향했다.

오리 호수를 막 지나가는데 그의 앞으로 커다란 물체가 그림자를 드리우더니 위블리 노인의 목소리가 들려왔다.

"프레디, 오늘 저녁에 정말 멋졌어. 다시 한번 축하하네."

그리고는 프레디가 뭐라고 대답도 하기 전에 사라져 버렸다.

"위블리! 위블리. 가지 말아요. 할 얘기가 있단 말예요!" 프레디는 큰 소리로 위블리 노인을 불렀다. 그러나 위블리는 아무 대답도 없었다. 이미 집으로 들어가 버린 것이 확실했다. 할 수 없이 그를 위블리 노인을 만나는 것을 포기하고 다시 농장으로 향하려 하는데, 어둠 속에서 허연 물체 두 개가 그에게로 다가왔다. 작지만 흥분 섞인 목소리로 보아 오리인 앨리스와 엠마가 공연을 보고 집으로 돌아가는 것임을 알 수 있었다.

그들도 프레디를 발견했다.

"와, 프레디, 정말 멋진 밤이었어! 너랑 징고 씨는 정말 환상의 팀이더구나!" 앨리스가 오늘의 성공적인 공연을 다시 한번 축하해 주었다. 그러면서 프레디에게 물었다. "어쩜 그런 굉장한 생각을 할 수 있었니? 서로 상대편보다 더 멋진 마술을 하는 듯한 시늉을 하다니! 이제 그 사람이랑 함께 공연할 거니? 그럼 분명 성공할 거야!"

"이봐, 잠깐만." 하고 프레디가 엠마의 말을 막았다. "그건 시늉을 한 게 아니야."

그리고는 그들에게 자초지종을 설명해 주었다.

"세상에, 우리는 전혀 몰랐어! 어쩜 그런 나쁜 사람이 다 있니!"

그러자 엠마 역시 "감쪽같이 속았잖아! 맞아, 그 사람은 우리 은행을 공격했던 아주 무서운 사람이야!"라며 징고를 나무랐다.

바로 그때 호수 위에 드리워진 나무에서 위블리 노인의 목소리가 들려왔다.

"돼지야, 나를 보자고 했지? 그런데 거기서 밤새도록 오리랑 수다만 떨 거야? 그럼 나는 집으로 가련다."

"아니에요. 불러도 아무 대답이 없기에 집으로 들어가신 줄 알았죠."

"어떻게 내가 그냥 가겠니. 그럼 네가 우리 집 문을 두드릴 것이 뻔한데 말야. 그래, 이번에는 뭐가 궁금한 거지? 2 곱하기 2는 얼마냐고 묻고 싶은 거냐? 너는 주로 그런 뻔한 질문들만 하잖아."

"어떻게 하면 징고를 호텔에서 쫓아낼 수 있을지 그 방법을 알고 싶어요." 하고 프레디가 본론을 꺼냈다. "실은 그가 그로퍼 씨의 사업을 방해하고 있거든요. 그로퍼 씨가 방세를 요구하면 마치 음식에서 애벌레나 메뚜기가 나온 것처럼 꾸면서 다른 손님들에게 알리겠다고 하면서 협박하고 있어요. 만약 호텔 음식이 엉망이라는 소문이 퍼진다면 누가 그 호텔에서 밥을 먹으려고 하겠어요. 이 때문에 그로퍼 씨도 꼼짝 못하고 징고가 그 호텔에 공짜로 머물도록 내버려둘 수밖에요."

바로 그때 옆에 있던 엠마가 끼어들었다. "그로퍼 씨가 징고의 접시 위에 진짜 애벌레를 놓아두면 어떨까?. 그러면 징고도 다시는 그곳에서 식사를 하려고 하지 않을 거야."

"어이쿠, 이것 참. 어린 오리의 입에서 나오는 말하고는! 엠마, 너는 문제의 핵심을 잘 이해하고 있는 것 같구나. 그런데 말야. 그게 정말 효과가 있을 거라고 생각하니?"

"왜요, 일리가 있지 않나요?" 하고 오리가 되물었다. "징고 씨가 다른 사람들이 그곳에서 식사를 하지 못하게 만들려고 했다면 과연 나라면 어떤 경우에 이 식당에 오고 싶지 않을까를 스스로에게 물어보았을 뿐이에요."

그 말에 위블리가 단호한 목소리로 외쳤다.

"맞다! 돼지야, 이게 바로 너의 질문에 대한 해답이다."

"그래요? 하지만 전 그렇게 생각하지 않아요. 징고는 분명 그로퍼 씨가 자신과 똑같은 속임수를 쓰고 있다는 걸 눈치챌 거예요. 아마 코웃음만 칠걸요."

"코웃음을 칠지는 모르겠지만 더 이상 그곳에서 식사를 하려고 하지는 않을 거야." 앨리스가 거들었다.

그러나 위블리는 신경질적으로 부리를 부딪치며 "뭐 저렇게 멍청한 돼지가 다 있어!"라며 프레디를 나무랐다.

"징고는 사람들이 무서워하게 만들고 싶었던 거야. 그래서 애벌레를 고른 거지. 왜냐고? 자기가 애벌레를 싫어하기 때문이지. 이상 설명 끝! 그럼 잘 자거라."

올빼미는 이 말을 남기고는 바로 날아가 버렸다.

"프레디, 우리도 이만 들어가 봐야겠어. 밤 공기는 정말 싫거든. 나는 최근의 발표대로 밤공기가 몸에 해롭지 않다는 말이 아직도 이해되지 않아. 위블리 아저씨를 봐! 아저씨는 밤에는 절대로 창문을 열어 놓지 않잖아. 여름에도 말야. 그래서 그런지 얼마나 건강하신지 너희들도 잘 알지? 자, 프레디, 그럼 잘 자. 오늘 멋진 밤을 만들어 줘서 고마워."

이야기를 마친 프레디는 터덜거리며 농장으로 되돌아왔다.

마술사 프레디

19. 마술사가 떠나고 평화가 오다

다음 날 오후 3시, 호텔 식당이 텅 비자 그로퍼 씨는 프레디와 징크스가 식당 안으로 들어갈 수 있도록 잠긴 문을 열어 주었다. 작은 나무 상자와 망치 그리고 못을 준비한 그들은 징고가 예약한 식탁에 자리를 잡고 작업을 시작했다.

그로퍼 씨는 의자에 앉아 침통한 표정으로 그들을 지켜보기만 했다.

"낙관적인 생각으로 정신을 무장하지 못한 내가 한심합니다. 사실 여기서는 대강대강 하든지 정성을 들인 일이든지 낭비되는 비용 없이는 회사를 운영할 수가 없다오."

이 말에 징크스가 "그래요?" 하면서 그로퍼 씨를 위로했다. 그리고는 일을 다 마친 뒤 자리를 떴다.

그날 저녁, 식사 시간이 되자 징고가 모습을 드러냈다. 식당으로 들어온 그는 갑자기 걸음을 멈추고 잠시 머뭇거리는 듯하더니 아무 일도 없었다는 듯이 자신의 테이블로 걸어갔다. 그로퍼 씨의 테이블에 앉아 있는 전투모를 쓰고 인디언 옷을 입은 프레디와 보안관을 발견한 것이었다. 보안관의 주머니 밖으로 권총의 손잡이 부분이 튀어나와 있는 것이 보였다. 물론 그것은 손잡이에 불과한 것으로, 진짜 권총의 총구 부분을 뺀 손잡이만 실로 주머니에 꿰매어 놓았다. 그러나 징고는 그 사실을 전혀 눈치채지 못했다.

프레디는 징고가 자신을 공격할 경우에 대비해서 보안관에게 함께 저녁을 먹자고 부탁했던 것이다. 인디언 옷을 다시 입은 것은 호텔 손님들을 위해서였는데, 다른 마을에서 온 사람들이 옆 테이블에서 돼지가 저녁을 먹고 있는 모습을 본다면 깜짝 놀랄 것이 분명했기 때문이다. 그러나 이번에는 숨을 생각이 전혀 없었던 그는 마술사와 마주보는 곳에 자리를 잡았다. 징고도 무슨 일이 벌어지고 있다는 생각은 들었지만 전혀 내색하지 않은 채 저녁 식사를 주문했다.

잠시 후 수프가 나왔고, 수저를 들던 징고가 갑자기 "아아아!" 하는 괴성을 지르며 자리에서 벌떡 일어섰다. 그리고는 그로퍼 씨

마술사 프레디

에게 이리 오라는 손짓을 했다. 호텔 주인은 징고에게 달려갔고, 프레디와 보안관도 그 뒤를 따라갔다.

"여길 보세요, 그로퍼 씨. 이게 도대체 뭡니까?" 하면서 그는 테이블 가장자리로 기어가고 있던 보송보송한 갈색 애벌레를 가리켰다. 셋은 유심히 애벌레를 살폈다.

"네? 무슨 말씀이세요? 아무것도 없잖아요" 그로퍼 씨가 딴청을 피웠다.

"아무것도 없는데요." 프레디도 맞장구를 쳤다.

"그래, 뭐가 있다는 겁니까?" 보안관도 덧붙였다.

"이게 보이지 않는단 말입니까?" 하고 마술사가 소리를 질렀다. "엄청나게 큰 흉측한 애벌레가 여기 있잖소. 그로퍼 씨! 도저히 그냥은 넘어가지 못하겠소!"

바로 그때 "입 닥쳐요." 하면서 보안관이 호통을 쳤다. 애벌레가 테이블 가장자리로 넘어가 보이지 않자 보안관이 다른 손님들을 향해 말했다.

"손님 여러분, 징고 씨는 이미 오래전부터 부엌에서 나온 음식에 애벌레나 다른 해충들이 있다고 주장해 왔습니다. 이런 식으로 호텔에 대해 나쁜 인상을 심어 주려고 했던 거죠. 지금도 역시 똑같은 주장을 하고 있습니다. 하지만 여러분께서 직접 보면 아시겠지만 접시에는 아무것도 없습니다. 몇 분만 이리 오셔서 한번 확인을 해 주시겠습니까?"

그러자 두세 명 정도가 자리에서 일어나더니 그들이 있는 쪽으로 걸어왔다. 그리고는 테이블 위와 아래는 물론이고 애벌레가 떨어졌다고 주장하는 바닥까지 샅샅이 살폈다. 하지만 징고의 주장과는 달리 아무것도 발견할 수 없었다.

"내가 이 두 눈으로 똑똑히 봤다니까요! 바로 여기 있었어요." 징고는 계속해서 주장했다.

"있지도 않은 것을 보았다고 주장하는 사람은 마차에 태워서 병원으로 데려가야 합니다."

그중 한 명이 심각한 얼굴로 말했다.

"어쩌면 그의 머릿속에 애벌레가 들어 있는지도 모르죠."

다른 사람도 이렇게 말하고는 모두 자신의 자리로 되돌아갔다.

그리고 5분 뒤, 똑같은 일이 벌어졌다. 이번에는 메뚜기였다. 잠시 후 그는 또다시 메뚜기가 나타났다고 소동을 일으켰다. 이렇게 되자 드디어 다른 손님들이 화를 내기 시작했다.

"이봐요. 그렇게 곤충이 보고 싶으면 밖으로 나가요. 우리도 밥 좀 먹읍시다."

네 번이나 애벌레가 나오자 이번에는 징고도 더 이상 저녁을 먹지 못하고 식당에서 나갔다. 물론 이 모든 소동은 프레디가 꾸민 것이었다. 그는 징고의 테이블과 테이블 다리 사이의 공간에 작은 나무 상자를 매달아 두었던 것이다. 그곳은 사람들이 들여다보아도 눈에 잘 띄지 않는 곳으로, 상자 속에는 생쥐들이 징고의 방에서 발견한 애벌레와 메뚜기들이 들어 있었다. 그들은 모두 자발적으로 프레디를 도와주겠다고 나섰다. 징크스의 말을 빌리면 외부 인사들의 자발적인 참여였다. 그들은 프레디가 일러둔 대로 징고가 자리에 앉자 상자에서 기어나와 테이블을 가로질러 다시 상자 안으로 들어갔다. 징고가 식당 안에 있는 동안 5분에 한 번씩 이것을 되풀이했던 것이다.

물론 이것은 아주 위험한 일이었다. 그래서 프레디는 징고가 자발적으로 참여한 벌레들을 공격하거나 손으로 짓이길 경우에 대비해 징고의 주의를 다른 곳으로 돌리기 위해 야곱을 식당 안에 대기시키는 치밀함도 보였다. 다행히 벌레를 본 마술사는 겁에 질리고 혐오감을 느낀 나머지 그들을 짓이길 생각조차 하지 못했다.

다음 날 아침과 점심에도 똑같은 상황이 되풀이되었다. 이렇게 되자 배고 고파진 징고는 딕슨 식당을 찾아갔다. 그러나 그가 그로퍼 씨의 호의를 어떻게 악용했는지 잘 알고 있던 딕슨은 징고에게 음식을 먹기 전에 음식값을 미리 지불할 것을 요구했다. 그리고는 그가 식사를 마치자 "다시는 여기 오지 마세요."라고 말했다. 그러나 그의 손에 고기 써는 큰 칼이 들려 있는 것을 보고는 징고도 그 이유를 따지지 못했다.

그리고 둘째 날 저녁 식사시간이 되었을 때 일은 완전히 처리되었다. 식당에 와서 테이블에 자리를 잡고 앉은 그는, 음식에서 애벌레나 메뚜기가 나오지 않았음에도 불구하고 혹시 이번에도 벌레가 나오면 어쩌나 하는 걱정에 수저를 들지도 못한 채 몇 분을 그냥 앉아 있다가 식당을 나와 그의 방으로 향했다. 그리고 잠시 후 프레디가 쓰던 방에 그대로 남아 있던 쥐들이 징고가 짐을 싸고 있다는 보고를 해 왔다.

"좋았어. 오늘 아침에 그가 페퍼콘 아주머니네 집에 방을 얻으려고 한다는 소식을 들었어. 하지만 아주머니가 그를 받아들이지 않을걸. 과연 그를 받아 줄 사람이 있을지 모르겠군. 그러다 보면 그는 결국 이 마을을 떠나야 할 거야. 그것도 좋긴 한데, 그는 아직 그로퍼 씨에게 90달러의 빚을 지고 있어. 에니, 그의 수중에 그만한 돈이 남아 있는지 좀 알아봐 줘."

"그야 당연히 있지. 징고가 가방 안에 100달러를 숨겨 놓았던 것을 잊었어? 그가 돈을 세서 주머니 안에 넣는 걸 내가 똑똑히 보았다니까."

"아, 그래. 그럼 분명 오늘 이곳을 떠나려고 하겠군. 징고가 혼자 있을 때 잡으면 좋겠는데, 좋은 방법이 떠오르지 않는단 말야. 우리 힘으로는 그를 다루기가 쉽지 않을 텐데……."

"레오가 우리를 도와줄 수 있을 거야. 아직 빙햄튼으로 돌아가

마술사 프레디

지 않았거든. 감옥이 너무 재미있어서 붐슈미트 아저씨가 며칠만 더 있다 가기로 하셨대." 하고 징크스가 끼어들었다. "놈이 돈을 떼어먹고 도망가는 걸 가만히 두고 볼 순 없어. 하지만 아무리 레오가 도와준다고 해도 어떻게 해야 할지 좋은 수가 떠오르지 않는 걸." 하고 프레디가 말했다.

그때 프레디는 호텔에 있는 그로퍼 씨의 개인 사무실에 있었다. 프레디 외에도 고양이들과 생쥐 두 마리, 거미들, 벌레 지원병들도 함께였다. 그들은 모두 시무룩한 표정을 하고 있었다. 감정 표현이 거의 불가능한 애벌레조차 침울해 보였다. 바로 그때 사촌 아우구스투스가 뛰어들어와 가쁜 숨을 몰아쉬며 말했다.

"징고가 오늘 밤 8시 15분 차로 떠난대. 프레스토에게 말하는 걸 들었어."

"아무리 생각해도 도저히 방법이 없는 것 같아." 하고 징크스가 말했다.

바로 그때 프레디가 외쳤다. "잠깐만! 버스 정류장이 메인 스트리트의 약국 옆에 있지. 그리고 건너편에는 공터가 있고, 그렇지? 자, 징크스야, 그곳을 한번 둘러보자. 내게 좋은 생각이 떠올랐어."

7시 45분, 징고는 여행 가방 두 개와 프레스토를 넣은 가방을 들고 호텔을 나와 버스 정류장을 향해 걷고 있었다. 그러나 프레디의 요청에 따라 그로퍼 씨가 호텔 시계를 15분 더 빠르게 맞추어 놓았기 때문에 징고는 8시로 잘못 알고 있었다. 버스 정류장에 도착해서야 제 시간을 알고는 15분이나 일찍 온 것에 화를 내기 시작했다. 약국 밖에 가방을 내려놓은 그는 가방에 걸터앉아 얇고 기다란 담배를 불을 붙였다. 그리고는 거리 반대편에 있는 공터를 바라보았다.

그때 갑자기 무언가가 그의 시선을 사로잡았다. 공터 저쪽에 있는 벽돌 담 뒤에서 무언가가 움직이는 것이었다. 처음에는 그냥 가만히 구경만 하고 있었으나 인디언들이 쓰는 전투모가 담 위로 올라오는 것을 보자 궁금증이 더해졌다.

잠시 후, 어두워지는 날 때문에 무엇인지 정확히 알 수는 없었지만 무언가가 담을 기어오르더니 그가 있는 쪽을 향해 춤을 추며 다가왔다. 인디언 옷을 입고 있는 그 물체는 양팔을 팔딱이면서 징고를 약올리기 시작했다.

"야아아! 이 덩치 큰 용감한 마술사야. 커다란 애벌레 때문에 마을에서 쫓겨난대요! 하하하. 말벌에게 쏘인 멍청이!"

그러자 약국 앞에 서 있던 사람들이 그 소리를 듣고 웃기 시작했다. 그중 한 명이 지나가며 말했다.

"이봐요, 양반, 저 사람이 또 당신에게 최면을 걸겠소."

"그게 아니면 호텔 비용을 지불하게 만들겠죠."

건물 벽에 기대어 서 있던 보안관도 지푸라기를 씹으면서 말했다. 하지만 징고는 코웃음을 쳤다.

"나를 그렇게 대접하고도 호텔비를 받아 내면 내가 모자를 먹어 치우지."

인디언 옷을 입은 물체는 마술사를 완전히 무시한 듯 이렇게 노래를 불렀다.

징고, 스팅고는 새로운 마술을 하네.
말벌에게 키스를 해서 말벌을 아프게 만드네.
말벌이 침을 쏘려고 달려들자
그는 걸음아 나 살려라 하고 줄행랑을 쳤네.

그의 노래는 그 뒤에도 계속되었다.

징은 침실에서 훔친 돈을 세고 있네.
징은 침실에서 토끼에게 말했네.
징은 가장 아끼는 옷을 입고 무대에 나왔지,
그러나 커다란 말벌이 그의 코에 침을 박았지.

노래는 끝날 줄 모르고 계속되었다.

징고에 대해 노래하자. 거짓말 덩어리라고

스물네 마리 말벌들이 파이 안에 들어 있고

파이를 자르자 말벌들이 침을 쏘기 시작한다

늙은 징고 앞에 내놓기엔 너무 근사한 음식이 아닐까?

징고는 여기저기에서 몰려들어 큰 소리로 웃고 있는 사람들에게 화를 냈다. 그리고는 몸을 반쯤 돌려 가방을 집어들고 가게 안으로 들어갔다. 잠시 후, 징고는 프레디의 예상대로 폭발하고 말았다. 그러더니 갑자기 방향을 바꾸어 길을 가로질러 자신을 놀리는 사람들을 향해 달리기 시작했다. 보안관도 "이봐, 당장 그만두지 못해!"라고 외치며 그를 따라 달렸다.

인디언 옷을 입은 물체도 방향을 돌려 달리기 시작했다. 징고가 막 따라잡으려고 하는 순간 물체는 폴짝 하고 담을 뛰어넘어 몸을 피했다. 징고 역시 담을 뛰어넘으려고 폴짝 뛰었다. 그런데 바로 그때 엄청난 힘을 가진 어떤 물체에 꽉 잡히는 바람에 꼼짝할 수 없게 되었다. 곧이어 "어디 보자. 이게 누구야? 마술사 징 아니야? 이봐, 징, 마술 사업은 어떻게 되어 가고 있지?" 하는 굵은 목소리가 들렸다.

물론 희미한 불빛 속에서 징고를 맞은 것은 프레디가 아니었다.

"이런, 징이잖아! 이게 얼마만이야?" 레오는 반색을 하면서 그를 껴안았다.

프레디의 인디언 복장을 하고 전투모를 쓴 레오였던 것이다. 소매 부분이 좀 짧은 것을 제외하고는 품도 별로 작지 않았다. 덩치는 레오보다 프레디가 오히려 큰 편이었다.

"이런, 징이잖아! 이게 얼마만이야?"

레오는 반색을 하면서 그를 껴안았다.

"이크!"

징고는 숨이 멎을 것만 같았다. 하고 싶은 말이 많았지만 한 마디도 할 수 없었다. 그를 뒤쫓아온 보안관은 담 아래 쭈그리고 앉아 다행이라는 표정을 짓고 있었다.

"그래, 자네는 옛 친구를 만났는데 할 말이 하나도 없나?" 하고 레오가 물었다. "하긴, 너무 반가워서 무슨 말을 해야 할지 생각나지 않는 모양이군. 우리 여기 앉아서 옛날 이야기나 해 볼까?"

"날 놔줘! 잘못하다간 버스를 놓친단 말야. 보안관, 부탁이니 제발……." 징고가 숨을 헐떡이며 말했다.

"그렇다면 기록해 두죠." 보안관이 무관심하게 대꾸했다.

"아직 시간은 많아. 그리고 자네에게 줄 게 있거든. 이별 선물이라고 해 두지. 내 주머니 안에 들어 있는 종이 좀 꺼내 봐."

징고는 레오가 시키는 대로 순순히 따라했다. 그가 꺼낸 종이는 다름이 아니라 90달러에 달하는 호텔 숙박료 청구서였는데, 청구서에는 '전액 지불'이라는 표시와 함께 그로퍼의 사인이 되어 있었다.

"정말 대단한 그로퍼 씨 아닌가?" 하고 레오가 말했다. "그는 호텔비를 지불하지 않고 떠나면 네 마음도 편하지 않을 거라는 걸 알고 있었어. 물론 우리는 모두 네가 얼마나 건망증이 심한지 알고 있지만……"

"90달러라고?" 징고가 소리쳤다. "나한테 90달러가 어디 있어. 그로퍼 씨를 보면……"

그러나 레오도 만만치 않았다.

"아이, 왜 이러실까! 마술사한테 이깟 90달러가 뭐 대수겠어? 공중에 손 몇 번만 왔다갔다하면 금방 90달러가 들어올 텐데……"

"하지만 그게 말야."

징고가 변명을 하려고 하자 레오가 으르렁거렸다. 소리는 그다지 크지 않았지만 낮으면서도 섬뜩한 소리에 징고는 몸을 떨었다.

"알았어." 징고는 마지못해 대답을 했다. "줄 테니 어서 팔이나 놔줘."

결국 그는 주머니에 손을 넣어 돈을 꺼냈다. 옆에 있던 보안관이 거들며 말했다.

"그럼, 그래야지. 그런데 한 가지 절차가 더 남아 있어. 그것마저 끝내야만 버스를 탈 수 있다네. 자, 이리 와 봐."

"이봐요, 당신들 도대체 왜 자꾸 이러는 겁니까?" 마침내 징고가 화를 했다. "당신이 무슨 자격으로 나에게 이러는 거냐고요? 나는……."

여기까지 말한 징고는 조금 떨어진 곳에 있는 헛간에서 프레디와 그로퍼 씨가 걸어나오는 것을 보고는 입을 다물었다. 그러더니 "이건 음모요!" 하고 외쳤다.

"보안관, 만약의 경우 당신이 나를 지켜줘야 합니다."

"그야 당연하지. 걱정 말아요. 내가 당신을 지켜 주리다. 시민을 보호하기 위해 법이 있는 게 아니겠소. 뿐만 아니라 당신이 약속을 지키게 하기 위해서도 법은 존재하오. 예를 들어 호텔비를 지불하는 일 같은 것 말이오." 보안관이 마치 징고를 조롱하듯 대답했다.

"그래요, 그래서 이미 호텔비를 지불했잖소. 그런데 도대체 뭘 더 지불하라는 거요?"

징고가 따져 물었다.

"그것 말고 또 약속을 했을 텐데요" 하고 보안관이 말했다. "모자에 관한 것 말이오. 이제 기억이 납니까? 모자를 먹겠다고 했잖소. 그것도 두 번이나 말이오. 자, 이제 약속을 지킬 때가 되었소."

징고는 완강하게 거부했지만 레오와 보안관은 그의 양쪽 팔을 잡아 약국 쪽으로 끌고 갔다. 징고의 짐을 풀어 모자를 찾아낸 그

마술사 프레디

들은 징고를 약국으로 데려가 의자에 앉히고는 가위를 꺼내 모자를 잘랐다. 그리고는 조각난 모자를 접시에 얹은 다음 소금과 후추를 뿌렸다.

"자, 준비됐소, 이제 그만 드시죠." 레오가 말했다.

징고는 잔뜩 인상을 찌푸린 채 접시를 내려다보았다.

"난, 난 못해요. 결국 당신들, 내가 탈 버스를 놓치게 만들었군."

"빨리만 먹는다면 버스를 탈 수도 있어요." 하고 보안관이 말했다.

결국 마술사는 모자 조각을 입 안에 집어넣고 몇 번 씹은 다음 꿀꺽하고 삼켰다. 그리고 두 번째 조각을 노려보고 있을 때 마침 버스가 도착했다. 징고는 어떻게든 의자에서 일어나려고 했지만 레오가 다시 밀어젖히는 바람에 꼼짝할 수 없었다. 버스에 탄 승객들은 자초지종을 듣더니 모두 버스에서 내려 약국으로 몰려들었다. 버스에 남아 몇 차례 경적을 울리던 운전사도 어쩔 수 없다는 듯이 어깨를 들썩이고는 약국으로 들어왔다.

프레디가 레오에게 말했다. "이제 그만 그를 놓아주어야 하지 않을까. 이만하면 충분한 것 같은데……."

"얘 또 분위기 깨는 소리하는 것 좀 봐! 그새 또 맘이 약해진 거야?"

그리고는 세 번째 조각을 씹고 있는 징고를 노려보았다.

"이번 기회에 놈의 버르장머리를 고쳐 놔야 해. 이곳에 그렇게 오래 있었지만 자기 돈을 내고 뭘 먹기는 아마 지금이 처음일걸. 그런데 그건 그거고……." 사자의 표정이 심각하게 바뀌었다. "놈이 병이 나면 안 되지."

"소화 장애를 일으키는 것은 좋지 않은 일이죠." 하고 그로퍼 씨도 거들었다.

결국 그들은 징고를 놓아주었다. 승객들은 신나게 웃고 떠들면서 다시 버스에 올라탔고, 프레디는 징고가 남은 모자 조각들을 가방에 챙겨 넣는 것을 도와주었다. 그리고는 주머니에서 10달러짜리 지폐 한 장을 꺼내 마술사에게 내밀었다.

"이게 뭐지?" 마술사가 의심스러운 듯이 물었다.

"이 돈으로 새 모자를 사세요. 나는 내가 잃었던 것만 되찾으면 됩니다. 그 이상을 빼앗을 생각은 조금도 없어요."

징고는 지폐를 받아서 천천히 접은 다음 주머니에 집어넣었다. 분노로 일그러졌던 그의 얼굴이 서서히 펴지기 시작했다.

"어쨌든," 그가 어색한 듯이 말했다. "고마워. 지금까지 나에게 이렇게 신경을 써 준 사람은 한 명도 없었는데 말이야."

"그렇지 않아요. 아저씨는 붐슈미트 아저씨 밑에서 일했었잖아요. 제가 알기로는 붐 아저씨도 아저씨한테 신경을 많이 썼어요."

"그건 그래. 듣고 보니 네 말이 맞는 것 같구나. 항상 나의 이 못

마술사 프레디

된 성질이 문제였지."

프레디는 더 이상 아무 말도 하지 않았다. 징고는 그저 변명만을 늘어놓았을 뿐 진심으로 잘못을 뉘우치는 모습을 찾아볼 수 없었다. 만약 그가 지금까지 그런 대접을 받지 못했다면 그건 그가 다른 사람에게 그런 대접을 해 주지 않았기 때문일 것이다. 그런 사람과 함께 무언가를 함께한다는 것은 정말 보통 힘든 일이 아니었다. 프레디는 그 사실을 이미 알고 있었기에 일부러 그것을 되풀이하고 싶지는 않았다.

"그럼, 이만, 행운을 빕니다."

징고는 버스에 올라탔다.

프레디가 호텔로 돌아왔을 때 그로퍼 씨가 말했다.

"아무래도 당신의 능력을 과소 평가했던 것을 사과해야 할 것 같습니다. 인과응보라는 교훈을 실감한 좋은 계기가 되었소. 경제적 보상을 받게 해 준 점에 대해서도 깊은 감사의 말씀을 전하고 싶군요."

이렇게 말한 그는 프레디와 악수를 나누었다. 그 뒤에도 그로퍼 씨의 인사는 계속되었다.

"저희 업소 주방 팀이 준비한 음식을 원하실 때 언제라도 드실 수 있는 영구 특권을 드리겠습니다. 또한 프레디 씨는 물론 동반한 손님들께도 무료로 음식을 무제한 제공해 드릴 것을 약속합니다. 예약을 하지 않으신 경우에도 마찬가지입니다. 게다가 이것은 수임료에 포함되지 않으오니 세금 신고를 하실 필요도 없습니다. 현명하고 통찰력이 뛰어나며 임기응변에 능하고 성실하며 근면한 프레디 씨의 능력을 인정하여 특별 보조금 내지는 상여금으로 드리는 겁니다. 섭섭하지 않을 정도로 신경을 썼습니다."

이렇게 감사의 인사를 마친 그는 프레디의 어깨를 토닥였다.

이 말에 프레디는 "글쎄요, 네, 그럼요."라고 대답했다. 물론 그것이 적절한 대답이 아니라는 건 프레디도 잘 알고 있었지만 말이다. 그러나 만약 당신이었더라면 어떻게 했을까?